Nachtmerries zijn blauw

LAURIE FARIA STOLARZ

Nachtmerries zijn blauw

De Fontein

Oorspronkelijke titel: *Blue is for Nightmares*
Published by arrangement with Llewelyn Worldwide,
Woodbury, MN 55125 USA www.llewellyn.com
© 2003 Laurie faria Stolarz
Voor deze uitgave:
© 2006 Uitgeverij De Fontein, Baarn
Vertaling: Kris Eikelenboom
Omslagafbeelding: Wil Immink
Omslagontwerp: Wil Immink
Grafische verzorging: ZetSpiegel, Best

ISBN-10: 90 261 3217 4
ISBN-13: 978 90 261 3217 9
NUR 284, 285

1

Het is altijd hetzelfde. Het is altijd nacht en ik loop altijd in het bos naar Drea te zoeken. Het geluid van zijn bewegingen ergens achter me. Knappende takken. Ritselende bladeren. De wind die langs mijn oren suist en mijn ogen doet tranen. En de pijn in mijn buik: scherp, rauw, verpletterend. Echt.

Door de nachtmerries zie ik ertegenop om te gaan slapen.

Ik klem het scheermesje tussen drie vingers zodat ik ermee kan schrijven. Dan pak ik een maagdelijke kaars en kerf de initialen D.O.E.T. in de zijkant. De flinters schitterend blauwe was springen na elke snee met het mesje van het oppervlak af.

Het zijn de initialen van Drea, maar die heeft niets in de gaten en schrijft in haar dagboek. Ze zit zoals elke avond een paar meter van me af rechtop in bed.

Na de laatste krul van de T leg ik het scheermesje weg en pak een takje salie uit mijn la. Goed brandbaar, helemaal verdroogd en met verwelkte en gerimpelde, grijze blaadjes. Ik wikkel er een touwtje omheen zodat het beter brandt en minder rookt, wat de kans dat ik betrapt word, verkleint. Daarna laat ik het in een oranje aardewerken pot naast mijn bed vallen.

'Ga je slapen?' vraagt Drea.

'Zo meteen.' Ik draai de dop van een fles olijfolie en giet een paar druppels op mijn vinger.

Ze knikt, gaapt, schuift de dop op een pen met veren en doet haar dagboek op slot. 'Doe me een lol en steek niet de hele kamer in de fik. Ik moet morgen een spreekbeurt houden voor geschiedenis.'

'Een reden temeer,' zeg ik als grapje.

Drea en ik delen al meer dan twee jaar een kamer en ze is dus wel gewend aan mijn rituelen.

Ze gaat op haar zij liggen en trekt het dekbed op tot onder haar kin. 'Maak het maar niet te laat. Je hebt morgen toch een proefwerk Frans?'

'Ja, mám.'

Ik zie dat ze haar ogen sluit en de spieren van haar voorhoofd en lippen ontspannen zich als ze bijna in slaap valt. Het is na middernacht, er is geen spoor van lippenstift of make-up meer te bekennen, ze heeft haar haar in een paardenstaart – en nog ziet ze er perfect uit. Zalmroze blosjes op haar wangen, van nature getuite lippen, golvend goudkleurig haar en kattenogen met lange, gekrulde, ravenzwarte wimpers. Het is geen wonder dat alle jongens op Hillcrest achter haar aan lopen en alle meisjes een hekel aan haar hebben – en dat Chad het niet opgeeft, ook al heeft ze het al drie keer uitgemaakt.

Ik raak de bovenkant van de kaars met mijn in olie gedoopte vinger aan. 'Vanboven,' fluister ik. Dan raak ik de onderkant aan. 'En onder.' Ik doop mijn vinger nog een keer in de olie en leg die midden op de kaars. Dan strijk ik langs de kaars naar boven, ga terug naar het midden, naar onderen en al die tijd zorg ik dat ik de letters naar mezelf toegekeerd houd, zodat zij ze niet kan lezen.

'Is het niet makkelijker als je die hele kaars in één keer onderdompelt?' vraagt Drea, die ligt te kijken wat ik doe.

Ik draai de kaars tegen de klok in en scherm de letters af met mijn hand terwijl ik de hele omtrek zo blijf insmeren. 'Waarschijnlijk wel, maar dan raakt de energie in de war.'

6

'Natuurlijk,' zegt ze en ze draait zich om. 'Wat weet ik er ook van.'

Als de kaars helemaal is gezalfd, steek ik hem met een lange lucifer aan en zet hem in de zilveren kandelaar die ik van mijn oma heb gekregen voor ze stierf. Het is mijn favoriete kaarsenstandaard omdat hij van haar is geweest, een soort schotel met een gekruld handvat dat om de onderkant kronkelt.

Ik sluit mijn ogen en concentreer me op de afnemende maan buiten, ik bedenk dat het een heel goede nacht is om dingen te verjagen en hoe de salie en de gegraveerde kaars daarbij kunnen helpen. Ik steek het takje aan en kijk hoe het brandt; de blaadjes krullen op en dansen in de oranjegele vlam, worden zwart en verdwijnen dan, net zoals ik wil dat mijn nachtmerries verdwijnen.

Wanneer de salie in as is veranderd, draag ik de aardewerken pot naar de wastafel en laat hem vollopen. De blauwgrijze rook kringelt in lange slierten naar het plafond.

Ik ga terug naar bed en zet de kaars op mijn nachtkastje met Drea's initialen naar me toegekeerd. Dan pak ik een pen en teken een grote letter o in mijn handpalm. De o van oma, dan droom ik vannacht over haar en over niets anders.

Ik kruip onder mijn dekbed en kijk hoe de letters op de kaars opbranden. De D van Drea is al halverwege.

Dan sluit ik mijn ogen en zet me schrap voor de slaap.

2

Ik zit tegenover mijn oma aan de keukentafel en schrok een van haar beroemde broodjes met ei en een zak taaie chips naar binnen. Ik kijk hoe haar hand zich om een muffin vouwt en bewonder de amethisten ring om haar ringvinger. Een knoert van een paarse steen die bijna tegen haar knokkel aan komt.

'Hier.' Ze ziet dat ik kijk en probeert de ring van haar vinger te halen. Het lukt niet. Dan loopt ze naar de gootsteen en dompelt haar handen onder in het sop om haar vinger glibberig te maken.

'Laat maar, oma. Het hoeft niet.'

'Ik wil het,' zegt ze en eindelijk glijdt de ring over haar vinger en steekt ze hem mij toe. 'Probeer hem maar eens.'

Hij past precies.

'Het is jouw ring. Die heb ik voor je gekocht toen je werd geboren. Ik heb erop gepast tot je zelf oud genoeg was. Kijk maar wat erin staat.'

Ik doe de ring af en kijk naar de binnenkant. In het goud zijn de letters s.a.b. gegraveerd. Stacey Ann Brown.

'Hij is prachtig,' zeg ik en ik wil hem teruggeven.

'Nee,' zegt ze. 'Hij is voor jou. Ik denk dat het zover is. Bovendien past hij jou veel beter dan mij.'

Ik schuif de ring terug aan mijn vinger en geef haar een kus. 'Dankjewel, oma.' Ik vraag of ik van tafel mag om even een luchtje te scheppen. Het is al laat op de avond: de hemel is een inktzwarte lap canvas, versierd met kleine lichtjes. Mijn adem verandert in een lange rookkolom en mijn tanden beginnen te klapperen.

Ergens achter in de tuin hoor ik iemand huilen. Ik loop naar het geluid toe en al snel ben ik de poort door en loop ik in het bos. Met elke stap wordt het huilen duidelijker en indringender. 'Drea?' roep ik. 'Ben jij dat?' Het klinkt wel alsof zij het is. Ze heeft vast weer ruzie gehad met Chad en is nu naar mijn oma gekomen, op zoek naar mij.

Met uitgestrekte armen ren ik in de richting van het gejammer. Maar dan moet ik stilstaan. Net onder mijn maag voel ik een brandende steek. Ik leg mijn handen op mijn buik en adem diep in en uit. Ik moet plassen.

Ik kijk om naar het huis, maar door alle bomen en struiken kan ik het niet meer zien. Het is volkomen zwart om me heen. Zelfs de lichtvlekjes van daarnet zijn door zwarte takken bedekt.

Ergens achter me knapt een takje. En nog een.

'Drea?' Met één hand tegen mijn buik en met mijn andere uitgestrekt om takken opzij te duwen, hobbel ik zo goed en zo kwaad als het gaat naar de stem in de verte. Ik voel hoe onder mijn voeten de grond verandert in smurrie. Ik kom steeds moeizamer vooruit tot ik helemaal stilsta en op adem probeer te komen.

Ik hoor nog steeds Drea's stem, maar nu verder weg, dieper het bos in. Ik spits mijn oren en luister of ik word gevolgd. Maar ik hoor alleen de wind door de tere, verdroogde novemberblaadjes waaien en in mijn oren fluiten.

Ik doe een stapje en voel dat ik in de grond wegzak tot mijn voet helemaal is verdwenen in de bodemloze modder. Nog meer brekende takjes achter me.

Ik probeer me los te wurmen, maar als ik mijn voet omhoogtrek, is mijn gymp verdwenen.

Een snijdende pijn door mijn buik. Ik worstel om weg te komen en grijp een boomtak. Uiteindelijk glijd ik uit, land op mijn kont en voel de modder mijn broek in sijpelen.

Ik tel twaalf seconden, 21, 22 en zo verder, en knijp mijn billen zo hard mogelijk tegen elkaar. Ik weet dat ik over een paar minuten toch zal moeten plassen.

'Stacey,' fluistert een mannenstem ergens in het donker.

Ik sluit mijn ogen en begraaf mijn hoofd tussen mijn benen. Drea's gehuil in de verte verandert in geschreeuw. Ze roept nu mijn naam.

'Je kunt je niet verbergen, Stacey,' hijgt hij.

Ik kan het niet opgeven. Ik zoek op de grond naar een tak of een steen om me mee te verdedigen. Ik vind een steen. Niet al te groot, maar mooi rond.

Ik buig mijn hoofd naar achteren om omhoog te kijken; de Poolster zal me de weg wijzen. Ik knipper met mijn ogen en probeer uit alle macht de Poolster te vinden, maar het heeft geen zin. Elk spoortje licht is achter de boomtoppen verdwenen.

Ik kruip nu helemaal uit de modder, ploeter om op te staan, klem de steen in mijn handpalm en loop een paar seconden met uitgestrekte armen door het bos. Takken slaan en klauwen in mijn gezicht en dan kom ik op een ronde, open plek. Ik kijk naar de boomtoppen, die uiteen wijken, en zie een schijfje van de maan, die bijna in het eerste kwartier is.

Dan wordt mijn aandacht getrokken door geritsel. Ik kijk, knipper een paar keer met mijn ogen en zie dan een paar meter voor me tussen twee bomen in een man staan. Hij beweegt niet en ik ook niet. Hij strekt alleen zijn arm uit alsof hij me wil laten zien wat hij in zijn hand heeft. Het is een soort boeketje.

Ik doe mijn uiterste best meer te zien bij het schaarse licht van de maan. En dan wordt alles duidelijk: het formaat, de kleur, de manier waarop de blaadjes als een kelk openvallen. Het zijn lelies.

En ik weet wat lelies betekenen.

Ik ren zo snel als ik kan, maar mijn voeten struikelen over blaadjes en takjes alsof ik een stel onhandige rolschaatsen heb ondergebonden.

Dan sta ik stil, knijp mijn ogen dicht en voel hoe er een lange gil uit mijn keel opstijgt. Mijn ene blote voet. Ik buk me om te voelen. In de welving van mijn voet heeft zich heel diep een tak geboord. Ik bijt een paar seconden op mijn duim om tot mezelf te komen. Ik kan daar niet blijven staan. Ik moet maken dat ik weg kom. Snel. Ik wil de tak uit mijn voet trekken, maar de pijn in mijn buik is zo erg dat ik me niet voorover kan buigen.

Ik klem mijn tanden op elkaar, knijp mijn billen bijeen en hoop vurig dat het weg zal trekken. Ik lik langs mijn lippen en knijp harder. Harder.

Het helpt niet. Ik voel de warmte over mijn benen. De voorkant van mijn broek wordt nat. Ik houd mijn benen bij elkaar zodat hij het niet kan horen, maar mijn spieren weigeren dienst. Mijn gezicht verstrakt en mijn ogen vullen zich met tranen; ik kan het niet tegenhouden. Het klatert langs mijn benen en druppelt hoorbaar op de bladeren.

'Stacey,' hijgt hij. 'Ik ken je geheim.' De stem spreekt langzaam en zwaar en hij ademt zo dicht bij mijn nek dat ik naar achteren mep.

Ik doe mijn mond open om te schreeuwen, maar mijn keel zit dicht, is gevuld met modder. Het zit overal. In mijn neusgaten. In mijn ogen. Ik grijp naar mijn keel om niet te stikken en voel dan dat ik nog steeds de steen in mijn hand houd. Ik druk mijn nagels in de rand en gooi hem. Hard.

Rinkeldekinkel. Het geluid van brekend glas dringt tot me door. En als het licht aan gaat, zit ik recht overeind.

3

'Stacey!' roept Drea. Ze is uit bed gesprongen om het licht aan te doen. 'Wat is er?'

Ik houd mijn keel vast en haal opgelucht adem. De modder is weg. Het raam tegenover onze bedden is gebroken en de grote, ongelijke en puntige scherven liggen overal.

Ik kijk naar Drea. Ze zit nu met een vragend gezicht op de rand van mijn bed. Ze wil een verklaring.

Maar hoe moet ik haar vertellen wat er is gebeurd als ik het zelf amper weet?

'Het gaat wel,' zeg ik en ik trek het dekbed omhoog om mijn middel en houd mijn benen tegen elkaar geklemd.

'Het houdt niet op, hè?'

Het is geen geheim dat ik sinds het schooljaar weer is begonnen steeds terugkerende nachtmerries heb, maar het is wel een geheim dat ik daardoor in mijn bed plas.

'Laten we maar hopen dat LaChagrijn niet wakker is geworden.'

LaChagrijn is de bijnaam van mevrouw LaCharge, het inwonende hoofd van ons gebouw. Er kraakt iets in haar broek als ze loopt en ze ruikt een beetje naar natte hond. Maar wie ben ik om daar wat van te zeggen, nu ik al mijn zakgeld besteed aan wierook en lekkere geurtjes om mijn probleem te verbloemen?

'Waar heb je mee gegooid?' vraagt Drea.

Ik kijk naast mijn bed. De blauwe kaars met de initialen is

maar half opgebrand, tot de letter o. Geen wonder dat de magie niet goed heeft gewerkt.

'Waarschijnlijk mijn bergkristal,' zeg ik en ik kijk naar de lege plek naast de lamp.

'Ik hoop dat het nog heel is.'

'Kristal is sterker dan glas,' zeg ik. 'Ik zoek het morgen wel.'

Tot mijn opluchting staat Drea op om de schade op te nemen. Ik pak de gebreide sprei van het voeteneinde van mijn bed en leg die over mijn benen en middel in de hoop dat de geur van de kaars en de wierook die nog vaag in de kamer hangt, sterk genoeg is om de geur die mijn nachtmerrie onder het dekbed heeft veroorzaakt, te maskeren.

'Hiermee moet het lukken,' zegt Drea en ze haalt een oude hockeytrui van Chad uit de kast. Ik vraag me af waarom ze die heeft bewaard; ze zijn sinds vorig jaar uit elkaar. Maar ja, ze gebruikt hem alleen om in op te ruimen, dus zo jaloers hoef ik ook weer niet te zijn.

'Wat ga je doen?' vraag ik.

'Let maar op.' Ze pakt een handvol warmterollers van de toilettafel en glijdt in haar houten slippers met luipaardprint en plateauzolen van tien centimeter. 'Wie zei ook alweer dat ik deze nooit zou dragen?' Ze klost naar het raam en doet de oranje gordijnen dicht. Er blijft een spleet van bijna twintig centimeter open. 'En dat voor een kostschool van dertigduizend per jaar. Goedkoop glas en ordinaire gordijnen die niet eens dicht kunnen. Wist jij dat sommige kamers in Fryer School een bubbelbad hebben? Het is dat ik al zo ver ben gekomen, anders zou ik overstappen.' Een windvlaag komt de kamer in zodat een stapel aantekeningen over Engelse literatuur van het kastje op de grond waait. 'Wil jij die even oprapen?' vraagt ze.

Ik doe net alsof ik haar niet hoor, begraaf mijn neus in de

letter O in mijn handpalm en probeer te bedenken waarom mijn betovering niet heeft gewerkt. Ik houd van Drea alsof ze mijn zusje is, maar ik wil niet meer over haar dromen. Ik wil de toekomst niet weten voor het zover is.

Ik wil niet nog eens meemaken wat ik drie jaar geleden heb meegemaakt.

Ik werp een blik op het schilderij aan de muur. Ik en Maura, het kleine meisje op wie ik altijd paste, samen op de schommelbank op de veranda.

'Wat vind je ervan?' vraagt Drea. Ze heeft het over het raam en haar opruimwerkzaamheden. Ze heeft de trui van Chad over de spleet gehangen zodat het gat helemaal is bedekt en de grote nul staart me aan alsof het een soort onderbewuste boodschap is.

Ik steek mijn duim omhoog.

'Ik hoop dat dat de kou buiten zal houden, maar ik dek me vannacht extra goed toe. Wie weet bel ik Chad wel, kan hij me warm houden.' Ze trekt een wenkbrauw op en glimlacht.

Ik vraag me af of ze weet wat ik voor hem voel en of ze die dingen zegt om mij gek te maken.

'Weet je wat we doen,' zegt ze. 'Jij ruimt het glas op en dan zorg ik dat morgen het raam wordt gerepareerd. Er is vast wel iemand die dat kan fiksen, zeker als we ons beklagen over de beveiliging.' Ze pakt haar tasje en kijkt wat erin zit. Hij is van een bekend designmerk en ze heeft hem afgelopen zomer in Florence gekocht; twee kleuren bruin met allemaal hoofdlettertjes F erop geprint. Dan haalt ze er een bijpassend portemonneetje uit en laat een paar dollarbriefjes tussen haar vingers ritselen. 'Ik haal even een paar blikjes cola-light in de hal. Ga je mee?'

'Nee, dank je. Ik ruim het glas wel op.'

Ze haalt haar schouders op en draait zich om op de plateauzolen. Ik wacht tot ze de deur uit is voor ik uit bed stap. De flanellen joggingbroek zit als een natte kledder tussen mijn benen. Ook de lakens zijn doorweekt en er stijgt een bittere geur uit op. Hoe smerig het allemaal ook is, ik begin eraan gewend te raken, een beetje zoals moeders gewend raken aan poepluiers, denk ik. Maar vroeger, ook toen ik nog klein was, had ik dit probleem niet. En wat het nog erger maakt, is dat ik het aan niemand wil vertellen, ook niet aan Drea.

Ik zoek in mijn kast naar een andere blauwe joggingbroek. Ik haal een donkere spijkerbroek tevoorschijn, een zwarte trui, twee ribbroeken en een wollen trui voor ik eindelijk een joggingbroek vind. Alleen is deze grijs. Ik hoop maar dat Drea dat niet ziet.

Ik stroop de joggingbroek af en schop die onder mijn bed. Ik schrik van mijn eigen spiegelbeeld in de grote spiegel op de deur. Ogen, neus en mond als stippen op een bleke huid. Iets minder vlekkeloos dan de gladde huid die ik normaal gesproken heb. Bruine, bloeddoorlopen ogen. Haar dat in donkere slierten over mijn schouders hangt; haar dat vroeger dik en glanzend was en waar al mijn vriendinnen jaloers op waren.

Ik draai me opzij en mijn blik glijdt langs mijn lichaam, langs mijn slanke taille en mijn billen, die steeds meer gaan hangen. Benen die niet meer zo mooi van vorm zijn als afgelopen zomer in mijn afgeknipte spijkerbroek. Hoelang is het eigenlijk geleden dat ik zo in de spiegel keek? Wanneer is dit allemaal gebeurd?

Maar ik weet het antwoord wel. Ik voelde me veel beter en ik zag er veel mooier uit voor ik terugkwam naar school, voor de nachtmerries begonnen.

Met een vochtig washandje veeg ik mijn benen af, trek de grijze broek aan en kijk naar het schoenenrek in de hoek.

Daar staan de gele gympen die ik in mijn nachtmerrie aanheb. Er zit een grote houten kraal aan de veter geregen. In de kraal is het teken voor neutraliteit gegraveerd: twee halve manen die met een lijn verbonden zijn. Het zijn mijn lievelingsschoenen, maar door de nachtmerries heb ik ze sinds het begin van het schooljaar niet meer gedragen.

Ik trek het laatje van mijn nachtkastje open en haal daar een kegeltje muskuswierook uit en een flesje lavendel. De kegel is ongeveer zo groot als mijn duim en als je hem aansteekt, ruikt hij naar jongens. Ik laat een paar druppels olie op mijn vinger vallen en smeer de onderkant van de kegel ermee in. De geur van musk en lavendel is precies genoeg om de eau de toilette die ik sinds het begin van het jaar produceer, te maskeren. Gelukkig heb ik nog geen klachten gekregen van LaChagrijn.

Ik weet dat ik moet opschieten. Drea kan elk moment terug zijn. Ik hurk naast mijn bed en grijp wat plastic tasjes. Ik heb er een gewoonte van gemaakt elke keer wanneer ik naar de supermarkt ga, een paar tasjes extra mee te nemen. Nu heb ik een grote voorraad. Ik trek het vieze laken van het bed waardoor de plastic tasjes die ik daar ter bescherming van de matras had neergelegd, zichtbaar worden. Ze zijn nat. Ik rol ze zo goed en zo kwaad als dat gaat op, prop ze onder het nachtkastje en haast me dan een nieuwe laag neer te leggen. Het schone hoeslaken is moeilijker. Ik worstel met de eerste hoek, de tegenovergestelde hoek lukt ook nog, maar als ik de derde eromheen probeer te krijgen, schiet de eerste weer los.

'Heb je een ongelukje gehad?' Drea staat in de deuropening met haar armen vol blikjes cola en chocoladerepen uit de automaten in de hal. 'Ik vind het zo vreselijk als dat gebeurt.' Ze knikt naar het bed en ik voel mijn gezicht verstijven.

'Het lastigste is om het bloed eruit te wassen,' vervolgt ze.

'Ik stuur ze meestal gewoon naar de wasserette. Heb je daarom je bed verschoond?'

Ik knik.

'Drie hoeraatjes voor de zegeningen van het vrouw-zijn.'

Opluchting. Ze weet van niets.

Terwijl Drea haar schatten uit de hal in de toch al uitpuilende minikoelkast propt, schop ik de vieze lakens onder mijn bed en trek de andere hoeken van het laken om het matras.

'Ik ruik wierook,' zegt ze. 'Dat gebruik je de laatste tijd wel heel erg veel.'

Ik negeer het commentaar en loop op blote voeten over de scherven. Ik begin die bij elkaar te vegen met behulp van een borstel (die ik al dagen niet voor mijn haren heb gebruikt) en mijn wiskundeschrift. Zo komen ze in ieder geval nog van pas.

Ik loop met de stapel glas naar de prullenbak, maar halverwege blijf ik staan. Ik sluit mijn ogen. Ik klem mijn tanden op elkaar. Een katachtig gejank welt op uit mijn keel. De pijnscheut schiet door mijn been omhoog, langs mijn ruggengraat en door mijn beide schouderbladen mijn nek in.

Ik heb een stuk glas laten liggen. Ik til mijn voet op en draai hem om om te kijken. Het ruitvormige stuk glas zit nog in mijn voet.

'Ik bel het ziekenhuis,' zegt Drea. 'Heb je een ambulance nodig?'

'Nee, het gaat wel.' Ik hink naar mijn bed om beter te kijken. Ik zie waar het stuk glas mijn voet in gaat. Een keurige snee. Ik haal diep adem, pak het deel dat uitsteekt en trek met een snelle beweging de scherf uit mijn voet. Een druipend, helderrood stuk glas.

'Je moet iets voor me uit mijn toverla pakken,' zeg ik. 'Ik moet een aardappel hebben.'

'Een aardappel?' Drea kijkt me vanuit haar bed raar aan. 'Alsjeblieft.'

Ze slaat haar ogen ten hemel, loopt langs me heen naar mijn kast en trekt de onderste la open. Ze pakt er een bintje uit.

'Snijd die in tweeën. Op een zilveren blaadje moet een mesje liggen.'

'Moet ik me zorgen maken?' vraagt ze. Drea snijdt de rauwe aardappel doormidden en geeft die aan mij. Ik druk de witte binnenkant tegen mijn voet en houd hem daar even om het bloeden te stelpen: een oud familierecept dat zelfs mijn moeder gebruikt. Ik druppel nog wat citroensap op de wond en verbind die ten slotte met verband uit de EHBO-doos.

'Weet je zeker dat het zo goed is?' vraagt ze.

'Ja, prima. Gaat het wel goed met jóú?'

'Ik voel me een beetje duizelig,' zegt ze. 'Zal ik toch maar het ziekenhuis bellen?'

'Voor jou of voor mij?' vraag ik voor de grap. 'Het is twee uur 's nachts. Voorlopig lukt het zo wel.' Ik stap in bed en pak mijn dekbed van de grond. 'Weet je wat wel gek is?'

'Gekker dan jij met je aardappel?'

'Ha, ha.' Ik pak de kaars met de half-opgebrande initialen van Drea en leg die in het laatje van mijn nachtkastje. 'In mijn nachtmerrie had ik ook een wond aan mijn voet.'

'Hmm,' zegt ze. 'Dat is inderdaad gek. Maar nachtmerries komen weleens uit.'

Ik aarzel en wil iets zeggen, maar doe het bij nader inzien toch niet. Al weet ik dat ik het haar binnenkort moet vertellen. Dat ik het iemand moet vertellen.

4

Het is halfvijf 's morgens als in onze kamer de telefoon gaat. Ik ben wakker en blader voor de zoveelste keer door oude nummers van *CosmoGIRL!* om niet te hoeven denken aan de lelies in mijn nachtmerrie.

Dankbaar kijk ik op van de horoscoop van afgelopen december (in het stukje over de stier staat hoe succesvol mijn liefdesleven is geweest) en grijp de telefoon. 'Hallo?'

'Is Drea er ook?' vraagt een onbekende stem, loom, omfloerst, ver weg.

Ik werp een blik op haar. 'Ze slaapt,' zeg ik.

'Maak haar wakker.'

'Eh... nee. Maar ik zal vragen of ze je op een normaal tijdstip terugbelt. Je weet wel, als mensen niet slapen. Wie kan ik zeggen dat er heeft gebeld?'

'Een vriend.'

'Kun je iets preciezer zijn?'

In plaats van antwoord te geven, hangt hij op. Ik ook.

'Wie was dat?' vraagt Drea met een krakerige stem.

'Een of andere jongen die met je wilde praten,' zeg ik. 'Maar hij wilde niet zeggen wie hij was.'

Drea glimlacht.

'Weet jij dan wie dat was?'

'Misschien,' zegt ze.

'Wie?'

De telefoon gaat weer. Ik neem hem op. 'Hallo?'

Deze keer blijft het stil aan de andere kant van de lijn. 'Hallo?' zeg ik nog een keer.

'Geef maar aan mij,' zegt Drea.

Ik geef haar de telefoon en ze draait zich om, duikt onder haar dekbed en fluistert in de hoorn, zodat ik niet kan horen wat ze zegt.

Misschien is Chad dan toch beschikbaar.

Ik kijk naar de trui die voor het gebroken raam hangt, en stel me voor dat hij die aanheeft; de mouwen tot zijn ellebogen opgestroopt, de trui omspant zijn schouders. Plotseling wil ik opstaan, mijn neus in de stof drukken en me helemaal verliezen in de heerlijke geur. Maar ik weet dat Drea woedend wordt als ik met één teen dichter dan een meter bij het aandenken kom.

Na een fluisterend gesprek van een paar minuten hangt Drea op en zit ik nog steeds met open mond naar de trui te staren. 'Wie was die jongen?' vraag ik.

'Niemand,' zegt ze en ze giechelt.

'Hoe bedoel je, "niemand"?'

'Ik bedoel dat ik er nu niet over wil praten,' zegt ze.

'Hoezo niet? Wat is er dan?'

'Laat nou maar, ja? Er is niets.'

'Ook goed,' zeg ik en ik sla een paar bladzijden met shampooreclames om. Ik heb geen idee waarom ze ineens zo stiekem doet.

'Chads trui komt goed van pas zo,' zeg ik om van onderwerp te veranderen. 'Waarom heb je die eigenlijk nog steeds?'

'Ik weet het niet.' Ze draait een haarlok om haar vinger en legt het uiteinde als een snor over haar lip. 'Hij zit lekker en ruikt nog naar hem, naar dat lekkere geurtje dat hij altijd op heeft, alsof hij net onder de douche vandaan komt.'

'Denk je dat het nog eens wat gaat worden tussen jullie?' vraag ik.

'Natuurlijk. We denken over zo veel dingen precies hetzelfde. Het is gewoon een kwestie van tijd.'

Ik duik onder het dekbed en probeer me zijn geur voor de geest te halen. De dag dat we borden vol kersentaart aten bij een taarteneetwedstrijd op een feest ter ere van onze terugkomst op Hillcrest. Die middag dat we dennenappels zochten voor een biologieproject, of dat we de campus opruimden voor Aardedag. De keer dat we elkaar bijna kusten... en toen helemaal. Mijn bloed raast door mijn aderen bij de gedachte alleen al, maar op de een of andere manier, om de een of andere reden, kan ik niet bedenken hoe hij rook, die sexy, stomende geur waar Drea het over heeft.

Er wordt op de deur geklopt. 'Roomservice.'

Het is Amber, een vriendin die boven woont. Ik hinkel naar de deur om open te doen, de snee in mijn voet doet nog steeds pijn.

'Ik kan absoluut niet slapen,' zegt ze en ze loopt langs me heen. 'En toen ik voorbijliep, hoorde ik jullie kletsen, dus ik dacht, ik kom er gezellig bij.'

'Hebben wij even mazzel,' zegt Drea.

'O, mijn god,' zegt Amber. 'Waarom is het hier zo steenkoud?'

'We hebben een ongelukje gehad,' zegt Drea en ze wijst op het raam.

'Jemig.' Amber werpt een vlugge blik op het reparatieknutselwerk met de trui.

'Amber, het is tien over halfvijf,' zeg ik. 'Waarom ben jij uit bed?'

'Honger. Willen jullie wat eten? Ik ga dood van de honger.' Met een paar boogiewoogie-danspassen loopt ze naar Drea's koelkast en de roze-met-groene pantoffels en wollen pyjama dansen mee. Als ze ziet wat erin ligt , trekt ze een vies gezicht – tong opgekruld naar één kant, één oog dicht en het andere omhoog – en pakt dan een mueslireep. 'En waarom slapen jullie niet?'

'Wij zijn wakker,' begin ik, 'omdat de een of andere malloot Drea heeft opgebeld, maar ze wil er niet over praten.'

'Wie was het dan?' vraagt Amber.

'Gewoon, een jongen,' zegt Drea.

'Kom op, Dré, je weet wel beter,' zegt Amber. 'Vertel op.'

'Er valt niks te vertellen. Gewoon een jongen met wie ik een keer heb staan praten. Meer niet.'

'Dus Chad is einde oefening?' vraagt Amber, en ze windt een van haar oranje staartjes rond een vinger met een nagel die maagdenpalmblauw is gelakt.

'Nee, dat nooit.'

Ik pak mijn schooltas, die naast het bed op de grond ligt, en haal een pakje kaarten uit het zijvak.

'O, Stacey,' zegt Amber. 'Doe alsjeblieft een liefdesspreuk. Ik ben wanhopig. Het is al zo lang geleden, als je begrijpt wat ik bedoel.'

'Ja, kom op,' zegt Drea.

'Geniet toch eens gewoon. Je bent zestien, in de bloei van je leven en je zit op een gemengde kostschool waar voor elk meisje vier jongens rondlopen. Maak er wat van, joh.'

'Ik geniet met volle teugen, als je dat soms nog niet wist,' zegt Drea.

'Ik weet het. Het staat op de muur van de jongenstoiletten.'

'En wat moet jij in de jongenstoiletten, als ik vragen mag?' zeg ik.

'Dingen over mezelf schrijven. Je moet die jongens laten weten dat je nog steeds in de running bent.'

'Misschien heb je meer succes met een groot reclamebord langs de snelweg,' zegt Drea. 'Hoelang is het geleden dat je met een knul uit bent geweest? Een jaar?'

Amber steekt haar tong uit naar Drea en laat een mond vol muesli zien. 'Een halfjaar, als je het echt wilt weten. Bijna net zo lang als het uit is tussen jou en Chad. Jemig, dat van jullie is ook alweer een eeuw geleden.'

'Eet je mueslireep op,' zegt Drea.

'Er is meer voor nodig dan een mueslireepje om mij de mond te snoeren,' zegt Amber. 'Hoor eens, als je niet van plan bent een liefdesspreuk te doen, ga ik maar weer eens. Ik moet mijn teennagels nog lakken.'

Ik kijk naar haar teennagels met de roze en blauwe smileys zonder ogen en met halfvergane glimlachjes. Uiteindelijk leent ze de fles nagellakremover die op mijn bureau staat, plundert Drea's koelkast en pakt nog een Snickers en twee blikjes cola-light mee voor ze vertrekt.

Intussen voel ik dat ik toch niet meer kan slapen. De kaarten zijn geschud en wanneer Drea me vraagt de kaarten voor haar te lezen, geef ik tegen beter weten in toe.

We zitten in kleermakerszit op mijn bed met de kaarten tussen ons in en elk een paarse kaars op ons nachtkastje. De voorschriften verbieden het branden van kaarsen of wierook op de kamers, maar daar trekt niemand zich wat van aan. Bovendien heeft LaChagrijn het meestal te druk met de deelnemers aan *Blind Date*, dat luid schetterend op haar televisie in de hal aanstaat, om iets in de gaten te hebben.

'Verdeel het spel in drie stapeltjes,' zeg ik, 'en doe een wens voor je de derde stapel neerlegt.'

'Waar zijn de paarse kaarsen voor?' vraagt ze.

'Om ons een beter inzicht te geven.' Ik kijk naar mijn amethisten ring en denk aan de droom en aan hoe mijn oma de ring aan mij heeft gegeven toen ik twaalf was, net voor ze stierf.

Drea maakt stapeltjes en ik pak zeven kaarten van elke stapel af om een nieuwe stapel te maken. 'Voor jou,' zeg ik en ik leg de eerste kaart omgekeerd neer. 'Voor je familie,' zeg ik en ik leg de tweede ernaast. Ik leg nog vier kaarten neer en noem bij elke kaart de categorie op. 'Voor wat je wenst. Wat je verwacht. Wat je niet verwacht. Wat zeker uitkomt.'

'Waarom gebruik je niet gewoon de tarotkaarten?' vraagt Drea.

'Omdat die niet zo goed zijn. Mijn oma heeft me geleerd speelkaarten te lezen, net zoals haar oudtante het haar heeft geleerd. Zoals het écht moet.'

Ik leg de overgebleven kaarten op de andere zodat er stapels van drie en vier kaarten ontstaan. Er zijn twee kaarten over en die leg ik aan de kant. 'Dat zijn je verrassingskaarten.'

Ik draai de wensstapel om en er komt achtereenvolgens een schoppennegen, een hartenboer, een klavertwee en een schoppendrie. Mijn mondhoeken zakken omlaag.

'Wat is er aan de hand?'

'Je hebt iets gewenst over Chad.'

'Hoe weet je dat?'

Ik wijs op de hartenboer. 'Een blonde jongeman naast de schoppennegen.'

'En wat betekent de schoppennegen?'

'Teleurstelling. De klavertwee vertelt me dat hij je mee uit zal vragen. Maar op het laatste moment zal hij je teleurstellen.'

'En de schoppendrie?'

'De schoppendrie staat voor tranen.'

'Wat een verrassing.'

Ik leg de wensstapel ondersteboven aan de kant. 'Wil je dat ik verderga?'

Ze knikt.

Ik pak de stapel van 'dingen die je niet verwacht' en de drie kaarten zijn een klaveraas, een klavervijf en een schoppenaas.

Ik voel mijn gezicht verstarren.

'Wat?'

'Niets,' zeg ik en ik draai de kaarten om.

'Vertel dan, als het niets is.'

'Je moet gewoon uitkijken, oké?'

'Uitkijken waarvoor?'

Ik kan haar geen antwoord geven. Ik kan de waarheid niet over mijn lippen krijgen.

Drea kijkt de andere kant op om mijn blik te ontwijken, zoals ze altijd doet als ze haar zin niet krijgt. 'Oké, laat dan maar,' zegt ze. 'Zeg het maar niet. Ik heb geen zin in spelletjes.'

Ik concentreer me op de kaarsvlam en volg een traan van was die langs de kaars druipt. Ik weet niet wat ik moet zeggen, of ik het haar wel moet vertellen en zo ja, hoe dan?

Ik draai de drie kaarten langzaam weer terug en schuif ze met mijn vingers naast elkaar. Ik slik en probeer snel iets te bedenken wat geloofwaardig klinkt. Dan zeg ik: 'Wees gewoon voorzichtig en zeg geen dingen waar je spijt van krijgt.'

Ze kijkt me verbijsterd aan. 'Wat?'

'Je weet wel. Let op je woorden.' Mijn stem breekt.

'Moet ik op mijn woorden letten? Voel je je wel goed of zo?'

'Misschien krijg je ruzie met iemand. Iemand die je na aan het hart ligt.'

'Dat gebeurt toch wel,' zegt ze. 'Wauw, Stace. Je bent een echte waarzegster. Je kunt wel een handeltje beginnen en er geld voor vragen.' Ze zwaait haar benen over de rand van het bed. 'Ik moet mijn mail nog checken.'

Ik heb een hekel aan liegen, maar het is beter dan haar de waarheid te vertellen. Ik heb zelf moeite het onder ogen te zien. Ik veeg de kaarten bij elkaar, maar houd Drea's stapeltje van 'dingen die je niet verwacht' apart.

'Waarom krijg ik dít van Chad?' Drea draait zich achter de computer om.

'Wat is dit?'

'De een of andere link naar een site met rijmpjes en versjes. Het is "Het huis dat Japie heeft gebouwd".'

Ik ga kijken. Een computeranimatie van een man met een gereedschapsriem loopt houterig door het beeld en legt planken in de vorm van een huis. In een paar seconden is het bouwwerk klaar en begint hij het te schilderen met crèmekleurige verf.

'Wat grappig,' zegt Drea.

Als het schilderen klaar is, springt een witte kat van de vensterbank. Hij rent over de veranda achter een rat aan. De man veegt het zweet van zijn voorhoofd, slaat de laatste spijkers in het huis en timmert een goudkleurig bord met WEL-KOM boven de voordeur.

Drea klikt erop. Een oma-achtige vrouw met een lange perzikkleurige jurk en een schort met ruches stapt de veranda op. Ze haalt een boekje met rijmpjes en versjes uit de zak van haar schort.

'Dit is het huis dat Japie heeft gebouwd,' begint de vrouw. 'Dit is de rat die snoepte van de havermout in het huis dat Japie heeft gebouwd.'

'Iemand met een vreemd gevoel voor humor,' zeg ik.

De blikkerige stem vervolgt: 'Dit is de kat, die ving de rat die snoepte van de havermout in het huis dat Japie heeft gebouwd.'

'Chad spoort echt niet.' Drea schiet in de lach. 'Ik heb hem verteld dat ik niet goed kan slapen de laatste tijd. Dit is zeker zijn verhaaltje voor het slapengaan. Om me welterusten te wensen. Hij is zo lief.' Ze klikt de pagina weg en checkt haar andere mails. 'Iets van Donovan,' leest ze voor. 'Hij komt niet naar de les verzorging en wil mijn aantekeningen lenen.'

'Dat is gewoon een smoesje,' zeg ik en ik ga weer naar mijn eigen bed. 'Hij spijbelt expres om jouw aantekeningen te kunnen lenen. Alsof het hem om die aantekeningen gaat.'

Drea glimlacht; ze weet dat het waar is. 'Verder niets van Chad,' zegt ze met een zucht.

'Vind je "Het huis dat Japie heeft gebouwd" niet genoeg?'

'Ik denk... ik denk dat ik het gewoon mis dat hij me elke avond welterusten wenst.' Ze laat zich op haar bed vallen en kruipt onder het dekbed. 'Welterusten,' zegt ze.

'Goedemorgen, zul je bedoelen.' Ik leg Drea's kaarten in mijn nachtkastje en trek het dekbed tot mijn schouders op. We hebben nog anderhalf uur voor de wekker gaat. Anderhalf uur lang zal ik naar het plafond liggen kijken en nadenken over de kaarten van Drea en wat ik haar niet wilde, niet kón, vertellen.

Nu val ik natuurlijk helemaal niet meer in slaap.

5

Dat verr... Frans ook. Ik laat me op mijn stoel zakken, bijt in mijn gummetje en bekijk de vier blaadjes van het proefwerk. De aanvoegende wijs van *pouvoir*? De onvoltooid verleden toekomende tijd van *aller*? Meent LeSnor dat nou echt? Ze zei dat het niet moeilijk zou worden.

Het is muisstil in het lokaal terwijl de grote verraadster tussen de rijen door loopt om spieken te voorkomen – en waarschijnlijk vanbinnen de grootste lol heeft om mijn bezwete gezicht, verwrongen van totale verwarring. Als ze naar de andere kant van de klas loopt, giechelen PJ, die naast me zit, en Amber, twee stoelen verder, over de blauwe glans die vandaag over het kapsel van Lenore ligt. Overduidelijk een mislukte verfsessie. Al begrijp ik niet waarom PJ het zo leuk vindt. Hij verft de spikes in zijn haar vaker dan een kameleon van kleur wisselt. Vandaag kleuren de plukken bij zijn nagellak.

'Nog tien minuten,' zegt mevrouw Lenore. 'Stacey, zit niet te dromen.'

Ik ruk mijn starende blik los van de zware plantenbak op haar bureau, een cadeau, zo heeft ze ons verteld, van een leerling *met waardering voor discipline en hard werken*. Vrij vertaald: een slijmbal.

PJ schuift zijn proefwerk naar het randje van zijn tafel en tilt het iets op. Het enige wat ik zie, zijn tekeningetjes van stripfiguren die zitten te kaarten en cheeseburgers zitten te eten.

'Hou je allemaal alsjeblieft bij je eigen werk,' snauwt mevrouw Lenore. Ik bijt het hele gummetje van mijn potlood en voel hoe het zich in mijn keel nestelt. Ik hoest van schrik en het rode gummetje vliegt door de lucht; het landt in het kogelvrije kapsel van Veronica Leeman. Ik wil me al verontschuldigen, maar door alle haarspray en gel merkt ze het niet eens.

PJ moet zijn lachen inhouden en wiegt met zijn handen tegen zijn maag gedrukt heen en weer. 'Sufferd,' zegt hij zonder geluid. Ik denk dat Veronica voelt dat er wat is, want ze draait zich om en steekt haar middelvinger naar hem op.

Ik daarentegen ben te moe om te lachen. Ik zou liever gaan slapen dan dit proefwerk maken. Het is gewoon zonde van het potlood om zelfs maar te proberen antwoorden in te vullen op de open plaatsen. Ik zal Lenore na de les moeten smeken of ik het mag overdoen. Wat heeft het voor zin hier tijd en moeite in te stoppen?

Plotseling voel ik dat mijn ogen beginnen dicht te vallen en ik moet moeite doen mijn hoofd rechtop te houden. Ik laat me nog wat verder in mijn stoel zakken in de hoop dat de rugleuning me voldoende steun biedt en het lijkt of ik er helemaal bij ben.

PJ zit nu hoorbaar te lachen. Hij heeft zijn mond wijd open en de door snoep gifgroen geworden tong schiet als een boze slang naar buiten. Hysterisch slaat hij met zijn vuisten op tafel, maar niemand besteedt er aandacht aan. Er wordt zelfs niet naar hem gekeken.

Ik heb geen tijd om me bezig te houden met aandachttrekkerij, want plotseling... moet ik plassen. Dat mág niet! Ik leg mijn handen op mijn buik, sla mijn benen over elkaar en voel een druppel zweet over mijn voorhoofd lopen. Ik wil mijn hand opsteken om te vragen of ik naar het toilet mag, maar mevrouw Lenore lacht me alleen maar uit. Ze gaat op haar stoel voor de klas zitten en begint mijn proefwerk na te kijken, al heb ik het nog niet ingeleverd, ligt het op het tafeltje voor me en staren alle blanco plekken me beschuldigend aan. Deze toch wel opvallende tegenvaller weerhoudt haar er echter niet van het na te kijken en voor ik het weet, houdt ze een blaadje met een grote rode één erop in de lucht, zodat iedereen het kan zien.

Als PJ dat ziet, begint hij te schateren en de slangachtige tong schiet heen en weer in een poging te ontsnappen. Lenore vouwt een vliegtuigje van mijn proefwerk en gooit het naar me toe. Het vliegtuig draait een paar rondjes door het lokaal, maar landt dan midden op mijn tafeltje. Ik vouw het open en kijk met knipperende ogen naar de grote rode letters die dwars over het papier staan: JIJ HEBT MAURA VERMOORD EN DREA IS DE VOLGENDE.

'Niet waar!' schreeuw ik. 'Ik heb haar niet vermoord.' Ik word wakker van mijn eigen gegil en zie dat iedereen naar me zit te kijken. Het duurt een paar tellen voor ik alles op een rijtje heb. Op de een of andere manier ben ik hier, midden in de klas, in slaap gevallen.

Ik kijk naar mijn blaadje. Er staat nog steeds niets op en het vraagt me om een aanvoegende wijs en een onvoltooid verleden toekomende tijd. PJ strekt zijn stevige arm met armband uit naar mijn bovenarm, maar zelfs daarvan schrik ik.

'Stacey?' zegt mevrouw Lenore vragend. Ze komt voor mijn tafeltje staan en kijkt alsof ze denkt dat ik mijn verstand verloren heb.

Ik sta met mijn mond vol tanden. In de andere hoek van de klas wordt gegiecheld.

'Gaan jullie alsjeblieft gewoon verder met jullie werk,' zegt mevrouw Lenore. 'Stacey, is alles in orde?'

Ik knik.

Nog meer gelach, nu van Veronica Leeman en haar misselijke vriendinnen.

'Ik hoop dat dit geen grap was.' Mevrouw Lenore kijkt eerst naar de meisjes en dan naar mij.

Ik schud mijn hoofd.

'Ik wil dat je je proefwerk inlevert en je gaat melden. Nu meteen.'

De poten van mijn stoel schrapen over het linoleum als ik mijn stoel naar achteren schuif. Ik wil net zo geniepig als PJ's tong wegglibberen, maar dat kan ik niet. Ik moet opschieten, anders haal ik de wc niet eens. Alle ogen in de klas, met uitzondering van die van Amber en PJ, richten zich met tegenzin weer op die stomme Franse werkwoordsvormen. Ik loop naar voren en geef mijn lege blaadje aan mevrouw Lenore. Ze zegt niets meer en ik kan niets zeggen. Ik kan alleen de klas uitlopen en me voornemen hier een eind aan te maken... wat het ook is. Ik moet Drea redden en zorgen dat Maura in mijn geest voor altijd tot rust komt.

6

Het avondeten ziet er afschrikwekkend uit, maar aangezien ik na Frans de lunch heb overgeslagen – ik moest bekomen van de schrik – ben ik bereid bijna alles te eten. Ik pak een van de citroengele bladen van de stapel, mik er een handvol bestek op, kijk over de hoofden in de rij heen en probeer erachter te komen waar de grijze brij die op de borden wordt geschept, van is gemaakt. Hutspot, stukjes vette gebakken hamburger in een mengsel van namaakaardappelpuree met sufgekookte wortelen en uien. Zó smerig.

Veronica Leeman staat voor me. Ik kijk of mijn gummetje nog in haar haar zit, maar ik kan hem in die massa niet vinden. Verdomme. Ze merkt dat ik achter haar sta en kijkt naar me alsof ik een doodgeslagen insect ben.

Veronica Leeman is een van de weinige mensen aan wie ik met plezier een hekel heb. Het eerste jaar organiseerde ze het zo dat tijdens de les wiskunde om exact één minuut over twaalf iedereen zijn boek op de grond liet vallen, behalve zij en haar drie onafscheidelijke vriendinnen. Zij zaten aan hun tafeltje met gevouwen handen en hun hoofd een beetje opzij alsof ze ook niet begrepen wat er nou toch gebeurde. Het gevolg was dat de rest van de klas, onder wie ik, een week lang moest nablijven bij meneer Milano, de biologieleraar. Die dacht dat het goed voor ons zou zijn urenlang te luisteren naar een voordracht over zijn dissertatie, *Het paringsritueel van reptielen*, zodat we bijna doodgingen van verveling.

De rij schuift op en Veronica en ik zijn aan de beurt. Ik zie dat ze met een vies gezicht naar het eten kijkt. 'Hutspot?' vraagt de kantinejuffrouw en ze houdt dreigend een lepel vol klonterige smurrie boven Veronica's bord.

'Walgelijk,' zegt Veronica en ze maakt een afwerend gebaar met haar rode acrylnagels. 'Wie eet dat spul?'

'Jij, nu,' zegt de kantinejuffrouw.

'Dat geloof je toch zelf niet. Ik ben vegetariër.'

De vrouw kiepert de lepel om boven haar bord. 'Probeer het maar eens.'

'Heb je me niet gehoord? Ik ben vegetariër. Ve-ge-ta-ri-er. Welk deel had je niet begrepen?'

De kantinejuffrouw smakt het bord op de toonbank en geeft Veronica een in cellofaan verpakte sandwich waar TONIJN op staat.

'En sinds wanneer is een vis geen dier meer? Heb je geen salade?'

'Alleen worteltjes en aardappelpuree.'

'Mooi, geef dat dan maar.'

Er landt een spetter wortelsap op Veronica's wang als de kantinejuffrouw met de lepel een kwak aardappelpuree naast de wortels gooit. Het kon niet mooier.

'En bedankt,' zegt Veronica, die het bord op haar blad zet en wegloopt.

Ik pak het afgekeurde broodje tonijn en een zakje chips en ga aan een tafel in de hoek van de kantine zitten, waar de mensen van de toneelclub samenkomen. Meestal zit ik ergens anders, maar ik heb behoefte aan rust en ze zijn zo verdiept in een discussie over de vraag of Hamlet verliefd was op zijn moeder, dat ze zich niet druk maken over mijn avontuur bij Frans. Bovendien kan ik nu zelf proberen de zaken op een rijtje te zetten.

Eerst haal ik me de kaarten nog eens voor de geest. Ze zeggen dat Chad Drea mee uit zal vragen en dat hij het afspraakje op het laatste moment zal afzeggen – maar dat is eigenlijk niets nieuws. Ze zijn allebei schuldig aan de knipperlichtrelatie die ze al hebben zolang als ik ze ken.

Ze had ook een schoppenaas en die staat voor een brief die ze zal krijgen; de schoppenvijf, voor een pakje. Maar de kaart waar ik het vooral van op mijn heupen krijg, is de schoppenaas, de kaart van de dood, die er midden tussenin lag.

De kaart die symbool staat voor de dood, net als de lelies.

Ik pluk mijn brood in kleine stukjes en denk aan die keer dat oma met Pasen helemaal door het lint ging omdat een buurvrouw een bos lelies had meegenomen om op tafel te zetten. Ze trok alle bloemen van de stelen en stopte ze in de vuilnisbak. De volgende dag nam ze me mee naar een bloemenwinkel en toen hebben we zo'n beetje de hele dag daar rondgelopen en heeft ze me geleerd wat de verschillende bloemen betekenen. Onder andere dat lelies de dood symboliseren.

De man in mijn droom had een heel boeket in zijn handen.

En de geur van modder? Die geur speelde in mijn nachtmerrie een grote rol. Ik kan het bijna ruiken als ik eraan denk.

'Hé, Stacey.' Chad zet zijn blad tegen het mijne. Er ligt de normale hoeveelheid op: drie broodjes met ham, twee zakken ribbelchips en twee glacékoeken, drie kartonnetjes melk, een flesje sinas, een appel en een banaan.

Normaal gesproken zit hij in de kantine nooit bij ons. Als sterspeler van het hockeyteam van Hillcrest, zit hij meestal bij zijn sportmaatjes. Hij zal wel wat nodig hebben.

'Hé, Stace,' zegt Drea en ze gaat naast hem zitten.

Amber en pj komen er ook bij. Er heerst een dodelijke stilte, maar ik voel hoe ze hun lachen inhouden en hoe die on-

afwendbaar naar boven borrelt, als koolzuur in een fles fris-
drank.

'Oké,' zeg ik. 'Zeg het maar.'

'Wat moeten we zeggen?' vraagt PJ. 'Wat is er aan de hand,
Stacey? Je ziet er moe uit. Heb je niet genoeg geslapen bij
Frans? Of had je het te druk met het vermoorden van men-
sen?'

De lach ontsnapt. Een explosie van koolzuur. PJ en Amber
geven elkaar boven mijn hoofd een high five.

'Buitengewoon geestig,' zeg ik. 'Goed, ik slaap de laatste
tijd niet lekker en ik ben bij Frans even in slaap gesukkeld. Is
dat zo erg?'

'Ik denk dat je echt eens met iemand moet praten, Stace,'
zegt Drea. 'Een slaapspecialist of zo.'

'En alsof dat nog niet genoeg was,' begint PJ, 'gedraagt ze
zich ook nog als een exorcist-chick en spuugt iets in het haar
van Arro Ronnie.'

'Het gummetje van mijn potlood,' verduidelijk ik. 'En ik
hóéstte het uit.' Alsof dat wat uitmaakt.

'Nu we het er toch over hebben...' Amber knikt met haar
hoofd naar rechts. Daar zit Veronica met haar vriendinnen
naar PJ te wijzen en ze maakt het kakelende geluid dat zij lachen noemt. Ze kijkt naar PJ, maakt met haar vingers de L
van loser en legt die tegen haar voorhoofd. Veronica's lem-
mingen van vriendinnen doen haar meteen na.

PJ kijkt naar zijn eten en doet net of het hem niets kan
schelen.

'Kom op, zeg,' zegt Amber. 'Laat je niet kisten. Geef ze ervan langs. Stacey, zeg eens een toverspreuk. Zorg dat ze heel
dik wordt.'

'Alle spreuken die ik opzeg, komen drievoudig bij me terug.
Ik geloof dat ik dit kwartaal al genoeg ben aangekomen.'

'Inderdaad,' zegt Amber en ze kijkt naar mijn middel.

Amber kan zo'n kreng zijn.

'Ze is het niet waard.' PJ schenkt wat sinas in zijn melk, een dagelijks ritueel dat hij heerlijk vindt, en begint hoorbaar te drinken. 'Ik heb trouwens echt een bloedhekel aan haar. Van mij mag ze creperen.'

'Dat meen je niet,' zeg ik.

'Hoe weet jij dat?'

Eigenlijk weet ik het ook niet, maar het is vreemd PJ zo over iemand te horen praten. PJ, die nog geen vlieg zou kwaad doen omdat dat slecht is voor zijn karma. PJ, die vorig jaar werd betrapt toen hij het konijn van mevrouw Petterton uit zijn hokje in het scheikundelokaal probeerde te bevrijden.

'Nu we het toch over de dood hebben,' zegt Amber. 'Het is wel een beetje vreemd om het midden in de klas over vermoorden te hebben, vind je zelf ook niet, Stacey?' Ze trekt haar boterham met pindakaas open en belegt die met paprikachips.

'Zou het iets te maken kunnen hebben met die nachtmerries?' vraagt Drea en ze schuift haar stoel dichter naar Chad toe.

'Nachtmerries?' PJ kijkt me aan. 'Ik wist niet dat je nachtmerries had. Wat spannend. Vertel eens.'

'Had ik dat niet mogen zeggen?' vraagt Drea.

'Waarom niet?' vraagt Amber. 'Iedereen weet dat Stacey in haar dromen allerlei ellende over mensen ziet. Ik zit erop te wachten tot ze een keer over mij droomt. Wanneer ik een belletje kan verwachten van Brantley Witherall bijvoorbeeld.'

'Volgens mij heb jij dit jaar al meer dan genoeg gebeld,' zegt Drea.

Amber steekt als antwoord haar tong uit tegen Drea en laat daarbij een kanjer van een tongpiercing zien. 'Misschien heeft hij al gebeld.' Ze kijkt in haar Hello Kitty-tas en zoekt haar mobieltje. Ze drukt op een knop en wacht tot hij aan gaat.

'Laat me raden,' zegt Drea. 'De batterij is leeg.'

'Waarom vergeet ik hem ook altijd op te laden?'

'Omdat je Amber heet.' Drea prikt een stukje tomaat aan haar vork en steekt het in haar mond. 'Doe die telefoon nou maar weg voor we allemaal op ons kop krijgen.'

Mevrouw Amsler, onze gymjuf, heeft vandaag wacht in de kantine, maar gelukkig heeft ze meer interesse voor de slobber die de kantinejuffrouw opdient dan voor mobieltjes of tongpiercings.

Ik kijk naar mijn chips en zie dat ik ze in de vorm van een hart heb neergelegd. Ontzet over het onuitroeibare verlangen van mijn onderbewustzijn om me voor gek te zetten, bedek ik de chips snel met de restanten van mijn broodje en kijk naar Chad om mezelf ervan te overtuigen dat hij het niet heeft gezien.

Hij kijkt me recht aan met zijn scheve glimlach. 'En wat gebeurt er in die nachtmerries?' Hij schudt een perfecte, stroblonde pijpenkrul voor zijn net zo perfecte blauwgroene ogen vandaan.

'Dat is niet helemaal duidelijk.' Ik slik en bij het woord 'helemaal' breekt mijn stem. 'Ik word achterna gezeten door een of andere vent.'

'Kun je zijn gezicht zien?'

Ik schud mijn hoofd. 'Ik kan wel zijn stem horen. Die lijkt bekend, maar ik herken hem niet.'

Hij buigt zich naar me toe. 'Misschien betekent het dat je ergens voor wegloopt. Of voor iemand die belangrijk is, en kun je dat beter niet doen.'

Ik staar geconcentreerd naar mijn broodje tonijn en voel dat mijn wangen warm worden en een glimlach de weg zoekt naar mijn mond. Zegt hij echt wat ik denk dat hij zegt, of wil ik dat alleen heel graag? Ik kijk hem weer aan en zie dat hij ook lacht, alsof we met z'n tweeën in een vreemde, romantische soap zitten. Gelukkig hebben we Drea om ons terug te halen naar de kantine.

'Weet je, Chad,' begint ze, 'ik vond die e-mail die je me hebt gestuurd zo leuk.'

'Welke e-mail?' Hij grijnst.

'De kinderrijmpjes? "Het huis dat Japie heeft gebouwd"? Zo schattig.'

'Ik weet niet waar je het over hebt.'

'Je hoeft je niet te schamen,' zegt Drea. 'Stacey heeft het allang gezien en ik heb hem doorgestuurd naar Amber. Ik kon het niet laten. Zo schattig.'

Ik weet niet eens of hij nog naar haar luistert. Hij ritst zijn rugzak open en haalt er zijn Engelse schrift uit met aantekeningen over *Beowulf*.

'Doe dat weg.' Drea pakt de aantekeningen af. 'Je zit niet in de bibliotheek. Het is trouwens erg onbeleefd. Het is etenstijd en we proberen hier een intelligent gesprek te voeren.'

'Dan zit je toch echt aan de verkeerde tafel,' zegt Amber.

Chad kijkt naar mij en glimlacht, hij wil iets zeggen.

'Hoi, Donovan,' kweelt Drea als de kamergenoot van Chad en de beste centerspeler van het hockeyteam, Hillcrest Hornets, voorbijloopt. Ze legt Righty en Lefty, haar twee belangrijkste aandachtspunten, in hun cup op tafel.

Intussen doe ik mijn best het gesprek met Chad weer op te pakken, maar dat valt niet mee, want hij kijkt niet eens meer naar me. Zijn aandacht is nu gericht op Drea, die met Donovan flirt en haar handen in de zakken van zijn blazer heeft gestopt.

'Ik wéét gewoon dat je kauwgum voor me hebt.' Ze werpt

een blik op Chad om zich ervan te overtuigen dat hij het ziet.

Hij ziet het.

Donovan steekt een hand in de binnenzak van zijn marineblauwe blazer en haalt een pakje Bubbalicious tevoorschijn. Hij geeft haar een stukje. 'En nog een voor straks,' zegt ze aanminnig. Hij geeft haar nog een stukje.

Amber stopt een vinger in haar mond alsof ze moet overgeven. Ik knik instemmend.

Drea propt beide stukjes kauwgum in haar mond, verkreukelt de verpakking en drukt Donovan de kleurige propjes in zijn hand. 'Ach, wil je zo lief zijn die even voor me in de prullenbak te gooien?' Zonder aarzelen draait hij zich om en loopt langs zes of zeven tafels, waarbij hij nog bijna uitglijdt over een gevallen druif, tot hij bij een prullenbak is gekomen.

'Echt een lekker stuk,' zegt Amber en ze knippert met haar wimpers naar Drea.

Drea kijkt boos. 'Je bent gewoon jaloers dat ik de jongens hier bijna letterlijk voor het oprapen heb.'

Als Donovan terug komt lopen, trekt Drea een stoel voor hem bij. 'Ik heb je vanmorgen bij verzorging gemist. Waar was je?'

Het is algemeen bekend dat Donovan verliefd is op Drea. Zij weet het. Hij weet dat ze het weet. Iedereen op Hillcrest weet het. Het verhaal gaat dat hij al sinds de basisschool verliefd is op Drea, maar dat ze hem nooit een kans heeft gegeven.

'Ik was aan het tekenen,' zegt hij. 'Mevrouw Sears had me toestemming gegeven de les over te slaan.'

'Heb je tekeningen bij je?' vraagt Amber. 'Ik vind het zo mooi wat je maakt.' Ze legt haar kin op zijn schouder en glimlacht naar Drea.

Hij pakt een schetsboekje uit zijn achterzak en laat een

houtskooltekening zien van een kamer die leeg is op een gemakkelijke leunstoel, een nachtkastje en een deur zonder deurknop na.

'Als je het over vastzitten hebt,' zegt Amber. *'C'est très existentialiste* van jou.'

'Alsof jij weet wat dat betekent,' zegt Drea.

'Grapje zeker? Leer mij Camus kennen. Zo diepzinnig. Wat een kunstenaar.'

'Dat is Sartre, sukkel.' Drea duwt Amber aan de kant om de tekening beter te bekijken. Ze grist Donovan het blok uit handen en begint te bladeren.

'Wacht.' Donovan probeert het terug te pakken, maar Drea ontwijkt hem.

'Ach, toe nou, ik wil het zien,' zegt ze op een zeurtoontje. Ze slaat de bladzijden om en er verschijnen bloemen, schalen met fruit, een bril en dan stopt ze bij de tekening van een meisje dat onmiskenbaar op haar lijkt.

'Ben ik dat?' vraagt Drea.

De tekening is met helderpaars krijt gemaakt. Het meisje schuilt onder een paraplu en ze draagt een kort regenjasje. Er zit een veeg onder haar oog alsof ze huilt.

'Ik zit maar wat te kliederen,' zegt Donovan en hij pakt het schetsboek terug.

'Het is van vorige week, hè? Ik herken de regenjas.'

'Waarom huilde je?' vraag ik.

'Gezeur met mijn ouders of zo, waarom anders.' Drea kijkt de andere kant op, maar glimlacht dan tegen Donovan om de spanning te breken. 'Je had me daar tenminste blij kunnen laten kijken. En moet je mijn haar zien. Weet je wel wat dat vochtige weer met je haar doet, ook onder een paraplu?'

'Ik teken liever wat ik zie. Mensen zijn precies goed zoals ze zijn. Echt, snap je?'

'Je bent eigenlijk helemaal geen hockeytype,' zegt Amber en ze haalt gebloemde eetstokjes uit haar trommeltje.

'Nee, hij is het perfecte type. Creatief, slim én atletisch.' Drea haakt haar arm door die van Donovan. 'Misschien wil je me ook een keer tekenen als ik er wat... opgewekter uitzie.'

'Ik heb nu wel tijd,' zegt Donovan.

Drea glimlacht in de richting van Chad, pakt haar tomatensalade en vertrekt met Donovan, haar neus in de lucht.

'Waarom gebeurt dat toch altijd?' Amber tikt met haar stokjes op de tafel.

'Wat?'

'Zij krijgt altijd alle jongens.'

'En ik dan?' PJ leunt naar voren om haar een kus te geven, maar Amber stopt een druif in zijn mond.

'Ik dacht dat je Donovan zo'n engerd vond?' zeg ik.

'Dat is hij ook.'

'Waarom flirt je dan met hem?'

Amber haalt haar schouders op en plukt met de eetstokjes alle witte druiven uit de vruchtensalade. Ik kijk naar Chad, die stil is geworden en in gedachten verzonken nog steeds Drea en Donovan nakijkt.

7

Het is al laat wanneer ik naar onze kamer ga. Uiteindelijk heb ik bijna de hele avond Frans zitten leren in de hoop dat LeSnor me een herkansing wil geven. Ik heb al besloten dat ik haar morgenochtend meteen mijn excuses ga aanbieden en dat ik haar zal vertellen dat er thuis problemen zijn. Dat is niet eens helemaal gelogen. Mijn moeder was dolgelukkig toen het eenmaal september was en ik weer naar school moest.

Niet dat mijn moeder en ik niet met elkaar overweg kunnen. We kunnen gewoon niet zo góéd met elkaar overweg. Soms denk ik weleens dat het met mijn vader te maken heeft. Die is gestorven toen ik zeven was. Je zou denken dat mijn moeder en ik daardoor naar elkaar toe zijn gegroeid; wij tweeën tegen de rest van de wereld en om de herinnering aan hem levend te houden. Maar dat is niet gebeurd. Soms denk ik zelfs dat het ons uiteen heeft gedreven; alsof mijn moeder het fijner had gevonden mij samen met iemand anders, een soulmate, op te voeden. Ze is heus niet ouderwets of zo. Heel wat van mijn vriendinnen hebben in de loop der jaren gezegd dat ze er wat voor over zouden hebben om zo'n moeder te hebben. Een moeder die nog steeds de *Yes* leest, onder de zonnebank gaat en kunstnagels heeft. Die de namen van alle jongens uit mijn klas kent omdat mijn vriendinnen hun hart bij haar uitstorten, vaker dan bij mij. Het komt er gewoon op neer dat we heel verschillend zijn. Ik lijk meer op mijn oma. Daarom mis ik haar ook zo. En dat steekt mijn moeder natuurlijk ook.

'Drea?' Ik laat mijn rugzak op de grond vallen en kijk naar Drea's kant van de kamer. Het bed is nog steeds opgemaakt en haar pyjama ligt in een prop op de grond bij het voeteneinde. Zou ze nog bij Donovan zijn?

Ik hurk naast mijn bed en pak de vuile was eronderuit. Ik heb gemerkt dat het niet zo gaat stinken als je het snel opruimt. Dit heb ik al te lang laten liggen. Je ziet de vorm van een goudbruine wolk in het laken afgetekend en het ruikt als een vieze luier.

Ik prop alles in een sloop met vuile schooluniformen, pak de gebruikte plastic tasjes onder mijn nachtkastje vandaan en loop in vijf minuten naar het washok. Ik zwaai de deur open, laat de plastic tasjes in de prullenbak vallen en gooi het wasgoed op een van de machines. Ik scheid het lichte goed van het donkere, zoals de moederlijke vrouwen van de televisiereclame voor wasmiddelen ook doen. En dan zie ik een roze beha tussen het laken, die statisch vastgeplakt zit aan een witzijden zakdoek van Drea. Het is niet mijn beha, maar ik houd hem toch even voor mijn borst. Zeker niet van mij. De cups steken naar voren of ze in hun eentje een afspraakje kunnen regelen.

Ik wil hem net in de machine gooien als ik de vibraties van de beha opvang. Het overvalt me, als kleine, hete elektrische schokjes die door mijn armen naar mijn handen schieten. Ik wrijf de zijdeachtige stof tussen mijn vingers en het gevoel wordt sterker, alsof iemand zich met klauwtjes in mijn vel vastgrijpt.

Ik ruik aan de beha. Frisse lucht vermengd met modder. De geur van mijn nachtmerrie.

Er is geen twijfel meer mogelijk. Drea heeft echt een probleem.

Ik gooi de beha op de grond en ren zo snel mogelijk terug naar de kamer. Door het kloppen onder mijn voet weet ik dat ik waarschijnlijk het verband moet verschonen.

'Drea!' roep ik als ik de kamer in hol.

Ze staat voor het open raam met een chocoladereep in haar rechterhand en ze kijkt boos. 'Heb jij hem gepakt?' vraagt ze.

'Wat?'

'Het is hier ijskoud. Waarom heb je hem eraf gehaald?'

'Wat heb ik eraf gehaald?'

'Chads hockeytrui.'

Het duurt even voor het tot me doordringt. Haar boosheid. Het lege raam. De verdwenen trui. 'Dat heb ik niet gedaan,' zeg ik dan.

'Wat is er dan mee gebeurd? Die trui verdwijnt toch niet vanzelf?'

'Waarom zeg je dat? Denk je dat ik hem heb? Waarom zou ik dat doen?'

'Zeg het zelf maar. Ik heb wel gezien hoe je naar hem keek in de kantine. Je hoeft het heus niet te ontkennen.'

'O ja, en jij bent er zeker niet met Donovan vandoor gegaan? Je hoeft mij niet de schuld te geven als Chad niet achter je aan komt. Hij en ik zijn gewoon vrienden, Drea. Meer niet.'

Drea kijkt me strak aan, alsof ze moet beslissen of ze me zal geloven of niet. 'Ik ben echt een trut, hè?'

'Ja,' zeg ik. 'Maar toch ben ik gek op je.' We glimlachen naar elkaar en dan trekt Drea het zilverpapier verder naar beneden en biedt me een hapje aan van haar reep. Dat is erg ongewoon en heel royaal voor haar doen en dat betekent dat ze zichzelf echt een trut vindt. En dat geeft mij weer een rotgevoel, want ik weet dat ik wel zo naar Chad zat te kijken.

'Misschien is de trui naar buiten gevallen,' zeg ik maar

gauw om het ergens anders over te hebben. Ik grijp het rolgordijn en trek iets te hard waardoor het breekt en bovenaan oprolt. Er ligt een pakje op de vensterbank. Ongeveer zo groot als een doosje voor een ring en verpakt in een turkooizen papiertje met een klein rood strikje.

Mijn hart springt op. Het gaat gebeuren, net zoals de kaarten hebben voorspeld.

'Een cadeautje!' roept Drea opgetogen en haar boosheid verdwijnt als sneeuw voor de zon. 'Zou het van Chad zijn?'

Een deel van me wil het pakje het liefst op de vensterbank laten liggen en net doen of ik het niet heb gezien. Nu is het echter te laat. Ik moet weten of de kaarten de waarheid hebben gesproken.

Ik steek mijn hand door het raam en pak het doosje van de rand. 'We moeten dit raam echt laten maken. Het bevalt me niets dat er mensen hier buiten rondhangen. We zitten verdorie op de begane grond; iedereen kan hier zomaar inbreken.'

'Het was niet zomaar iedereen,' verbetert Drea mijn woorden. Ze grist het pakje uit mijn hand en speelt met het strikje.

'Waar was je trouwens vanavond?' vraag ik.

'Ja, dat zou je wel willen weten, hè. Je zag toch dat ik met Donovan de kantine uit liep?'

'Ben je al die tijd bij hem geweest?'

'Nee, maar ik wilde dat Chad dat dacht. Dat zal wel gelukt zijn.' Ze glimlachte boven het cadeautje.

Ik houd mijn ogen op haar vingers gericht, bang voor wat er zou kunnen gebeuren. Ik zie dat ze in de verleiding komt het open te maken. 'Nee,' roep ik. 'Niet doen!'

'Waarom niet?'

'Doe nou maar niet.' Aangezien de kaarten voorspelden dat haar iets ergs gaat overkomen, is het veiliger als ík het openmaak. 'Ik wil het openmaken. Ik krijg nooit cadeautjes.'

Ik ruk het doosje uit haar hand en schud het zacht heen en weer. Er schuift iets binnenin.

We gaan op de rand van het bed zitten en bekijken het aan alle kanten om te zien of er een naamkaartje bij zit. Niets.

'Ik begrijp er niets van,' zegt Drea. 'Chad doet er altijd een kaartje aan.'

'Misschien is hij het vergeten,' zeg ik. 'Of zit het erin.'

Drea's vingers zoeken het hele pakje af en glijden onder het papier om te voelen.

'Misschien wil hij niet dat je weet dat het van hem komt,' opper ik. Maar ik weet dat dat het ook niet is. Het pakje komt niet van Chad. Dit is het pakje uit de voorspelling van de kaarten, en op de een of andere manier heeft het met mijn nachtmerries te maken.

'Goed,' zegt ze en ze geeft toe. 'Toe maar.'

Ik blijf even naar het pakje staren en vraag me af of dit het juiste moment is om Drea over de voorspelling te vertellen.

'Nou heb ik er genoeg van,' roept ze. 'Dit slaat echt nergens op.' Ze rukt het pakje uit mijn hand en trekt het bovenste papiertje los.

'Wacht,' zeg ik snel. 'Ik heb gelogen.'

Maar het is al te laat. Drea heeft het papier en de strik eraf gescheurd.

'Nee!' roep ik en ik trek het weer uit haar handen. 'Niet doen.' Ik gooi het op de grond en trap erop. Er gebeurt niets. Ik schop het tegen de muur. Nog steeds niets. Ik weet niet of ik moet zingen of overgeven, maar een enorm gevoel van opluchting overspoelt me.

'Wat mankéért jou?' vraagt Drea. 'Ben je echt helemaal gek geworden, of zo?'

Ik kijk naar haar en zie de neerhangende mondhoeken en de verwarring op haar gezicht.

46

'Ik geloof dat je het hebt vermoord,' zegt ze.

Ik pak het beschadigde doosje op, haal langzaam en diep adem, trek er met trillende handen de verpakking af en kijk dan wat erin zat. Kleine bruine kruimels en chocola. Drea steekt haar vinger in het doosje en proeft. 'Chocoladegebak. Dat was het tenminste.' Ze schuift de kruimels aan de kant en eronder ligt een brief ter grootte van een wens in een gelukskoekje. 'Alles is hier koek en ei,' leest ze hardop voor. 'De kookclub wil jou graag erbij.'

Ze steekt haar hoofd uit het raam en kijkt naar links. 'Op alle vensterbanken ligt zo'n doosje. Grappig idee, vind je niet?'

Misschien ben ik inderdaad gek aan het worden.

'Je moet een beetje ontspannen,' zegt ze. 'Denk je dat zij Chads trui gestolen hebben? Als dat zo is, ga ik ze morgenochtend meteen aangeven bij de campuspolitie.' Ze neemt nog een hapje van haar reep. 'Hé, wat was dat trouwens, wat je zei over liegen?'

'Niks, ik ben gewoon moe.' Ik doe het briefje van de kookclub in mijn zak en kijk door het gebroken raam naar de fluweelachtige nachthemel. Daarbuiten, in de fluisterende wind, kan ik de stem van mijn oma bijna horen. Ze vertelt me dat ik op mijn gevoel moet vertrouwen, dat er juist ongelukken gebeuren als we ons eigen gevoel niet serieus nemen.

Ik weet uit eigen ervaring dat dat waar is.

Ik laat me op mijn bed vallen, sluit mijn ogen en tover me het beeld voor ogen van mijn liefste herinnering aan Maura. Het was die dag heerlijk warm en mistig buiten, alsof het elk moment heel zachtjes kon gaan regenen. Maura en ik zitten op de veranda van haar huis op de schommelbank en ik laat haar een goocheltruc zien. Ik schud een spel kaarten en houd ze dan als een waaier in mijn handen. 'Pak maar een kaart. Het maakt niet uit welke.' Maura giechelt en pakt er een uit het midden. 'Nu moet je onthouden welke het is, maar je mag het mij niet vertellen.'

Ze knikt en glimlacht en haar tong, net als haar lippen rood van de limonade, piept tussen haar tanden door.

'Nu moet je hem ergens terugstoppen.'

Maura stopt de kaart aan de linkerkant van de waaier terug. Ik laat hem tussen de andere verdwijnen en schud het hele pak. 'Hocus pocus pilatus pas,' zeg ik om haar een plezier te doen. 'Ik wil weten welke kaart het was.' Ik leg de kaarten een voor een met de goede kant naar boven op de schommelbank en probeer te raden welke het was. Ik leg de ruitendame neer en kijk haar aan. Ze giechelt.

'Lekker fout,' zegt ze.

Ik veeg de aardbeirode lokken voor haar ogen weg en draai nog een paar kaarten om. Ik stop bij de hartenaas. 'Is dit hem?'

Maura begint te klappen. Ze slaat haar armpjes om mijn nek. De geur van haar kleren, popcorn en rode snoepjes, herinnert me eraan dat ik haar veel te veel laat snoepen. 'Wil je mij dat ook leren?'

'Natuurlijk. Maar eerst moet je je snoet wassen.'

'Zal ik je eerst een geheimpje verklappen?'

'Nou?'

'Ik wou dat je mijn zusje was.'

'Ja, dat wou ik ook wel,' zeg ik en druk haar extra stevig tegen me aan.

Ik doe mijn ogen open en kijk naar Drea, die voor de spiegel haar haar borstelt en honderd slagen maakt. En ik kan er alleen maar aan denken dat ik niet meer de gelegenheid heb gekregen Maura dat trucje te leren.

'Drea,' zeg ik, 'ik heb tegen je gelogen over de kaarten. Het is beter als je de waarheid weet.'

48

8

'Hoezo, gelógen?' Drea gooit haar borstel op de kaptafel en draait om haar as om me aan te kijken.

'Ik bedoel dat ik niet helemaal eerlijk ben geweest over de betekenis van de kaarten. Het spijt me. Dat was stom van me. Ik wist alleen niet hoe ik het moest zeggen.'

'Hoe je wat moest zeggen?'

'Wat ik heb gezegd over Chad, die een afspraak met je zou maken en die dan niet zou houden, is waar, maar die andere dingen...'

De telefoon gaat en ik zwijg. Drea neemt op. 'Hallo?' zegt ze. 'Ja, bedankt voor het terugbellen. Ik heb al twee keer moeten bellen over een ingegooid raam. Wanneer kan ik iemand verwachten die het komt maken?'

Als ik hoor dat ze het over de trui van Chad heeft die weg is, draai ik me om in de veronderstelling dat ze de campuspolitie aan de lijn heeft. Ik kan het haar niet kwalijk nemen dat ze boos op me is over die leugens. Daar zou ik ook kwaad over worden. Ik hoop alleen dat ze me blijft vertrouwen.

Ik leun achterover op bed en adem diep in. En dan schiet het me weer te binnen. Mijn was. In het washok. De lakens met urinevlekken. Even overweeg ik erheen te gaan, maar na de kaarten en de leugens en dat stomme cadeautje met het koekje heeft mijn hart genoeg schokken te verwerken gekregen voor één avond. Ik zal mijn wekker op trillen zetten voor de volgende ochtend om vijf uur. Ik leg die onder mijn kussen en dan ren ik naar het washok voor de anderen wakker worden.

Drea verbreekt de verbinding, maar toetst meteen een ander nummer in. Van Chad, neem ik aan.

In plaats van er langer over na te denken, besluit ik me nuttig te maken. Ik duik de kast in en ga op zoek naar het familieplakboek. Het is zwaar en onhandig met gescheurde en vergeelde pagina's en brandplekken op de hoeken. Er zit van alles in, van geheime middeltjes, toverspreuken en gedichten tot familierecepten, zoals de Deense koffiebroodjes van mijn achterachterachternicht.

Ik heb het boek twee weken voor haar overlijden van mijn oma gekregen en elke keer dat ik het gebruik, zie ik vrouwen voor me met lange schortjurken die spreuken prevelen of bij het licht van een kaars magische gedichten lezen. Toen ik aan mijn oma vroeg hoe zij eraan kwam, vertelde ze me dat ze het had gekregen van haar oudtante Ena en dat ik het op een dag moest doorgeven aan iemand zoals ik, die de gave heeft.

Ik doe het boek open bij een halfvergane bladzijde van mijn oudoudoudtante Ena. Het is een huismiddeltje tegen nachtblindheid: rauwe vissenlever bij het avondeten. Walgelijk, maar het is waarschijnlijk beter dan het eten uit de kantine. Ik blader door. Ik wil vanavond een droomspreuk gebruiken waardoor ik mijn nachtmerries helemaal meemaak in plaats van dat ik voor het einde wakker word.

Ik gebruik het boek niet zo vaak, ook omdat oma altijd zei dat het niet goed was er te veel op te vertrouwen. Dat spreuken en middeltjes van binnenuit moeten komen en dat wij degenen zijn die ze zin geven. Maar als ik het gebruik, kijk ik met veel plezier naar de handschriften, plekken waar de pen uitschoot en er een vlek ontstond of waar de inkt is uitgevloeid. Vrouwen met een schuin handschrift en andere met ronde letters. Ik kan me hun persoonlijkheid bijna voorstellen door alleen naar hun naam te kijken, de manier waarop ze schreven en wat ze de moeite van het vermelden waard vonden. Het geeft me altijd een wonderlijk gevoel van verbondenheid met mijn familie, ook met de familieleden die ik nooit heb gekend.

Ik heb nog nooit zo'n bezwering gemaakt, maar om de toekomst te veranderen en Drea te redden, moet ik meer aan de weet zien te komen.

Ik steek een stokje citroengraswierook aan. Dan pak ik de dingen die ik nodig heb en leg ze op mijn bed. Een takje rozemarijn, een leeg buideltje, een flesje lavendelolie en een geel waskrijtje. Het buideltje is rond en heeft een rits. Net als mijn oma houd ik spullen die je bij bezweringen nodig kunt hebben, altijd bij de hand. Er zijn spullen bij die ik nooit gebruik en oma beweerde altijd dat de belangrijkste ingrediënten in je hart zitten, maar toch is het een manier om me met haar verbonden te voelen.

Ik zoek in de la naar een kaars en kijk even naar de blauwe die ik de vorige avond heb gebruikt, met Drea's initialen. De halfverbrande o, de e en de t staren me aan. Haar initialen staan voor Drea Olivia Eleanor Tulton en er worden al zo lang als ik haar ken, grapjes over gemaakt. Jongens zeggen dingen als: 'Drea DOET het als de beste,' en 'Drea DOET alles, overal.' Aanvankelijk dacht ik dat ze erom vroeg. Ze had verdorie overal haar initialen op staan: op haar handdoeken, haar briefpapier en zelfs op haar schooltas. Maar toen dacht ik: wie zijn wij om dat te willen veranderen. Die uitdagende houding is juist een van de redenen dat ik zo gek op haar ben.

'Shit,' zegt ze en ze gooit de telefoon neer. 'Chad is niet in zijn kamer. Wat moet ik daar nou weer van denken?' Ze komt bij me op bed zitten en kijkt naar haar afgeschilferde teennagellak.

'Het spijt met dat ik over de kaarten heb gelogen,' zeg ik. 'Maar ik was zo geschrokken.'

'Ja, het zal wel. Boeiend, ik ben nu te depressief.' Ze kijkt naar de spullen voor de bezwering, die tussen ons in liggen.

'Het is wel boeiend, want deze bezwering heeft met jou te maken.' Ik pak de deksel van de aardewerken pot en haal die drie keer door de rook van de wierook. Dan steek ik de kaars aan en zet hem op het nachtkastje. Hij is paars met wit, het resultaat van twee andere kaarsen die in een soort van was-verbintenis aaneen gesmolten zijn.

'Waanzinnig.'

'Het is symbolisch,' leg ik haar uit. 'Het paars staat voor in-zicht, het wit voor magie. De verbintenis symboliseert een verbond tussen de beelden die ik in mijn dromen zie. Wil je me een leeg blaadje geven uit je dagboek?'

'Waarom?'

'Omdat een bladzijde uit je dagboek jouw energie in zich draagt, ook de lege. En deze bezwering is voor jou.'

Ze trekt het laatje van haar nachtkastje open, haalt haar dagboek eruit, bladert naar het einde en scheurt er een leeg blaadje uit. 'Waar gaat dit allemaal over?'

'Ik zei toch dat we moesten praten.'

De telefoon gaat weer. Drea springt op om op te nemen. 'Hallo. O, hoi.' Ze wendt zich van me af en voert een fluiste-rend een gesprek.

Ik neem aan dat hij het weer is. Dezelfde als vanmorgen vroeg. En ik weet dat ik heel blij zou moeten zijn dat ze niet met Chad praat, maar ik ben niet blij. Ik heb geen idee wie die jongen is en het is niets voor Drea om haar verliefdheden geheim te houden.

Als ze eindelijk ophangt, kijkt ze bedrukt. Ze laat zich op haar bed vallen, trekt haar knieën op en strekt haar handen uit naar een troostende reep chocola. Ik wil haar net vragen wat er aan de hand is, als de telefoon weer gaat. Deze keer neem ik op. 'Hallo?'

Stilte.

'Geef maar aan mij,' zegt Drea.

Ik schud mijn hoofd.

Nog steeds niets. Ik hang op.

'Het was waarschijnlijk voor mij,' zegt Drea.

'Als hij met je wil praten, waarom vraagt hij dan niet naar jou? Wie is die gast? En waarom valt hij ons lastig?'

Er wordt op de deur geklopt. Langzaam sta ik op van het bed, pak de honkbalknuppel die achter de deur staat, en leg mijn hand op de deurkruk. 'Wie is daar?' vraag ik.

'Wie denk je, op dit tijdstip?' zegt een stem aan de andere kant.

Amber. Ik kan weer ademhalen.

'Wat mankeert jou toch?' vraagt Drea.

Ik doe de deur open.

Amber kijkt naar de honkbalknuppel op mijn schouder. 'Wil je bij het team? Ik zou er nog eens goed over nadenken. Polyester kleding staat je niet.'

'Amber, krijg jij de laatste tijd ook steeds vervelende telefoontjes? Dat gebeurt Drea en mij de hele tijd.'

'Het zijn geen vervelende telefoontjes,' zegt Drea.

'Het zal pj wel zijn,' zegt Amber. 'Hij vindt het leuk mensen voor de gek te houden. Toen we nog wat hadden, belde hij me ook om de haverklap op.' Ze gaat op Drea's bed liggen en schopt met haar benen. 'Jouw bed ligt zo veel lekkerder dan het mijne. Zullen we vannacht ruilen?'

'Jij wordt dus niet gebeld?' vraag ik.

Amber schudt haar hoofd. 'Heb je sterretje 69 geprobeerd?'

Natuurlijk, dan kun je hier in Amerika het nummer zien van degene die gebeld heeft. Ik probeer het. 'Anoniem.'

'Tuurlijk,' zegt Amber. 'PJ draait altijd sterretje 67 voor hij een nummer draait. Dat weet iedereen. Ik doe het nu ook. Ik zal het hem morgen vragen bij Frans. Wil je een liefdesbetovering doen?'

Ik steek mijn hand in de prullenbak en haal het verminkte doosje tevoorschijn. 'Heb je ook zo'n lekker gebakje cadeau gekregen?'

'Wat je lekker noemt,' zegt Amber.

'Het heeft min of meer een ongelukje gehad,' zeg ik. 'Het lag op de vensterbank.'

'Wat schattig,' zegt Amber. 'Ik ben gek op geheime aanbidders. Voor wie is het?'

Ik haal het briefje uit mijn zak en geef het haar.

'De kookclub wil mij zeker niet,' zegt ze. 'Wie zou er nou niet zo'n gebakje willen?'

'Zal ik beginnen met opnoemen?' vraagt Drea en ze gaapt.

De telefoon gaat weer. Drea probeert hem te pakken, maar ik ben er eerder bij. 'Hallo. Hallo? We weten dat je er bent.'

'Geef aan mij,' zegt Drea.

Ik schud mijn hoofd en luister. Ik hoor iemand aan de andere kant ademen; een stevige, regelmatige ademhaling. Ten slotte hangt hij op.

'Drea,' vraag ik op hoge toon. 'Wie is die vent?'

'Dat heb ik toch gezegd. Gewoon iemand met wie ik weleens een praatje maak.'

'Hoe heet hij?' vraag ik.

'Dat weet ik niet,' zegt ze. 'Het is trouwens helemaal niet belangrijk.'

'Het is niet belangrijk hoe hij heet?'

'Namen zijn alleen etiketjes die we op onszelf plakken,' zegt ze. 'Ze betekenen niets.'

'Waar heb je het over?'

'Laat maar,' zegt ze. 'Ik dacht al wel dat je het niet zou begrijpen.'

'Komt hij weleens hier?' vraagt Amber.

Ze schudt haar hoofd.

'Hoe ken je hem dan?'

'Dat gaat je helemaal niets aan,' zegt ze. 'Hij belde een keer, hij had een verkeerd nummer ingetoetst, en zo raakten we aan de praat.'

'Bel jij hem weleens?'

'Nee, hij zegt dat hij zijn nummer niet kan geven.'

'Waarom niet?'

'Hé, wat is dit voor kruisverhoor? Genoeg gevraagd.' Drea pakt haar dagboek uit de la.

'Dat is zó dom.' Amber pakt een pakje sigaretten uit de zak van haar pyjama, tikt ermee tegen haar vinger en steekt een sigaret aan aan de kaarsvlam. Ze trekt aan de sigaret alsof het een astma-inhaler is.

'Sinds wanneer rook jij?' vraag ik.

'Sinds ik een half pakje heb gevonden in de hal.'

'Als LaChagrijn dat ruikt, zijn we er allemaal geweest.'

'Het is hier anders luchtig genoeg, vind je ook niet?' Amber trek een raar gezicht en blaast rookkringetjes naar het open raam. 'Trouwens, met die dingen die jij steeds aansteekt, ruikt het hier toch al naar stinkdierenpies.'

Ik wuif de rookslierten voor mijn gezicht weg en ga naar het hoekraam, dat niet gebroken is. Het is pikdonker buiten met hier en daar een paar verdwaalde sterren in de verte. Ik spreek een wens uit voor vrede en veiligheid. De ruit is kil, net als de kamer, en het glas beslaat door de warmte van mijn adem. Ik teken het vredesteken op het raam en tuur door mijn tekening naar buiten.

Op het gras staat een man naar me te kijken. Het is moeilijk te zien in het donker, maar ik denk dat hij wat ouder is, een jaar of veertig of vijftig, en hij heeft donker, plukkerig haar. Hij draagt geloof ik een spijkerbroek en hij heeft een grote boodschappentas bij zich. Als hij merkt dat ik hem heb gezien, kijkt hij de andere kant op, naar de ramen van andere kamers. 'Jongens, buiten staat iemand ons te bespioneren.'

'Wat?' Drea komt naast me bij het raam staan. 'Misschien is het de conciërge.'

'Misschien moeten we de beveiliging bellen,' zeg ik.

'En wat zeggen we dan?' vraagt Amber. 'Dat er buiten een conciërge aan het werk is? Wat een sensatie. Dan worden we zelf ingerekend.'

'We hebben ze vanavond al een keer gebeld,' zegt Drea.

'Jullie lijken wel een stel ouwe wijven.' Amber springt overeind en komt tussen ons in staan om te kijken. Haar ogen worden groot van verbazing. 'Niet verkeerd. Absoluut niet verkeerd. Bekijk het maar, Brantley Witherall. Misschien is er toch nog hoop voor mij.'

'Doe normaal,' zegt Drea. 'Hij is stokoud.'

'Ach ja, het zijn moeilijke tijden.' Amber maakt een verleidelijk gebaar met haar handen langs de voorkant van haar pyjama en trekt dan het hesje omhoog en laat haar rode, kanten beha zien waar haar borsten aan de bovenkant bovenuit puilen.

'Amber!' gilt Drea en ze trekt haar van het raam weg. 'Doe niet zo idioot!'

'Stel je niet aan,' zegt Amber. 'Het bewijst maar weer eens dat moeders gelijk hebben als ze zeggen dat je altijd mooi ondergoed aan moet hebben.'

'Schóón ondergoed,' corrigeert Drea haar.

Ik blijf bij het raam staan en kijk vanachter het gordijn naar de man. Hij is lang en, te zien aan de bewegingen van zijn lichaam als hij naar de andere ramen kijkt, erg sterk. Hij tuurt in mijn richting en glimlacht, op de een of andere manier kan hij me zien. Ik raak in paniek en trek het rolgordijn omlaag.

'Jullie zijn echt paranoïde,' zegt Amber en ze neemt een hap van Drea's reep. 'Er is hier zo veel beveiliging dat Onze-Lieve-Heer zelf niet eens binnen kan komen.'

'Dat kun jij makkelijk zeggen,' zegt Drea. 'Jij zit niet op de begane grond.'

'Oké, moet ik de campuspolitie bellen?' Voor Drea of ik antwoord kan geven, toetst ze het nummer al in. 'Dag agent,' zegt ze. 'Ik ben in kamer 102 van het Macomber Center. Ja, en nu loopt de hunk uit mijn dromen met een lekker kontje hier onder het raam. Waarschijnlijk is het een conciërge, maar wat moeten we doen?' Amber houdt de telefoon een stukje van haar oor. 'Nou moe. Hij heeft opgehangen. Dat vind ik nou zo onbeleefd, hè.'

'Waarom doe je dat nou?' vraag ik. 'Nu geloven ze ons nooit meer.'

'Wat geloven ze niet?' vraagt ze.

'Moet je horen, Amber,' zeg ik. 'Drea en ik moeten praten en ik moet die bezwering maken voor de maan een andere positie heeft.'

'Nou, laat je door mij vooral niet tegenhouden.'

'Van mij mag ze erbij blijven,' zegt Drea.

Ik weet dat nog niet zo zeker, maar het einde van het liedje is dat ze blijft.

We zitten in een driehoek op de grond, houden elkaars hand vast en concentreren ons op de kaars die in het midden staat. 'Doe je ogen dicht,' zeg ik tegen hen, 'maar houd de vlam in het oog. Omarm die, het is licht, pure energie. Breng het licht overal om je heen. Adem de energie van het licht in en uit, wees je ervan bewust en wees er dankbaar voor.'

We blijven een paar minuten lang op die manier ademen tot de kamer is gevuld met energie en die als sneeuw op ons neerdaalt. Dan zijn we klaar om te beginnen. 'Drea,' zeg ik en ik doe mijn ogen open. 'Ik weet dat het moeilijk voor je is om me te vertrouwen nadat ik tegen je heb gelogen, maar je moet me geloven.' Ik verbreek de verbinding om de drie kaarten uit mijn nachtkastje te pakken en ze te kunnen lezen. Ik leg ze voor haar neer.

'Heb je ze bewaard?'

Ik knik. 'Voor ik je vertel wat ze betekenen, moet je je realiseren dat er een reden is dat we deze glimp van de toekomst opvangen. Het is aan ons om er iets mee te doen.'

'Oké...' zegt ze, maar ze voelt zich niet oké.

'De aas en de klaverenvijf staan voor een brief en een pakje dat je gaat krijgen. De schoppenaas staat voor de dood. Er bestaat een kans dat die brief of dat pakje op de een of andere manier met de dood te maken heeft. Jouw dood.'

'Wát!' roept Drea. 'Wat zeg je nou weer?'

'Je moet oppassen,' zeg ik. 'Wees heel voorzichtig met brieven of pakjes die je krijgt.'

'Hoezo? Ik krijg een cadeautje en daar zit dan een bom in of zo?'

'Drea...' Ik wil het niet zeggen, maar het moet, dus doe ik het toch maar. 'Ik denk dat iemand wil proberen je te vermoorden.'

'Wát!' Ze schreeuwt zo hard dat ze de kaars bijna uitblaast.

'Die terugkerende nachtmerries die ik heb... dat zijn waarschuwingen. Over jou.'

'Over mij?'

'Het is eerder gebeurd. Drie jaar geleden. Toen droomde ik over Maura, dat kleine meisje op wie ik altijd paste.' Ik kijk de andere kant op. Ik wil niet verder praten, ik wil niet moeten vertellen wat er is gebeurd, hoewel het me nog elke dag achtervolgt.

Omdát het me nog elke dag achtervolgt.

'In mijn nachtmerrie zat ze opgesloten in een schuurtje. Een klein, volgepropt donker schuurtje met gescheurde muren van cement. Ik kon haar zien, ze lag met haar rug naar me toe op een soort bank, opgekruld, alsof ze lag te slapen. Maar ze was bang. Ik kon haar angst voelen, alsof het op een bepaalde manier mijn angst was. En ik heb wekenlang vreselijke hoofdpijn gehad.'

Drea plukt aan haar kussen. Ik kan merken dat ze me gelooft. Ze pakt een blikje cola voor me uit de koelkast.

'Dank je,' zeg ik. Het is precies wat ik nodig heb. De kunstmatige zoetstof prikt aan de binnenkant van mijn mond als ijskoud knettersnoep. 'Als de droom blijft komen,' vervolg ik, 'wil ik wat doen, de politie op de hoogte brengen, maar het voelde zo belachelijk. Zo stom, want als ik naar buiten keek, zag ik Maura op de schommel zitten en knijpers op de spaken van haar fiets doen om zo'n ratelend geluid te krijgen. Ik hield mezelf voor dat het maar een droom was en dat het wel voorbij zou gaan.'

'En wat gebeurde er toen?' vroeg Drea.

Ik bijt op mijn lip om het trillen tegen te gaan en zeg het dan gewoon. 'Op een dag was ze weg. Iemand had haar meegenomen.'

'Hoe bedoel je, "meegenomen"?' vraagt Amber.

'Ik bedoel weg. Vermist.' Ik veeg de tranen uit mijn ooghoeken.

'Waar was ze?'

De woorden die vertellen wat er is gebeurd, bouwen zich al een paar jaar op in mijn hoofd en ik weet dat ik ze nu moet uitspreken. Ik heb boeken gelezen. Ik heb deskundigen gehoord bij *Oprah*. Als ik het afschuwelijke minder afschuwelijk wil maken, minder krachtig, en de invloed op mijn leven wil verkleinen, moet ik het onder ogen zien. Hoe afgrijslijk de herinnering ook is, ik weet dat het geknaag in mijn hoofd erger is. Ik haal diep adem, blaas drie hartslagen lang uit en zeg het dan. 'Maura is vermoord.'

'Wát? Hoe?' vraagt Amber.

Ik voel de tranen over mijn wangen biggelen. 'Ze hebben haar lichaam gevonden in een gereedschapsschuurtje, twee straten bij ons vandaan. Daar woonde zo'n gek en die had het gedaan. Ze hadden hem snel te pakken. Mensen hadden hem zien rondhangen. Hij bleek haar elke morgen als haar moeder haar naar school bracht, in de gaten te houden.'

'Ja, maar daar kon jij toch niets aan doen?' zegt Amber met een piepstemmetje. 'Dat kon jij toch niet weten? Ik bedoel, hoeveel mensen nemen hun dromen serieus? En je zei dat je haar in een schuurtje zag, niet wíé haar had meegenomen. Of wáár hij haar mee naartoe nam. Het zou waarschijnlijk niet eens hebben geholpen.'

Dat zei ik ook tegen mezelf toen het was gebeurd, maar mijn schuldgevoel bleef. Ik weet beter en je zult mij niet horen zeggen dat mijn dromen niet hadden kunnen helpen.

Misschien hadden ze Maura's leven kunnen redden.

'Hoe dan ook,' zeg ik zacht, 'nu heb ik nachtmerries over Drea.'

'En Chad gaat me mee uit vragen en dan zegt hij het weer af?'

Ik knik en veeg mijn gezicht droog. 'Waarschijnlijk de volgende keer dat je hem spreekt.'

Amber legt een hand op Drea's rug om haar te troosten. Ik kan zien dat Drea bang is. Ik ben ook bang. Bang om Drea. Bang dat de geschiedenis zich zal herhalen. Natuurlijk was mijn moeder er om me na de dood van Maura te troosten. Om haar armen om me heen te slaan en te helpen het bibberen tegen te gaan, maar ze begrijpt het niet zoals oma het begrepen zou hebben.

Ze begrijpt niet waarom ik, als háár dochter, zo veel op oma lijk.

Ik zucht maar eens diep, draai het dopje van de fles lavendelolie en laat twee druppels vallen in de aardewerken pot. 'Voor zuiverheid en helderheid,' zeg ik. 'Deze bezwering dient om mijn dromen duidelijker te maken zodat ik in de toekomst kan kijken.' Ik maak het zilveren kettinkje om mijn hals los en doop dat in de olie. Met een vinger draai ik drie rondjes onder in de kom zodat die helemaal onder de olie zit.

'Waarom doe je dat?' vraagt Amber.

'De kleur zilver zal me inzicht geven als ik in de astrale wereld reis.'

'Dat klinkt wel kinky,' zegt Amber.

'Onze dromen spelen zich af in de astrale wereld.' Ik sluit mijn ogen en concentreer me erop. 'Zilveren ketting, met de ene schakel die in de andere grijpt en een cirkel vormt om mijn nek, verbind zo ook in mijn dromen mijn psyche aan de beelden van mijn onderbewustzijn.' Ik open mijn ogen en schrijf met het gele krijtje een vraag op het blaadje uit Drea's dagboek: WAAR PROBEREN MIJN DROMEN ME VOOR TE WAARSCHUWEN? 'Geel staat voor zuivere gedachten,' zeg ik en ik vouw het blaadje op tot het in het buideltje past dat ik voor mijn dromen gebruik. Ik werp een blik op Drea, op de donkere, grijsachtige aura die als een mantel om haar haren en schouders ligt.

'Waar is dat voor?' vraagt Amber en ze wijst op het takje rozemarijn.

Ik pak het takje, dat verse puntige blaadjes heeft als de naalden van een kerstboom. 'Dit helpt de lucht om me heen te zuiveren zodat ik alles beter onthouden kan.' Ik pluk 28 blaadjes van het takje, het aantal dagen van een volledige cyclus van de maan, en laat ze in de kom vallen. 'Rozemarijn, houd mijn dromen stevig vast, als ik in het duister tast.'

Ik concentreer me op het mengsel en haal dan de zilveren ketting eruit. 'Wil je me helpen?' vraag ik aan Drea als ik haar de ketting geef. Ze maakt hem om mijn hals vast. De ketting reikt tot mijn sleutelbeenderen en de lavendelolie druipt over mijn huid. Er blijven een paar blaadjes rozemarijn aan mijn keel kleven.

'Zijn we nu klaar?' vraagt Amber.

'Nog niet helemaal,' zeg ik en ik doe de kaars met een kaarsendover uit.

'Waarom blaas je hem niet gewoon uit?' vraagt Amber.

'Omdat de energiestromen dan door elkaar komen en het een negatieve weerklank kan geven.'

'Natuurlijk,' zegt Amber en ze slaat haar ogen ten hemel.

Ik vermeng met mijn vinger de rozemarijn en de olie in de kom en schenk het mengsel dan in mijn droombuidel. Ik wacht een paar seconden tot de kaars is afgekoeld en de gesmolten was rond de pit is gestold. Dan vis ik de was eruit en doe die ook in de droombuidel.

'En jij vindt dat ik er vreemde gewoonten op na houd,' zegt Amber.

Ik doe de rits dicht en schuif de buidel in mijn kussensloop. 'Zeg mij na,' zeg ik en ik pak hun handen. 'Met de kracht van de maan en de sterren en de zon, het zal gaan zoals ik heb voorspeld. Gezegend is de weg.'

Drea en Amber herhalen de spreuk en dan laten we elkaar los. Ik ga ik bed liggen, raak even de ketting aan, en de zoete geur van rozemarijn blijft hangen op mijn huid en mijn vingertoppen. 'Welterusten,' zeg ik.

Ik trek het dekbed op tot aan mijn kin en concentreer me op de droombuidel in mijn kussensloop en de vraag die erin zit, vol vertrouwen dat ze me zullen helpen de waarheid achter mijn nachtmerries te achterhalen.

Het moet gewoon.

9

Voor ik in slaap kan vallen, kondigt Amber aan dat ze vannacht bij ons blijft omdat ze helemaal de zenuwen heeft gekregen van al die verhalen over nachtmerries. Het maakt me zenuwachtig. Het is al moeilijk genoeg om voor Drea verborgen te houden dat ik in mijn bed plas, laat staan voor Amber, die op een matje tussen onze bedden in slaapt. Het slapen is echter geen probleem, want zodra haar hoofd het kussen raakt, begint Amber te snurken, met diepe ademhalingen en open mond. Haar neusvleugels wapperen bijna heen en weer.

Als de trillende wekker onder mijn kussen me om vijf uur wekt, ga ik rechtop zitten, vis een trui onder een stapel wasgoed op de grond vandaan, gooi die over mijn hoofd en ga naar het washok om mijn spullen op te halen.

De campus is nog in diepe slaap, maar het bos niet. Ik hoor de vogels tsjilpen in de toppen van de bomen en in hun nest tussen de struiken als de ochtenddauw langzaam verdwijnt en de frisse lucht zich over het land uitstrekt. Het is bijna vredig, het is bijna de moeite waard om op een doordeweekse dag zo vroeg op te staan als je 's nachts niet hebt geslapen. Bijna.

Als ik in het washok kom, ben ik vervuld van dit vredige gevoel en voel ik me één met de natuur. Maar dan gooi ik de deur open en verandert alles. Er is geen was te bekennen.

Ik haast me over de gespikkelde linoleumvloer naar de

machine die ik gisteren heb gebruikt. Ik houd mijn adem in als ik het deksel optil.

Leeg.

Ik doe de deuren van de andere wasmachines en drogers open en dicht in de hoop dat iemand mijn was heeft verplaatst. Die is echter nergens te bekennen.

Iemand moet mijn spullen hebben meegenomen.

Ik pak de campustelefoon van de muur en bel de beveiliging, om te vragen of iemand mijn was naar de gevonden voorwerpen heeft gebracht. Ook niet. Ze vragen of ik een klacht wil indienen, maar als ik bedenk hoe dat zou klinken, zie ik er maar van af. Ik hoop dat iemand zich heeft vergist en per ongeluk mijn wasgoed heeft meegenomen. En ik hoop dat diegene het niet herkent als mijn wasgoed.

Als ik terugkom in onze kamer, is het halfzes en Drea en Amber slapen nog. Ik kruip weer in mijn bed en trek het kussen over mijn hoofd. Het is niet voldoende om Ambers gesnurk uit te bannen en niet genoeg om het gerinkel van de telefoon te maskeren.

'Hallo?' zeg ik en ik houd de hoorn tegen mijn oor.

Stilte.

'Hál-lo,' zeg ik nog een keer.

Nog steeds niets, dus hang ik op.

'Wie was dat?' vraagt Drea en ze draait zich om in haar bed.

'Waarschijnlijk weer die engerd met wie jij steeds praat. Wie is het verdomme, Drea. En waarom gedraagt hij zich zo gestoord?'

Amber kreunt alsof ze pijn heeft. Ze schiet overeind in bed en haar vlechten staan alle kanten op alsof ze zich als Pippi Langkous heeft verkleed. 'Wat is er nou weer aan de hand?'

De telefoon gaat weer. Drea wil hem oppakken, maar Amber is haar te snel af. 'Hallo, met het liefdesnestje van Drea en Stacey.'

Ik heb nog nooit iemand zo snel wakker zien worden. Een brede en ondeugende glimlach strekt zich uit van oor tot oor over haar sproetige wangen. *Quelle coincidence, monsieur,*' zegt ze in de hoorn. 'We hadden het gisteravond nog over jou.' Ze geeft ons een vette knipoog. 'Wat grappig trouwens dat je op zo'n onchristelijk tijdstip belt. Kon je niet slapen? Was er iets om je uit de slaap te houden?'

'Wie is het?' zeg ik zonder geluid te maken.

'Het is Chad.' Ze knippert met haar wimpers en werpt Drea een kushandje toe. 'Wat ik hier doe?' vraagt ze. 'Weet je dat dan niet? Ik slaapwandel weleens.'

Drea steekt haar hand uit naar de telefoon, maar Amber ontwijkt haar. 'Je weet maar nooit waar ik terechtkom,' vervolgt ze. 'Ik zou mijn deur maar op slot doen.'

'Geef hier. Nu!' Drea probeert de telefoon uit haar handen te trekken, maar Amber is haar te snel af. Ze springt op en schuifelt snel naar de andere kant van de kamer.

'Hè?' Amber bedekt haar andere oor om ons niet te horen. Ze wendt zich tot Drea. 'Hij wil weten of je zijn e-mail hebt ontvangen.'

Drea springt uit bed om te kijken.

'En hij wil weten of je je huiswerk voor psychologie hebt gemaakt,' zegt Amber.

Drea knikt.

'Oké, kan hij het, nou ja, lenen. Het is voor het eerste uur.'

Drea's glimlach verbleekt, maar ze knikt toch. Ze wendt zich af om zijn e-mail aan te klikken.

'Hou toch op,' zegt Amber lachend. 'Jongens kunnen toch zo grappig zijn.'

Drea draait zich wild om en haar vuisten met witte knokkels drukken zich in haar buik, net onder haar ribbenkast. 'Geef die telefoon onmiddellijk hier.'

'Ontbijt, ja, ja,' herhaalt Amber wat er wordt gezegd. 'Noemen ze dat tegenwoordig zo? Drea, hij wil vanmorgen met je afspreken voor het ontbijt, om te leren. Wat zijn je plannen vandaag, schat?' Amber knipoogt overdreven naar Drea.

Drea slaat helemaal dicht. Ze duikt de kast in op zoek naar een gestreken schooluniform. Ze haalt er een tevoorschijn en houdt het omhoog om te laten zien. Ik steek mijn duim op. Een pull-over van marineblauw en groen, een witte bloes met een kraagje eronder en marineblauwe kniekousen. Wat kan daar nou mis mee zijn?

'Ze is haar kleren al aan het uitzoeken,' zegt Amber tegen Chad. Ze draait het telefoonsnoer om haar voeten; een is gehuld in een zwarte sok met witte vlekken en de andere met plaatjes van allerlei soorten kaas. 'Ze kan niet wachten op het laatste jaar, wanneer ze groene kousen aan mag. Een zogenaamd voorrecht.'

Drea gooit een pantoffel met Scooby Doo naar Ambers hoofd.

'Ik moet ophangen, Chaddy Patty. Je weet hoe dat gaat, mensen te doen, dingen te zien. Ciao, baby.' Amber hangt op, gaat staan en houdt de gulp van haar pyjamabroek dicht met haar vingers. 'Ik verga van de honger. Wil iemand iets eten?'

'De kaarten hadden gelijk,' zeg ik. 'Chad heeft Drea zojuist uitgenodigd voor het ontbijt.'

'Hij zegt het heus niet af, hoor,' zegt Drea.

'Nee,' zegt Amber, 'hij heeft je huiswerk nodig.'

'Lekker,' zegt Drea en ze haalt boos het papiertje van een reep af en begint te knagen. 'De meeste jongens vallen op mijn uiterlijk. Chad op mijn hersens.'

'Jammer, joh.'

Ik negeer de rest van hun gehakketak en ga op een stoel zitten voor het hoekraam. Uiteindelijk zit ik te staren naar de esdoorn die Chad en ik tot de onze hebben gebombardeerd toen het vorig jaar vlak voor de vakantie uit was tussen hem en Drea.

We zaten onder de boom, aten brood met pindakaas en banaan en vertelden elkaar onze plannen voor de zomer.

'Heb je het koud?' vroeg hij toen hij zag dat ik kippenvel kreeg, en hij streek met een vinger over mijn arm.

Ik schudde mijn hoofd en zag hoe hij naar mijn mond keek. 'Je bent wat pindakaas vergeten,' zei hij.

Wat elegant. Ik likte mijn mondhoeken af en proefde de pindakaas op mijn tong. 'Zo beter?'

Hij knikte.

'Ik ben zo'n knoeipot.' Ik keek de andere kant op omdat ik wist dat ik helemaal rood en warm geworden was.

'Je bent mooi.'

Ik keek hem aan in de verwachting dat hij een grapje maakte. In plaats daarvan streek hij met zijn hand over mijn arm en pakte mijn hand.

'Drea is mooi,' zei ik. 'Ik ben...'

'Mooi,' maakte hij mijn zin af. Hij draaide met zijn wijsvinger mijn kin, zodat ik naar hem moest kijken en glimlachte alsof hij het echt meende. 'Dat heb ik altijd al gevonden.' Hij veegde de bruine slierten haar die in mijn ogen waren gevallen aan de kant en keek naar mijn lippen. 'Vind je het erg?'

Ik schudde mijn hoofd en hij boog zich naar me toe. Ik sloot mijn ogen in afwachting van zijn kus en voelde hem toen warm en fruitig tegen mijn lippen.

Tijdens de lange tocht terug naar de orde van de dag, zei ik tegen hem dat ik die kus geheim wilde houden omdat ik

Drea niet wilde kwetsen. Ik wilde dat het een perfecte herinnering was waar niemand aan kon komen.

Hij vertelde me dat hij me het hele jaar al had willen kussen.

Maar nu ben ik degene die moet wachten.

'Aarde aan Stacey,' zegt Amber en ze trekt me weg uit mijn herinneringen. 'Als dat hele kaartgedoe waar is, heeft Chad minder dan twee uur om zijn afspraak met Drea af te zeggen, toch?'

Ik knik.

'En wat gebeurt er als jouw voorspelling niet uitkomt?' vraagt Drea, die een stapel schooluniformen over haar arm heeft.

'Dan zal ik me wel hebben vergist.'

Maar ik weet dat ik me niet heb vergist. Ik werp nog een blik uit het raam. Dan zie ik hem. Alweer. De man van gisteravond. 'Hij is er weer,' schreeuw ik.

'Wie?' vraagt Drea. Maar dan ziet ze hem ook en ze laat de uniformen op de grond vallen.

Hij staat op het grasveld een paar meter bij ons vandaan en glimlacht.

'Wat een engerd,' zegt Amber.

'Moeten we iets doen?' vraagt Drea.

'Wat dan?' vraag ik.

'De beveiliging bellen?'

'Die luisteren nooit,' zegt Amber. 'Die denken dat we gek zijn.'

'Dankzij jou,' zeg ik.

Hij komt dichterbij en wijst in onze richting. Ik kijk naar Amber en Drea, maar ik weet niet wie hij bedoelt, op wie zijn ogen zijn gericht en of het op mij is. Ik knijp mijn ogen tot spleetjes om beter te kunnen kijken. Maar voor ik het weet, salueert hij naar ons en dan loopt hij gewoon weg.

10

'Ben je zover?' vraagt Drea, die voor de deur van onze kamer op me staat te wachten en nog een laatste keer in de spiegel kijkt of ze er mooi genoeg uitziet. Ze drapeert een handdoek met haar initialen over haar schouder en gooit haar haren naar achteren. 'Help me herinneren dat ik straks mijn wenkbrauwen nog moet laten epileren.' Ze strijkt met een vinger over een onzichtbaar laagje dons tussen haar ogen. 'Kom op, anders zijn alle douches weer bezet.'

Maar nu Amber weg is, wil ik praten.

'Het lijkt erop dat de afspraak met Chad en mij van vanmorgen gewoon doorgaat.' Ze wikkelt met een net gelakte maïsgele nagel een lange, blonde krul om haar vinger.

'Kennelijk wel,' zeg ik en ik bijt bijna mijn tong eraf. Chad heeft nog een uur om het af te zeggen. En ik weet dat dat gaat gebeuren. Ik pak een handdoek van het voeteneinde van mijn bed en sla die om mijn schouders. 'Drea, voor we gaan, wil ik nog iets aan je vragen.'

'Wat dan?'

'Die vent die je steeds belt, hè. Waarom was je zo boos de laatste keer dat hij belde?'

'Wie zegt dat ik boos was?'

'Ik ken je, Drea. Wie is het en waarom was je boos?'

Ze zucht. 'Een vriend, nou goed. En het was gewoon een misverstand.'

'Waarover?'

'Hij dacht dat ik ook met een ander ging, maar er is geen ander, dus het probleem is opgelost.'

'Hoe bedoel je? Hebben jullie dan wat?'

'Ik heb hier helemaal geen zin in. Ga je nou nog mee of niet?' Ze rammelt met haar toilettas vol met flesjes shampoo en douchegel.

'Nee,' zeg ik. 'Niet tot we dit hebben uitgepraat.'

'Ook goed,' zegt ze. 'Dan zie ik je straks wel.' Ze doet de deur achter zich dicht.

Ik laat me op mijn bed ploffen en voel hoe achter mijn slapen een hevige hoofdpijn komt opzetten. Soms wilde ik dat mijn problemen net zo gemakkelijk opgelost konden worden als in de film *Grease*. Die scène waarin de snackbar ineens wordt omgetoverd in een stukje van de hemel en Frankie Avalon uit de glinsterende hemel neerdaalt om beschermengel te spelen voor Frenchy, die advies nodig heeft over de opleiding tot schoonheidsspecialiste.

Ik zou ook wel wat goede raad kunnen gebruiken.

Ik draai me om en kijk naar het kapotte raam. Buiten klinkt een tikkend geluid.

'Drea?' Ik ga rechtop zitten. Misschien is ze iets vergeten. Het geluid blijft.

Ik kom van mijn bed af en pak de honkbalknuppel die achter de deur staat. Die gooi ik over mijn schouder alsof ik aan slag ben en dan wacht ik. Nu klinkt er gefluit, langzaam en gelijkmatig, alleen onderbroken voor een ademhaling. Ik doe een paar passen in de richting van het geluid, maar dan lijkt het ineens bij het hoekraam vandaan te komen, het raam dat niet gebroken is. Ik volg het en zie dan dat het raam op een kiertje openstaat.

'Stacey,' zegt een stem. 'Ik kan je zien. In je mooie geruite pyjama.'

Ik doe nog een stap, maar mijn hart bonkt zo hard achter mijn ribben dat ik niet verder kan en moet stilstaan om diep door te ademen. Ik zet mijn voeten stevig neer, grijp de knuppel nog steviger beet en bereid me geestelijk voor op zijn volgende manoeuvre.

En die komt; een hand slaat tegen het glas en de vingers werken zich naar boven om het raam verder open te trekken.

Ik buig me voorover om te kijken wie het is. Hij kijkt naar me op en ik schrik, zijn gezicht is bedekt met een wit hockeymasker. Plotseling krijg ik het gevoel dat ik ben beland op de filmset van *Friday the 13th* en dat er elk moment een mes van vijftien centimeter door het raam op me af kan komen.

De hand vormt zich tot een vuist en klopt tegen het glas. En dan begint hij te lachen. Daarmee verraadt hij zich. Ik zou die Kermit de kikkerlach uit duizenden herkennen. Zijn hoofd schudt, zijn mond is wagenwijd opengesperd en er komt geen geluid uit.

Chad.

Hij trekt het masker af en hijgt als Jason uit *Friday the 13th*. 'Ik kan je zien, Stacey,' herhaalt hij nog steeds lachend.

'Wat ben je toch een klootzak, Chad.'

Hij plet zijn lippen tegen het glas, maar ziet er nog steeds knap uit. Net-uit-bed mooi. Zijn zandkleurige haar staat aan de achterkant nog rechtop, de kreukels van de lakens staan in zijn wang getekend en er steken kleine blonde haartjes uit zijn kin. Heerlijk sexy.

'Heb je geen gevoel voor humor meer?'

Ik wil het rolgordijn naar beneden trekken om hem buiten te sluiten. Ik heb nu geen zin om met hem te praten. Ik zie er verschrikkelijk uit. Ik voel me verschrikkelijk. En ik heb een bloedhekel aan dit soort grappen.

'Wacht even,' zegt hij. 'Het spijt me, oké.'

Hij is moeilijk te weerstaan nu hij er zo verleidelijk uitziet, staande op zijn tenen, met tandpasta in zijn mondhoek. Er ontstaat een onzichtbare wolk boven mijn hoofd, waarin we samen wakker zijn geworden; hij glipt naar buiten en het is ons geheim.

Ik verjaag die gedachte met het beeld van de werkelijkheid en duw het raam open. 'Wat doe je hier eigenlijk?'

'Ik was op zoek naar Drea.'

'Die staat onder de douche. Waar moet je haar voor hebben?'

'We hadden afgesproken voor het ontbijt. Ik zou haar helpen met haar huiswerk voor psychologie.'

'O ja? Ik dacht dat het andersom was.'

'Ik help haar en zij helpt mij.' Hij knipoogt. 'Wat maakt het uit?' Hij leunt met zijn elleboog op de vensterbank en kijkt de kamer in. 'Wat een sloddervossen zijn jullie. Veel erger dan wij vrijgezellen.'

Ik strijk stiekem over mijn haar en knijp in mijn wangen om er wat kleur op te krijgen. 'Ik zal zeggen dat je langs bent geweest.'

'Wat is er, wil je van me af?' Chad laat zijn hand over de vensterbank de kamer in hangen zodat ik een glimp opvang van de kleine jongenshaartjes op zijn knokkels. 'Mag ik binnenkomen?' vraagt hij.

'Waarom?'

'Hoezo, waarom? Gewoon, voor de gezelligheid. Om te praten. We praten helemaal niet meer zo veel als verleden jaar.'

Dat is waar. Maar het is tussen ons niet meer hetzelfde sinds die dag dat we hebben gezoend. Ik kijk naar hem, van zijn lange, gekrulde wimpers naar zijn pruilmond, en bij de gedachte aan die kus voel ik miljoenen bubbeltjes in mijn hart opborrelen.

'Alsjeblieft?' vraagt hij. 'Met broodjes met pindakaas en banaan?'

Ik voel dat mijn wangen gaan gloeien; hij weet het dus nog. Dat verbaast me niets. Wat me wel verbaast, is dat hij toegeeft dat hij eraan moet denken en dat maakt het allemaal heel anders.

Hij wil dat ik weet dat hij het niet vergeten is.

Een deel van me wil niets liever dan hem binnenlaten. Een ander deel wil het raam dichtslaan en het rolgordijn voor zijn neus naar beneden trekken. Ik verbijt me en zeg: 'Ik denk niet dat dat een goed idee is. LaChagrijn komt rond deze tijd meestal haar ronde doen.'

Hij knikt, maar de teleurstelling staat duidelijk te lezen in die verleidelijke, groenblauwe ogen.

Ik bijt op de binnenkant van mijn wang en probeer iets te bedenken om te zeggen. Iets. 'Wie heeft je trouwens verteld dat wij van horror houden?'

'Een klein vogeltje,' zegt hij en hij steekt zijn borst vooruit. Het duurt even voor het tot me doordringt dat hij zijn hockey-trui weer aanheeft, die ene, die voor het raam hing.

'Hé, je hebt je trui weer aan. Wanneer heb je die terugge-kregen? Iemand heeft hem uit onze kamer gehaald.'

'Inderdaad.'

'Ja,' zeg ik. 'We kwamen gisteravond laat terug en toen was hij weg.' Ik kijk naar het gebroken raam en het plaatje van Scoo-by Doo op het badlaken voor het gat; een bijdrage van Amber.

Chad trekt het hockeymasker weer over zijn gezicht en ademt als Darth Vader. 'Ik wilde alleen maar wraak nemen voor jullie poging mij de stuipen op het lijf te jagen. Volgen-de keer wens ik jullie meer geluk.'

'Waar heb je het over? We hebben helemaal niet gepro-beerd jou aan het schrikken te maken.'

Hij haalt het masker van zijn gezicht. 'Niet?'

Ik schud mijn hoofd.

'Wie heeft die trui dan in mijn postvakje gedaan?' Hij haalt een blaadje uit zijn achterzak. 'Dit zat eraan vastgemaakt.'

Ik pak het briefje aan. Met rode viltstift staat erop geschreven: BLIJF UIT HAAR BUURT. IK HOUD JE IN DE GATEN.

'Wat een onzin,' zegt hij. 'Zeker een van de jongens die een geintje wilde uithalen. Hé, ik moet weg, voor de beveiliging me te pakken heeft. Ik kom een andere keer wel weer binnen.'

'Misschien,' zeg ik en ik houd het briefje in mijn hand geklemd.

'Wil je tegen Drea zeggen dat ik geen tijd heb voor dat ontbijt? Hockeytraining.'

Ik slik de prop onheilspellend gevoel die in mijn keel vastzit met moeite door en ik slaag erin te knikken.

'Zeg maar dat Donovan in onze kamer is, dus als ze hem de opdracht mailt, dan kan hij hem nog op tijd voor de les voor me uitprinten.'

Mijn hoofd tolt van de vragen, maar in plaats van die te stellen, zeg ik alleen: 'Oké.'

'Dankjewel, Stacey. En bedank Dré ook. Ze heeft me fantastisch geholpen. O ja, wil je haar ook vragen haar antwoorden een beetje anders te formuleren. Anders denkt de leraar nog dat we spieken.' Hij knipoogt.

Ik zwaai nog naar hem voor ik het rolgordijn laat zakken en het raam dichtdoe.

Zie je wel, het is gebeurd. Hij heeft afgezegd. De kaarten hadden het bij het rechte eind.

11

Ik gooi de deur van de douche open en glijd bijna uit over de rode tegeltjesvloer als ik op zoek ga naar Drea. Er staan een paar meisjes in de rij te wachten met hun handen vol shampoo en fruitzeep, maar Drea is er niet bij. Ik kijk naar de voeten die ik onder de deurtjes door kan zien, op zoek naar Drea's gelakte nagels. In het laatste hokje zie ik een paar slippers van Oscar het Moppermonster uit Sesamstraat. 'Amber, ben jij dat?' vraag ik en ik trek aan het gordijn.

'Rot op,' zegt een nijdige stem die beslist niet van Amber is.

Ik loop de hoek om naar de wastafels en daar staat Drea voor een spiegel haar haren te föhnen.

Ze zet de föhn uit. 'Wat is er aan de hand?'

'Gaat het wel?' Ik ben helemaal buiten adem. Ik kijk over haar schouder naar Veronica Leeman, die een paar wastafels verder doet alsof ze geconcentreerd haar tanden poetst, maar ons ondertussen overduidelijk staat af te luisteren.

'Gaat het wel goed met jóú?' vraagt Drea.

'Pak je spullen en kom mee,' zeg ik. 'We moeten nodig praten.'

'Bekijk jij het effe.' Drea richt haar blik weer op de spiegel en haalt een zalmroze lippenstift uit haar toilettas. Ze stift haar lippen en geeft Veronica een opvallende handkus. 'Chad vindt me deze kleur zó mooi staan.'

Iedereen weet dat Veronica met liefde een jaar lang geen

haarspray zou gebruiken in ruil voor één afspraakje met Chad. Drea glimlacht me toe, trots op haar eigen valse maniertjes.

'Het lukt Chad niet zich aan zijn afspraak met jou te houden,' zeg ik en ik geniet van elke lettergreep. Ik kan ook vals zijn.

Veronica spuugt een mondvol tandpasta uit in de wasbak waar Drea voor staat en er landt een druppel pepermuntspuug op haar wang.

'Kijk uit, jij,' roept Drea en ze veegt de sporen weg met een wattenschijfje.

Veronica komt pal voor Drea staan. 'Als je nog één keer met mijn vader flirt, zul je ervan lusten.'

'Waar heb jij het over?' vraagt Drea.

'Gisteravond voor het raam, dat was mijn vader,' vervolgt Veronica. 'Hij zocht mij en vond jammer genoeg jullie. Jullie hebben toch de kamer helemaal rechts op de hoek op de begane grond, tegenover het grasveld? Zijn jullie zo wanhopig dat jullie het nu al met oudere mannen proberen aan te leggen?'

'Of is jouw vader zo wanhopig dat hij bij jonge meisjes voor het raam komt loeren?'

'Krijg de klere,' zegt Veronica. 'Hij werkt toevallig in ploegendiensten en moest sleutels bij mij ophalen. Er zat niemand bij de receptie.'

Drea spuit wat parfum in Veronica's richting om haar op afstand te houden. 'Nou, het beviel hem in ieder geval wel, want vanmorgen was hij er weer.'

'Om de sleutels af te geven, al is dat jouw zaak niet.' Veronica stampt weg, Drea en ik kijken elkaar aan en schieten in de lach.

'Natuurlijk is haar vader de een of andere perverse idioot,' zegt Drea.

'Ik kan haast niet geloven dat het haar vader was,' zeg ik.

'Wacht eens,' zegt Drea een beetje laat. 'Hoe bedoel je dat het Chad niet lukt zich aan de afspraak te houden?'

'Hij zei iets over een vroege hockeytraining,' zeg ik. 'Hij vroeg of je de opdracht aan Donovan wilde mailen, dan kan die hem uitprinten en voor de les aan Chad geven.'

'Waarom gaat Donovan dan niet naar hockeytraining? Hij is de belangrijkste center.' Drea smijt haar lippenstift in de wasbak. 'Ik heb zo genoeg van zijn leugens en uitvluchten. Net als vorige week. Toen had hij een zielig verhaal over een zieke oma naar wie hij toe moest.'

'Hij had wel zijn hockeymasker bij zich,' zeg ik. 'Maar je beseft wel wat dit betekent, hè? De kaarten hadden het bij het rechte eind. Hij heeft afgezegd.'

'Ik heb belangrijker dingen aan mijn hoofd dan kaarten.'

'Belangrijker dan je leven?'

Drea probeert langs me heen te dringen, maar ik grijp haar arm en draai haar om. 'Je hoeft je niet als een verwend nest te gedragen, dat werkt nu even niet,' zeg ik. 'Ik zal je helpen, of je het nu leuk vindt of niet.'

Ze staart me een paar seconden aan, alsof ze niet wil luisteren, maar te bang is om weg te lopen. 'Ik kan het er gewoon niet bij hebben.'

'Dat is heel jammer, maar je hebt geen keus. Je bent mijn beste vriendin en ik wil niet dat jou iets overkomt.'

Ik trek Drea mee een hokje in, haal het inmiddels verkreukelde briefje uit mijn handpalm en druk haar dat in de hand.

'Wat is dat?'

'Kijk maar,' zeg ik. 'Dat zat aan de trui van Chad. Hij heeft hem terug. Iemand had hem met dit briefje in zijn postvak gepropt.'

'Blijf uit haar buurt. Ik houd je in de gaten?' leest Drea hardop voor. 'Wacht even, ik begrijp het niet. Ik dacht dat ík een brief zou krijgen.'

'Dat komt nog,' zeg ik. 'Nog een brief. Aan jou geadresseerd. Ik weet het zeker.'

'Wie is de "haar" uit het briefje?' vraagt ze.

'Wie denk je?'

Drea glimlacht. 'Nou, ik ben het in ieder geval niet.'

'Het is geen complimentje, Drea. Dit is menens. Wie dit briefje ook aan Chad heeft gestuurd, hij doet erg zijn best hem uit jouw buurt te houden. Misschien is Chad zelf ook wel in gevaar.'

Drea's glimlach verdwijnt. 'Daar klopt toch niets van. Waarom zou iemand Chad kwaad willen doen?'

'Omdat diegene jou voor zichzelf wil.'

'Dus jij denkt dat het een jongen is?'

'Wie zal het zeggen? Je hebt anders genoeg meisjes tegen je in het harnas gejaagd.' Ik duw het papier glad tegen de muur en strijk er met mijn vingers overheen. Bij het woord 'haar' voel ik een lichte vibratie. Ik trek de letters over met mijn vinger en concentreer me op elke letter apart. Dan sluit ik mijn ogen en houd het briefje voor mijn neus.

'Wat?' vraagt Drea. 'Wat voel je?'

'Lelies,' zeg ik. 'Net als in mijn droom. Dat waren lelies.'

'Wat hebben lelies er nou mee te maken?' vraagt ze. 'Dat zijn gewoon bloemen.'

'Lelies zijn de bloemen van de dood.'

'Je maakt me bang.'

'Dan kunnen we elkaar de hand schudden,' zeg ik en ik pak haar hand en houd die vast. 'Als we de toekomst kunnen voorspellen, kunnen we hem ook veranderen.'

'Dan stelt je lotsbestemming ook niks meer voor.'

'We hebben ons eigen lot in handen,' zeg ik. 'Ik zal zorgen dat jou niets overkomt.'

'Beloof je dat?'

Ik knik en denk aan Maura.

'Je bent mijn beste vriendin,' zegt ze.

Ik doe een stap naar voren geef haar waar we allebei behoefte aan hebben: een berenknuffel.

'Mag ik één klein dingetje vragen?' vraagt Drea.

'Alles.'

'Kunnen we nu dit hokje uit?'

'Absoluut,' zeg ik en ik giechel. 'We hebben nog een halfuur voor de les begint, tenminste, als we het ontbijt overslaan.'

'Ik geloof niet dat ik een hap door mijn keel kan krijgen.'

'Kom, dan gaan we terug naar onze kamer en stellen een plan op.'

Tegen de tijd dat we uit het hokje tevoorschijn komen, is de badkamer leeg. Op één ding na.

Het ligt op de wastafel. Een groot langwerpig pak van kersenrood papier met een grote zilverkleurige strik erop. Boven op het pakje zit een kaartje met Drea's naam in dezelfde rode letters als op het briefje van Chad.

Ik wil haar hand pakken, maar die heeft ze trillend voor haar mond geslagen. Er komt een benauwd gepiep uit haar keel, alsof ze geen adem meer kan krijgen. 'Drea, gaat het wel?'

Maar haar ogen zijn helemaal niet op het pakje gericht. Ze zijn vastgeklonken aan de zalmroze woorden die op de spiegel zijn geschreven. Iemand heeft haar lippenstift gebruikt voor een boodschap: IK HOUD JE IN DE GATEN, DREA.

12

'Drea.' Ik leg mijn hand op haar schouder. 'Gaat het?'

Het lukt haar tussen het piepen door te knikken. Ik pak haar hand en trek haar bij de spiegel vandaan, weg van de lippenstift die erop gesmeerd zit.

Dat lijkt een beetje te helpen. Na een paar seconden wordt haar gehijg minder schor, minder wanhopig.

'We komen er wel doorheen,' verzeker ik haar, maar ik weet niet of ze me hoort. Haar ogen zijn gesloten alsof ze al haar aandacht nodig heeft om te kunnen ademen. 'Ik ben bij je.'

Net als degene die het cadeau heeft achtergelaten. Ik kijk naar de deur. Ik vind het vreselijk dat de badkamer op de begane grond van ons gebouw is. Als de buitendeur in de hal niet op slot is, wat vaak gebeurt als de schoonmakers bezig zijn, kan iedereen hier gewoon binnenlopen.

Ik vraag me af of iemand heeft gezien wie het heeft gedaan. En of het iets te maken heeft met die vent met wie Drea steeds praat. Misschien is het helemaal geen hij. Misschien is het een meisje dat verliefd is op Chad, maar hem niet kan krijgen door de aanwezigheid van Drea.

Misschien is het zo iemand als ik.

Ik ga in gedachten alle meisjes na die het afgelopen jaar verliefd zijn geweest op Chad. Buiten mezelf en Drea is de enige ander die ik kan bedenken, Veronica Leeman. Veronica, die hier een paar minuten geleden nog was, die haar tandpasta tegen Drea uitspuugde en tegen ons tekeerging omdat we met haar vader hadden geflirt.

'Gaat het weer, Drea?' vraag ik en ik knijp even in haar porseleinen-poppenvingers.

Ze knikt. 'Paniekaanval. Die heb ik sinds de basisschool niet meer gehad.'

'Zullen we even naar de zuster?'

'Nee. Ik wil alleen weten wie dat heeft gedaan. Zullen we het openmaken?' vraagt ze. Ze heeft het over het pakje.

'Wil je dat echt?'

Ze knikt en veegt de traan weg die langzaam over haar wang biggelt. 'Ik moet het weten.' Langzaam zoekt ze haar weg terug naar het ingepakte cadeau en dan draait ze zich om naar mij. 'Help je me?'

'Moet ik het voor je openmaken?'

Ze knikt. 'Ik maak de kaart open en jij het cadeau. Afgesproken?'

'Afgesproken.' Ik ga op de bank zitten met het cadeau met het witte envelopje met Drea's naam op mijn schoot. Ik leg dat in haar hand en zie hoe ze het met haar duim openritst. Ze haalt er een klein opgevouwen briefje uit dat gekartelde randen heeft omdat iemand het uit een schrift heeft gescheurd.

Ze vouwt het open, strijkt het glad en leest de boodschap. 'Dit slaat nergens op.' Ze schudt haar hoofd en trekt een verbaasd gezicht.

'Wat staat er in? Mag ik het zien?'

Maar ze beweegt niet en geeft geen antwoord.

'Drea?' Ik wurm het briefje uit haar hand. Het is, net als dat van Chad, in blokletters geschreven met een rode viltstift. NOG VIER DAGEN.

Ik kijk naar haar, naar de verse tranen op haar gezicht. Ik sla mijn arm om haar schouders en wrijf over haar rug, zoals mijn oma altijd bij mij deed. 'We hoeven het pakje niet nu open te maken,' fluister ik. 'We kunnen ook wachten tot na schooltijd, als we ons wat beter voelen. Of ik kan het straks doen als ik alleen ben.'

'Nee,' zegt ze en ze veegt over haar gezicht. 'Maak het nu maar open. Ik wil het weten.'

Ik knik en begrijp precies hoe ze zich voelt. Ik wil het ook weten.

Ik trek de strik los en vouw het papier open, waarbij ik goed op alle vibraties probeer te letten die van het papier komen.

Als het papier er eindelijk af is, ligt er een langwerpige, witte kartonnen doos op mijn schoot. Opgelucht glimlach ik, al weet ik niet waarom. Ik kijk naar Drea, die er net zo opgelucht uitziet. Ik haal het deksel eraf en kijk naar de inhoud: vier versgeplukte lelies.

'Lelies,' zegt Drea en ze slikt. 'De bloem van de dood. Dat zei je toch?'

Ik knik. Liegen heeft geen zin meer. Eerlijkheid duurt het langst.

'Vier lelies dus. Nog vier dagen tot mijn dood, of niet?' Drea's lippen trillen, maar in plaats van te gaan huilen, begint ze hysterisch te lachen. Ze pakt een lelie uit de doos en drukt die tegen haar neus. 'Wat een krent, dat ik er niet eens veertien krijg. Of zou hij geen twee weken kunnen wachten? Hé, als hij het vrijdag doet, hoef ik die wiskunderepetitie niet te leren. Zal ik vragen of hij wil opschieten?'

Ik pak haar hand, wrijf over haar rug en zie hoe deze eenvoudige handelingen haar lachen veranderen in huilen. Ze slaat haar handen voor haar gezicht en leunt tegen me aan. Ik weet niet wat ik moet doen. Ik weet niet wat ik moet zeggen om haar te troosten. Ik kan alleen proberen het gevaar te keren voor het haar te pakken heeft. Ik wieg haar op de bank en voel een zenuw in mijn nek aanspannen.

Er klinken voetstappen die langs de douches op ons afkomen. Ik ga staan, waarbij ik per ongeluk op het pakpapier ga staan, wat een beetje ritselt.

De voeten staan stil.

Drea grijpt mijn arm om me tegen te houden. Ik leg mijn vinger op mijn lippen zodat ze stil blijft, doe een stap naar de wastafels toe en bereid me voor om om de hoek te gluren.

Misschien staat degene die het pakje heeft achtergelaten daar nog te wachten.

'Stacey,' fluistert Drea. 'Wat ga je doen?'

Ik kijk om de hoek, maar zie niemand, alleen lege douchehokjes met open gordijnen. Ik maak Drea's hand los van mijn arm en begin langs de hokjes te lopen. Dan zie ik het. Aan het eind zijn van twee hokjes de gordijnen dicht.

Er klinkt een geluid van metaal op metaal uit het laatste hokje. Ik pak mijn sleutelring uit mijn zak en zoek de scherpste sleutel uit om mezelf te verdedigen. 'Ik weet dat je er bent,' roep ik. 'Kom maar tevoorschijn.'

Een paar voeten in stevige, zwartleren schoenen doen een stap dichter naar het gordijn.

'Kom naar buiten,' roep ik.

'Stacey!' schreeuwt Drea.

Een witte sjaal wordt langs het gordijn naar buiten gestoken en wuift van boven naar beneden. Ik kijk beter. Er zijn gele eendjes langs de rand geborduurd. Die kan maar van een persoon zijn.

'Ik geef me over,' schreeuwt Amber en ze springt het hokje uit. 'Doe me alsjeblieft geen kwaad.'

Ik adem lang en trillerig uit en laat de sleutel los. 'Amber, wat doe jij hier?'

Drea komt ook kijken en gaat naast ons staan. 'Je hebt ons echt de stuipen op het lijf gejaagd.'

'Sorry,' zegt ze en ze slaat met haar metalen Daffy Duck-boterhamtrommeltje tegen de muur. 'Ik speelde even ver-stoppertje. Ik had niet gedacht dat jullie er zo zwaar aan zou-den tillen.'

'Wat moeten we anders doen?' vraag ik.

Ze knoopt de sjaal om haar hals zodat die boven het kraag-je van haar uniform uitsteekt, net genoeg om meneer Gunter, de leraar wiskunde tijdens het eerste uur, boos te maken en haar een vette straf te laten geven.

'Ik zocht jullie,' zegt ze. 'Gaan jullie mee ontbijten?'

'Hoelang ben je hier al?' vraagt Drea.

'Weet ik veel. Twee minuten of zo?'

'Heb je iemand hierheen zien lopen met een pakje?' vraagt Drea.

'Heb je er een gekregen?'

Drea knikt.

'Holy shit.' Amber sluit haar ogen om haar woorden kracht bij te zetten waardoor er nog twee eendjes zichtbaar worden, die ze met gele en bruine eyeliner op haar oogleden heeft getekend. 'Wat zat erin?'

'Dat leggen we later wel uit,' zeg ik. 'Ik wil hier niet praten.'

'Dit is zó cool,' zegt Amber. 'Net een slechte horrorfilm . Ik voel me net, hoe heet ze ook weer, uit de eerste *Halloween*?'

'Bedoel je Jamie Lee Curtis?' vraag ik.

'Ja, ik voel me net zoals zij.'

'Amber,' zeg ik. 'Dit is serieus. Niet om jou een plezier te doen, hoor.'

Ze kijkt naar Drea, die op het punt staat in tranen uit te barsten. 'O, ja, sorry, Dré. Ik kan soms ook zo'n ongevoelige kakkerlak zijn.'

'Kreng, bedoel je,' zegt Drea.

'Juist.' In haar broodtrommel gaat Ambers mobiel. Ze is zo beleefd die niet op te nemen. 'Zeg maar wat ik kan doen om te helpen, dan doe ik dat.'

'We moeten een verbond sluiten,' zeg ik. 'Nu meteen.' Ik houd mijn hand omgekeerd voor me. Drea legt de hare over de mijne. Amber doet hetzelfde tot onze handen een stapel maken van vijftien centimeter hoog. 'Sluit je ogen en zeg mij na,' zeg ik en ik voel de warmte van hun handen op de mijne. 'In het geheim.'

'In het geheim,' herhaalt Drea.

'In het geheim,' zegt ook Amber.

'Voor eerlijkheid en kracht,' zeg ik.

'Voor eerlijkheid en kracht,' zeggen ze om beurten.

'Of de dood zal ons zeker scheiden,' zeg ik.

'Of de dood zal ons zeker scheiden,' zegt Drea.

'Of de dood zal ons zeker scheiden,' zegt Amber hikkend.

We openen onze ogen en kijken elkaar een paar seconden strak aan zonder een woord te spreken. Dan laten we onze handen vallen.

13

Als we eindelijk de badkamer uit komen, zijn we te laat voor het ontbijt. We wachten dus, de langste schooldag ooit, met het maken van een plan tot we na de lessen terug zijn op onze kamer. PJ wilde ook meekomen, maar we hebben gezegd dat we vrouwendingen te bespreken hadden. Hij protesteerde niet. Hij zei alleen dat hij zou komen afluisteren.

We zitten in een cirkel op de grond met een dikke, paarse kaars in het midden. Mijn vermoeidheid is verdwenen, maar ik kan me nauwelijks concentreren. Ik heb tijd nodig om een plan op te stellen, maar ik moet ook slapen om mijn nachtmerrie verder te laten gaan en te begrijpen wat alles betekent.

Amber plukt de blaadjes een voor een van de lelies en laat ze in de oranje aardewerken pot vallen.

'Leg de stelen maar aan de kant,' zeg ik tegen haar. 'Die hebben we later misschien nog nodig.'

Drea pakt een nieuwe reep chocolade uit de koelkast. Ze trekt het papiertje los, neemt er een hap van en een kwaadaardig moment vraag ik me af waarom al die suiker bij haar niet op haar dijen gaat zitten.

'Vinden jullie dat we de campuspolitie het briefje moeten laten zien?' vraagt Amber.

'Nee,' zegt Drea. 'Dan bellen ze mijn ouders en word ik door die lui gevolgd tot op de wc. Nee, dank je.'

'Misschien is het wel beter,' zeg ik.

'Ja, goed, dan zeggen we dat iemand me bloemen heeft gestuurd met een briefje erbij waarop "vier dagen" staat. O, o o, wat bedreigend,' zegt ze spottend. 'Die vier dagen kunnen overal op slaan. Het kan wel betekenen dat ik over vier dagen ongesteld word, alsjeblieft zeg. Vier dagen en dan is het sint-juttemis.'

'Denk je dat echt?' vraag ik.

'Ik weet het niet, Stacey. Wat denk jij? Misschien moeten we de politie inlichten. Misschien moeten we ze vertellen over jouw voorgevoel en de symbolische betekenis van lelies. Ze zullen heus niet denken dat we gek zijn, hoor.'

'Waarom doe je zo?' vraag ik.

'Misschien heeft het iets te maken met het feit dat iemand me wil vermoorden.'

Ik pak mijn rugzak en haal uit het zijvak drie citroenen, met dank aan de kantinejuffrouw. 'Nee. Ik bedoel, waarom ben je er zo op tegen om de campuspolitie in te lichten?'

Amber houdt even op met blaadjes plukken om het antwoord af te wachten.

'Misschien omdat ik eigenlijk wel weet wie het doet.'

'Weet je dat?'

'Misschien.'

'Wie dan?' vraag ik.

'Misschien is het Chad.'

'Chád? Waarom zou Chad dat doen?'

'Wie anders? Hij wil me bang maken zodat ik naar hem toe kom rennen. Om me terug te krijgen.'

'Dat is zó dom,' zegt Amber.

'Tja, het is gewoon een jongen. Misschien is het zijn manier om ons weer bij elkaar te brengen.'

'Dat geloof je toch niet echt, hè?' Amber slaat haar ogen ten hemel en kijkt naar een scheur in het plafond.

'Wat moet ik anders denken?' Drea trekt haar benen naar

88

zich toe en kruist haar enkels zodat er onder haar kin een valentijnshart ontstaat.

'Als hij zo graag dicht bij je is, waarom heeft hij het ontbijt dan afgezegd?' Ik snijd de citroenen met een plastic mes in tweeën.

Drea haalt haar schouders op. Ze neemt een grote hap chocolade zodat ze geen vragen meer kan beantwoorden. Ik denk niet dat ze echt gelooft dat Chad hierachter zit, maar ik denk dat het de enige verklaring is die ze op dit moment kan verwerken.

'Wat gaan we nou eigenlijk met die lelies doen?' vraagt Amber en ze schuift een bloem achter haar oor.

'Nou,' zeg ik en ik pak de bloem terug, 'eerst dompelen we ze onder in citroensap en azijn en dan stoppen we ze in een fles met spelden en naalden.'

'Precies wat ik dacht,' zegt Amber en ze rolt met haar ogen. Ze pakt Drea de reep af terwijl die er net een hap uit wil nemen en breekt een stuk af voor zichzelf. 'Ik verga van de honger. Heb je die slijmtroep gezien die ze vandaag in de kantine uitdeelden? Echt góór.'

'Ik had geen honger,' zegt Drea en ze pakt haar reep terug.

Ik pak een van de lelies, bewonder de stevige, brede blaadjes en de manier waarop ze in een kelkvorm openvallen. Ik volg met mijn vingertop de zijdeachtige draden. 'Degene die deze heeft achtergelaten,' zeg ik, 'staat je heel na.' Ik sluit mijn ogen en wrijf met mijn wijsvinger langs de hele stengel om te voelen hoe glad die is. Ik voel dat hij een poosje ondergedompeld is geweest in water, in ieder geval een paar dagen en dat de onderkant er voorzichtig af is gesneden. Ik beweeg mijn vinger naar boven en voel een blad. Ik stop, klem het tussen mijn vingers en voel voor de zekerheid de nerven. De nerven lopen naar de punt, maar vertakken zich dan in kleine v-vormen naar het oosten en westen. 'Ik voel een soort onderkomen.'

'Wat voor soort onderkomen?' vraagt Drea.

Ik schud mijn hoofd, nijdig dat ik haar niet meer kan vertellen. Ik houd een blaadje onder mijn neus. 'Aarde,' zeg ik. 'Het ruikt naar aarde.'

'Ze komen bij een bloemist vandaan,' zegt Amber. 'Daar vind je aarde in overvloed.'

'Nee,' zeg ik en ik snuif nog een keer. 'Aarde, grond, ik word helemaal omgeven door een grondlucht.' Ik laat de lelie op mijn schoot vallen en ruik aan mijn vingers. De gronderige lucht is overal; hij kleeft aan mijn handen, mijn kleren en mijn haren.

Ik sluit mijn ogen en concentreer me op de geur. Ik haal me een beeld voor ogen van de poederige bruine substantie die wordt omgespit en de kleur varieert, van goud- en hazelnootbruin tot donkerkastanje, zwart bijna. Ik breng mijn vingers onder mijn neusgaten en inhaleer de geur van de roze huid om elke molecuul van de gronderige sfeer op te snuiven. Ik zie dat die grond een berg vormt. Als een kegel, een wigwam. 'Iemand is aan het graven.'

'Wat dan?' vraagt Amber.

Ik doe mijn ogen open en schud mijn hoofd. 'Ik weet het niet.'

'Ja, dat is echt weer iets voor mij,' zegt Drea. 'Ik trek weer de een of andere psycho-moddereter aan.'

'Moddergráver,' verbetert Amber haar.

Het verbaast me dat ze er grapjes over maken, zeker Drea. Het lijkt wel of dat de enige manier is waarop ze het kan bevatten.

'Wanneer heb je dat geleerd?' vraagt Amber.

'Wat?'

'Dingen zo te lezen?'

'Het is heel eigenaardig,' zeg ik. 'Maar ik geloof dat ik dat altijd heb gekund, alsof het er altijd is geweest, tot ik oud genoeg was om het te begrijpen en te accepteren. Als ik iets aanraakte, vormde zich in mijn hoofd een beeld, een heel intens gevoel. Het gebeurde niet altijd; nog steeds niet. Ik oefende in en om het huis, de sleutels van mijn moeder, het horloge van een buurman en dan voelde ik niets. En dan was ik ergens, bij een vriendinnetje thuis en dan droogde ik bijvoorbeeld mijn handen af aan de handdoek en voelde een naderende scheiding.'

'Ik zou die dingen helemaal niet willen weten,' zei Drea.

'Ja, zo dacht ik er ook over. Maar nu probeer ik het te zien als een gave, je weet wel, om mensen te helpen.'

'Mijn ouders gaan scheiden,' zegt Drea. 'Daar hoef je bij mij thuis je handen niet voor af te drogen, dat kun je zo wel merken.'

'Hé, Stace, kun je dat helderziende gedoe ook gebruiken om erachter te komen of Brantley Witherall me dit jaar meevraagt naar het gala?' Amber pakt haar broodtrommel en doet die open. Ze haalt er haar lichtgevend groene, met stickertjes van lieveheersbeestjes versierde mobiel en de bijpassende oplader uit.

'Brantley Witherall. Meneer ik-knipper-graag-voor-mijn-eigen-genoegen-met-mijn-wimpers?' vraagt Amber. 'Een meisje mag toch wel dromen?'

'Misschien vraag ik in plaats van hem Donovan wel mee naar het gala. Gisteren heeft hij in de kantine naar me gelachen.' Amber lacht zelfgenoegzaam als ze haar oplader in het stopcontact stopt. Hoewel Drea nul komma nul geïnteresseerd is in Donovan, vindt ze dat ze het volle recht heeft op zijn aanhankelijkheid.

'Waarom heb jij eigenlijk een mobiel nodig?' vraagt Drea. 'Je bent de hele dag bij ons in de buurt. Wie belt jou op je mobiel?'

'PJ.'

'Jullie moeten het gewoon weer aan maken,' zegt Drea. 'Hij wil het zo graag.'

'Ja, dat zou je wel willen, hè?' zegt Amber.

'Hoe bedoel je dat nou weer?'

'Misschien zoek je een manier om de concurrentie uit te schakelen.'

'Alsjeblieft,' zegt Drea. 'Ik geloof niet dat wij in dezelfde divisie spelen.'

'Willen jullie alsjeblieft ophouden?' Ik haal de resterende blaadjes van de stelen en roer met mijn vingers door het witte geheel. 'We zouden toch samenwerken?'

De telefoon prikt een gat in het gesprek.

'Ik neem hem wel,' zegt Amber en ze pakt de hoorn. 'Hallo? Hallóhó.' Ze wacht een paar seconden en legt dan neer.

'Weer zo'n grapjas?' vraag ik.

Amber haalt haar schouders op. 'Ik denk dat het PJ is. Die laat zich niet afschudden.'

'Het was PJ niet,' zeg ik. 'Of wel, Drea?'

'Waar heb je het over?' vraagt Drea.

'Hoeveel van die vervelende telefoontjes moeten we nog krijgen voor je het serieus gaat nemen? Vertel je nou nog wie die vent is, of niet?'

De telefoon gaat weer.

'Ik pak hem wel,' zegt Drea.

'Zet hem op de intercom,' zeg ik. 'Dan kunnen we meeluisteren.'

'Nee,' zegt Drea. 'Het heeft niets met hem te maken.'

'Als dat zo is, kunnen we ook wel meeluisteren. Als het

goed klinkt, zet je de intercom weer uit en zal ik zijn naam niet meer noemen.'

'Je weet niet eens hoe hij heet,' zegt Amber vermanend.

Drea haalt haar schouders op. Ik zie dat ze twijfelt. Ik weet dat er iets niet in de haak is met deze jongen. En dat ze hem daarom geheim wil houden.

'Goed,' zegt ze. 'Maar bereid je voor op een teleurstelling.' Ze drukt op de knop voor de intercom en neemt dan op. 'Hallo?'

'Hoi,' zegt hij. 'Ik ben het.' Zijn stem klinkt ruw, als grof strandzand.

'Hoe is het?' vraagt Drea.

Stilte.

'Hallo?' zegt Drea.

'Je hoeft me niet in de maling te nemen,' zegt hij.

'Waar heb je het over?'

'Ik weet wel dat ik op de intercom sta. En ik weet dat je vriendinnen meeluisteren.'

'Niet,' zegt Drea en ze buigt zich voorover naar de microfoon. 'Ik ben alleen.'

'Lieg niet tegen me,' zegt hij en zijn stem klinkt streng en afgemeten.

'Wat wil je?' vraag ik. Ik kijk naar het raam en vraag me af of hij ons soms kan zien.

'Dit is iets tussen Drea en mij, Stacey. Het heeft niets met jou te maken. Trouwens, ik geloof niet in heksen.'

Er daalt een onheilspellende stilte over ons neer. Onze ogen zoeken elkaar. Ik weet dat we allemaal hetzelfde denken. Hoe weet hij mijn naam?

'Waarom doe je dit?' vraagt Drea en haar stem breekt. 'Ik dacht dat we vrienden waren.'

'En ik dacht dat we veel meer waren dan vrienden. Dat zei

je gisteravond toch? Je bent sindsdien alleen niet erg trouw geweest.'

Drea's wangen kleuren roze, alsof er rozen onder haar huid verschijnen.

'Heb je mijn cadeautje gekregen?' vraagt hij.

'Waren die lelies van jou?'

'Vier,' zegt hij. 'Voor de dagen die ons nog scheiden.'

'Waarom doe je zo? Zo ken ik je niet.'

'En ik jou niet. Vier dagen, Drea. Ik kan niet wachten.' *Klik*.

'Zijn stem komt me bekend voor,' zeg ik.

'Draai sterretje 69,' zegt Amber.

Ik leg de hoorn op de haak en draai sterretje 69 in de verwachting dat ik te horen zal krijgen dat de nummerherkenning geblokkeerd is. In plaats daarvan noemt een mechanische stem een aantal getallen achter elkaar. Amber schrijft ze met haar oogpotlood op de achterkant van haar hand.

'En nou?' vraagt Drea. 'Hem terugbellen?'

'Waarom niet?' Amber grijpt de telefoon. 'Laat die engerd maar merken met wie hij van doen heeft.'

'Nee, niet doen.' Drea pakt de telefoon en houdt die onder haar benen.

'Waarom niet?' vraagt Amber.

'Wacht even,' zegt ze hijgend. 'Ik wil even wachten.' Ze stopt de telefoon verder weg onder haar dijbeen.

'Waar wil je op wachten? Als we meteen terugbellen, is hij er misschien nog.' Amber wrijft over de blauwe eyeliner op haar hand en smeert het als oogschaduw op haar ooglid. 'Nou ja, we weten in ieder geval dat het Chad niet is. Dit is niet zijn nummer.'

De kiestoon, een beetje gedempt door het been van Drea, klinkt als een voortdurende schreeuw tussen ons drieën in.

'Wat bedoelde hij toen hij zei dat je niet trouw was geweest?' vraag ik. 'Heeft hij het dan over je ontbijtafspraak met Chad?'

'Ik begrijp er helemaal niets meer van,' zegt Drea.

'Misschien is het Chad,' zegt Amber. 'Misschien is hij jaloers omdat je met Donovan wegliep uit de kantine. Misschien gebruikt hij de telefoon van iemand anders.'

'Vier dagen,' fluistert Drea. Ze doopt haar vingers in de pot met bloemblaadjes. 'Hoe moet dit me in vredesnaam helpen?'

Ik pak de fles bij het raam vandaan en zet die voor haar neer. Het is een slanke fles, een maatje kleiner dan de ouderwetse colaflesjes. Er heeft ooit zeezout in gezeten. 'Hij heeft al gebaad in het maanlicht,' vertel ik haar.

Drea pakt de fles en stompt ertegenaan, alsof ze hem in haar handen probeert te breken.

'Drea...' Amber steekt haar hand uit en legt die op Drea's arm. 'Het komt wel goed.'

Ik knijp de citroenen uit boven de bloemblaadjes en het sap druipt eruit. Ik maak het mengsel af met drie scheutjes azijn en meng het met mijn vinger. De inhoud van de pot wordt warm door mijn handen en de blaadjes raken doorweekt van de vloeistoffen.

Samen proppen Drea en ik de natte blaadjes in de nauwe flessenhals en doen ons best niet te morsen.

'Hier,' zeg ik en ik geef haar een houten doosje dat in haar handpalm past.

Ze doet het open en ziet een verzameling spelden en naalden.

'Doe er maar zo veel in als je denkt nodig te hebben voor je eigen bescherming,' zeg ik.

'Meen je dat? Moet ik die knul tegenhouden met stopnaalden?'

'Doe het nu maar,' zeg ik. 'Het is een beschermingsflesje. Dat moet je altijd bij je dragen.'

Amber en ik kijken toe hoe Drea de spelden en naalden in de fles laat vallen. Als ze klaar is, pak ik de kaars en verzegel de fles met de druipende was. 'Concentreer je op het idee van bescherming. Wat betekent bescherming voor jou?'

'Waarschijnlijk niet hetzelfde als het voor mij betekent.' Amber wrijft over haar wenkbrauwen, haalt een klein neongroen pakje uit haar Daffy Duck-broodtrommel en zwaait ermee.

'Dat is een neptatoeage,' zegt Drea. 'Ik was erbij toen je die uit de automaat trok.'

Amber kijkt ernaar. 'Nou, en? Het gaat om de gedachte erachter.'

'Stt,' zeg ik. 'Je moet je concentreren, Drea. Welke gedachten en beelden komen in je op als je aan bescherming denkt?'

Ik kijk naar Amber, die het pakje openscheurt en een tatoeage van een kuikentje uitpakt. Ze rolt haar mouw op en drukt het tegen haar onderarm.

'Amber,' zeg ik.

'Oké,' zegt ze en ze gooit de tatoeage terug in haar broodtrommel.

'We moeten elkaars handen vasthouden,' zeg ik.

Ik zet het beschermingsflesje in het midden en we gaan er met onze handen ineen omheen zitten. Zo vormen we een menselijke driehoek. 'Sluit je ogen,' zeg ik, 'en concentreer je op het flesje. Ik zal beginnen. Als ik aan bescherming denk, denk ik aan de maan. Ik denk aan de natuur, regen, de hemel en de aarde. Ik denk aan de waarheid.'

'Helemaal mee eens,' zegt Amber en ze doet haar ogen tegelijk met mij open. 'Als ik aan bescherming denk,' steekt ze van wal, 'denk ik aan gewapende bewakers, meerdere mannen, met sterke armen en grote trillende–'

96

'Amber!' roep ik uit.

'Biceps,' gaat ze verder. 'Wat anders?'

'Als ik aan bescherming denk,' zegt Drea, 'denk ik aan mijn ouders, zoals ze vroeger waren, toen ik tussen ze in zat in bed en we met zijn drieën naar films keken. Dan gingen we wandelen en hielden ze me allebei bij de hand. Toen ze nog van elkaar hielden... dat gaf me gewoon een veilig gevoel.'

Ik geef Drea een kneepje in haar hand. Het gebaar gaat de kring rond en komt via Ambers hand weer bij me terug. 'Beschermingsflesje,' begin ik, 'help Drea te beschermen door de krachten van Moeder Aarde, beschermengelen en ouderlijke liefde. Gezegend is de weg.'

'Gezegend is de weg,' zegt Drea.

'Gezegend is de weg.' Amber doet haar ogen open en geeft het flesje aan Drea.

'Ik ben zover,' zegt Drea. 'Nu kunnen we bellen.'

'Ik heb een beter idee,' zegt Amber. Ze rommelt in haar broodtrommel en haalt een adressenboekje tevoorschijn. 'Stace, heb je een studentenlijst? We kunnen het nummer opzoeken en kijken van wie het is. Als het iemand van de campus is, staat hij erop.'

'Er ligt een lijst in mijn nachtkastje,' zegt Drea. 'Maar dat zijn ongeveer twintig blaadjes. Dat duurt uren.'

'Nou, ja, ik heb niets beters te doen,' zegt Amber.

Ik pak het overzicht uit het laatje en ga met de blaadjes op schoot naast haar zitten. We kijken langs de lange rijen met nummers terwijl Amber haar eigen adresboek doorkijkt. 'Het is wel een enorm uilskuiken als hij vanuit zijn eigen kamer belt,' zeg ik en ik pak een nieuw blad voor me.

'Wacht eens,' zegt Amber, 'ik heb het.' Ze tikt met haar vinger op een nummer.

'Nu al?' vraag ik.

'Ja, het is een munttelefoon. Die in de bibliotheek.'

'En mag ik vragen waarom jij dat nummer in je boekje hebt staan?' vraagt Drea.

'Gewoon. Je weet wel. Voor het geval ik iemand mij daar wil laten bellen. Het wordt zo duur als je er steeds kwartjes in moet blijven gooien.'

'Ook al heb je een mobiel,' zegt Drea.

'Wat bedoel je daarmee?' Amber sluit haar adresboekje en stopt het weg.

'Het klinkt heel eigenaardig,' zegt Drea. 'Iemand probeert me te vermoorden en jij hebt toevallig zijn nummer op zak.'

'Het is niet zijn nummer.'

'Ophouden,' zeg ik. 'Zo komen we nergens. We moeten elkaar wel blijven vertrouwen. Denk aan ons verbond.' Ik zie hoe Drea haar kiezen op elkaar klemt.

'Ik zeg dat we erheen moeten,' zegt Amber. 'Als die klootzak die telefoon heeft gebruikt, hangt hij er misschien nog ergens rond. Misschien zit hij wel in de bibliotheek.'

'Het kan iedereen zijn,' zegt Drea en ze kijkt naar Amber. 'Het kunnen er ook twee zijn die samenwerken.'

'Hoor eens,' zeg ik. 'We gaan er samen heen...'

'Goed,' zegt Drea en ze klemt de beschermingsfles in haar hand. 'Kom op dan.'

14

Drea, Amber en ik renden tot het O'Briangebouw, dat door een tennisbaan van de bibliotheek gescheiden is. Ik weet niet of we hier veel mee zullen bereiken. Alleen een volslagen idioot blijft rondhangen bij een telefoon waarvandaan hij een dreigtelefoontje heeft gepleegd. Maar ja, de wereld is vol met idioten. Ik kijk naar Amber als levend bewijs van die stelling. Ze heeft haar rok opgetrokken, houd de zoom tussen haar tanden en springt in het rond om haar panty op te hijsen.

'Goed,' zegt Amber en ze grijpt mijn arm vast. 'We moeten heel gewoon doen. Je weet wel, of we voor een boek komen of zo.'

'Jij? Amber ik-haal-al-mijn-werkstukken-van-het-internet Foley? Op zoek naar een boek?' zegt Drea. 'Wie het ook is, hij weet dat we op zoek zijn naar hem zodra we boven aan de trap zijn.'

'Ik kom anders zeker een keer per kwartaal in de bibliotheek, hoor.' Amber schuift een Hello Kitty-potlood achter haar oor. 'Ben ik nu niet een typisch stuudje?'

'Je bent inderdaad heel typisch,' zegt Drea. Ze loopt naar de hoek van het gebouw en steekt voorzichtig haar hoofd om de hoek. 'O, mijn god, daar is Donovan.'

'Bij de bibliotheek?' vraag ik.

'Nee, hij komt uit O'Brian.' Drea trekt haar hoofd terug en haalt diep adem. 'Ik geloof dat hij deze kant op komt.'

'Nou, en?' zeg ik. 'Het is niet verboden om rond te hangen. We doen allemaal heel gewoon.'

Drea propt het beschermingsflesje onder de band van haar rok en trekt haar trui over de bobbel.

'Goeie plek,' zegt Amber. 'Daar kijkt niemand.'

Normaal gesproken zou Drea daar ad rem op hebben gereageerd, maar nu leunt ze tegen de muur en begint vreemd in en uit te ademen.

'Drea, gaat het wel?' vraag ik.

Ze schudt haar hoofd en perst haar lippen op elkaar.

'Wat is er? Denk je dat het Donovan is?'

'Dat is het probleem.' Ze veegt haar ogen af met haar mouw. 'Ik weet niet wie het is. Ik weet niet meer wie ik nou wel of niet kan vertrouwen.' Ze kijkt met enorme vissenogen naar Amber en lijkt te wachten op een woordenstroom die een eind zal maken aan haar twijfels. Tot Amber haar nog een keer uitlegt waarom ze het telefoonnummer van de bibliotheek in haar boekje heeft staan.

Amber heeft het echter te druk met Drea negeren om dat te zien.

Donovan komt de hoek om en hij maakt bijna een luchtsprong als hij ons daar zo, bijna tegen de muur geplakt, ziet staan. 'Jemig,' zegt hij. 'Ik schrik me kapot.'

'Hoi, Donovan,' zegt Amber en ze lacht hem toe.

Hij knikt. 'Wat doen jullie hier, jongens?'

Amber kijkt om zich heen. 'Waar zie jij jongens?' Amber geeft nog een laatste ruk aan haar panty. 'Wij zijn vrouwen.'

'We staan hier gewoon,' zeg ik, al weet ik niet waarom ik die moeite nog neem. Als Donovans wimpers penselen waren, zou Drea er inmiddels uitzien als een Picasso.

'Hé, Drea,' zegt hij en hij draait de punt van zijn Dr. Martens in de grond. 'Kom je dit weekeinde nog naar de hockeywedstrijd kijken? Ik bedoel, Chad moet natuurlijk ook spelen.'

'Ik weet het niet. Ik heb hem nog niet gesproken.' Drea houdt haar handen voor de bobbel op haar trui en ademt hoorbaar uit. 'We waren eigenlijk op weg naar de bibliotheek. We gaan maar eens verder.'

'Oké,' zegt hij. 'Ik vroeg het alleen omdat we met een stel nog wat gaan drinken. En misschien ergens wat eten.'

'Hockeyers en eten,' verzucht Amber. Ze neemt een grote stap naar Donovan toe en belandt recht voor zijn neus. 'Je hoeft mij geen twee keer te vragen. Hoe laat zal ik komen?'

'Ik weet het niet,' zegt Drea. 'Misschien heb ik het wel te druk.'

'Een andere keer misschien.' Zijn ogen blijven nog een paar seconden op Drea gericht en dan loopt hij verder zonder Amber of mij een blik waardig te keuren.

'O, mijn god,' zegt Amber als hij buiten gehoorsafstand is. 'Hij heeft het zwaar van je te pakken.' Ze gluurt om de hoek van het gebouw om hem na te kijken. 'Jij vindt hem niks, hè?'

'Ik ken hem al sinds de lagere school.' Drea pakt het beschermingsflesje onder haar trui vandaan en houdt het met beide handen vast.

Amber houdt haar hoofd schuin om de achterkant van Donovan te bestuderen. 'Wat een stuk, hè. Minstens een acht op een schaal van één tot tien, wat jij, Stace?'

'Het is echt ongelooflijk dat hij na al die jaren nog pogingen doet Drea mee uit te vragen.'

'Pijnlijk,' zegt Amber.

'Heb je gezien hoe hij me stond op te nemen?' vraagt Drea.

'Zo neemt hij je áltijd op,' zeg ik.

'Nee. Vandaag was het anders. Intenser.'

'Hij is een artiest,' zegt Amber. 'Ik ben zo gek op artiesten.'

'Jij bent gewoon gek op iedereen,' zegt Drea.

'Bespeur ik daar jaloezie?' Amber steekt haar borst vooruit. 'Die jongen is vogelvrij, hoor. Misschien laat ik me door hem wel boetseren.'

'Ik geloof niet dat hij van abstract houdt.' Drea kust het flesje en steekt het weer weg in haar rok. 'Kom op, we gaan naar de bibliotheek, voor ik me bedenk.'

We sluipen om het gebouw heen en hoewel alles op de een of andere manier anders lijkt – wie kunnen we vertrouwen, wat kunnen we zeggen en waar zeggen we dat – ziet de bibliotheek er doodnormaal uit, als een grote, stenen harmonica die uit de ruimte is komen vallen. Er gaat een soort troost uit van deze onverzettelijkheid.

Bij de tennisbaan gaan we de hoek om en dan staan we ervoor. In het volle zicht. De munttelefoon. Maar het is niet de telefoon waar we met open mond naar staren, het is de persoon die hem gebruikt.

Chad.

'O, mijn god,' zegt Drea. 'Hij belt naar huis, hè? Wil iemand me vertellen dat hij naar huis belt?'

'Natuurlijk,' zeg ik. 'Hij belt naar huis.'

'Natuurlijk,' herhaalt Amber. 'Ook al heeft hij een telefoonaansluiting met goedkoop tarief op zijn eigen kamer.'

'Nee, serieus,' zeg ik. 'Hoe groot is de kans dat degene die net belde nog steeds aan de telefoon is? Het kan iedereen zijn.' Ik kijk om me heen naar de zee van in marineblauw en groen geruite uniformen gehulde lijven, die zich uitrekken, zitten en staan op de vierkante binnenplaats.

'Ja, en als we niet waren gestopt om met Donovan te flirten,' zegt Drea en ze werpt Amber een boze blik toe, 'hadden we hier veel eerder kunnen zijn.'

'Ho even,' zegt Amber. 'Niet klagen, ik probeerde je juist een dienst te bewijzen.'

'Nou, dat kun je de volgende keer wel laten, oké?'

We lopen verder naar de telefoon, naar Chad, en onze ogen branden gaten in zijn rug. Hij ziet er niet uit of hij met wie dan ook aan het praten is, hij luistert alleen maar, of wacht tot iemand aan de andere kant opneemt.

'Chad,' zegt Drea als we dichtbij genoeg zijn. 'Waar ben jij mee bezig?'

Hij draait zich om en gooit de hoorn op de haak. 'Hé, hallo, jongens. Wat is er aan de hand?'

'Met wie stond je te praten?' vraagt Drea.

'Met niemand.'

'Nou, dan heb je zeker niemand opgehangen.'

'Ben je mijn moeder, of zo?' Hij slaat zijn aantekeningen-boek dicht en legt het boven op de plank.

'Ik vind het gewoon niet erg beleefd om zomaar op te han-gen. Meer niet.'

'Niet dat het jouw zaken zijn, maar ik had niemand aan de telefoon. Ze waren niet thuis.'

'Wie is "ze"?' vraagt Amber.

Chad negeert haar, kijkt naar mij en ik voel mijn wangen branden. 'Stace, wat is er aan de hand?'

'Niet zo veel,' zeg ik en ik zie dat zijn blik bij mijn heupen blijft hangen, dan verder zakt naar mijn knokige knieën en landt op mijn lompe schoenen. Waarom heb ik vandaag sokken aan in plaats van een panty? Ik vraag me af of het hem opvalt dat de linkersok zeker vijftien centimeter hoger is opgetrokken dan de rechter. Ik kruis mijn enkels in de hoop dat dan minder duidelijk is hoe stijlloos ik er vandaag uitzie en kijk naar Drea. Ze werpt nu ook mij een boze blik toe en kijkt dan weg.

'Oké,' zegt Amber. 'Zullen we dan maar weer?' Ze gaapt in de richting van Chad. 'We waren net op weg naar de biblio-theek om te gaan leren.'

'Leren?' vraagt Chad en hij trekt een wenkbrauw op.

'Jep,' zegt Amber. 'Uit boeken, je weet wel.'

'Werkelijk?' Hij kruist zijn armen voor zijn borst. 'Goh, waarom geloof ik dat nou niet? Wat zijn jullie echt van plan, jongens?'

'Vróúwen, lul,' zegt Amber. 'Geen jongens. Geen meisjes. Vróúwen.'

'Je hoeft heus niet te denken dat ik niet weet wat jullie *vrouwen* hier brengt.'

'Waar heb jij het over?' vraag ik.

Er krult een glimlach om zijn zeer kusbare mond. 'Jullie zijn hier voor een vergadering van de Olympiade van het Verstand, of niet soms?' Hij wijst op een oranje aanplakbiljet aan de muur, waarop breinatleten opgeroepen worden zich te melden in de kelder van de bibliotheek voor een eerste bijeenkomst.

'Ga weg,' zegt Amber. 'Mijn verstand krijgt op school al training genoeg. Het laatste wat ik wil is dat na schooltijd ook nog moeten gebruiken.'

'Dat verklaart veel,' zegt Drea.

Ik kijk op de ijzeren klok die midden op de binnenplaats hangt. Het is net na vieren, twintig minuten na het telefoontje in onze kamer. 'Hoelang sta je hier al?'

'Een minuut of vijf.'

'Heb je gezien wie er vóór jou gebruik heeft gemaakt van de telefoon?'

'Nee, hoezo? Wat is er dan?'

'Niets,' zeg ik. 'Ik had alleen met iemand hier afgesproken. Dat is alles.'

'Echt?' Chad kijkt me met samengeknepen ogen aan. 'Iemand die ik ken?'

'Ja,' barst Drea plotseling los. 'Onze lieve Stacey staat gewoon *op iemand te wachten*. Gesnopen?'

'Ja, nu begrijp ik alles,' zegt Amber en ze doet net of ze een trekje neemt van haar Hello Kitty-potlood.

Als het er niet zo afschuwelijk uit zou zien als je bij iemand haar acrylnagels eraf trekt en ze door haar strot duwt, zou ik dat nu bij Drea doen. Ze weet precies wat ze doet; ze maakt elk contact dat er eventueel tussen mij en Chad bestaat onmogelijk.

'Soms kun je je ineens teveel voelen,' zegt Drea en ze windt een haarlok om haar vinger. 'We kunnen maar beter gaan, hè, Amber?'

Amber knikt.

'Oké, ik begrijp het al.' Chad pakt zijn boeken en vertrekt zonder me nog een blik waardig te keuren.

Drea geeft me een por in mijn ribben met haar elleboog als hij weg is. 'Dat werkte prima. Hij geloofde echt dat je op iemand staat te wachten.'

'Geweldig,' zeg ik.

'En nu?' vraagt Amber. 'Je denkt toch niet echt dat het Chad is, of wel?'

'Hij weet iets,' fluistert Drea.

'Dat weet je helemaal niet.' Ik kijk hem na tot hij in de zee van gelijke blauwe blazers is verdwenen. Het laatste wat ik wil geloven, is dat hij er iets mee te maken heeft.

'Waar sta jij naar te staren?' vraagt Drea.

'Ik dacht dat ik PJ zag,' zeg ik.

'Ja, natuurlijk,' zegt Drea. 'Ik snap niet waar je je druk om maakt; Chad kan zo'n klootzak zijn. Ik ben zo blij dat ik heb geweigerd hem mijn huiswerk te geven.'

'Geweigerd of vergeten?' vraagt Amber. 'Je had het vanmorgen nogal druk.'

Drea negeert de vraag. Ze kijkt naar de telefoon en glimlacht. 'Laten we eens kijken met wie Chad werkelijk aan het praten was. Zit er op een munttelefoon ook een herhaal-toets?'

'*Nope,*' zegt Amber. 'Maar we kunnen wel de telefoniste bellen en zeggen dat we het laatste nummer nog een keer willen hebben. Dan zeggen we gewoon dat er sprake is van een noodgeval en dat we het laatste nummer kwijt zijn, of zo.'

'Dat lukt nooit,' zegt Drea. 'Maar we kunnen het proberen.'

Amber pakt de hoorn van de haak, draait een nul en wacht een paar seconden. 'Hallo, waarom nemen jullie niet op?' Ze drukt nog een paar keer op de nul en hangt dan op. 'Mijn hemel, stel je voor dat het echt een noodgeval was.'

De telefoon gaat. We kijken elkaar aan en weten niet zo goed wat we moeten doen, of we moeten opnemen. Hij rinkelt twee keer. Drie keer. Ambers mond trilt, alsof ze iets wil zeggen, maar in plaats daarvan neemt ze op. 'Hallo? Ja.' Ze bedekt haar andere oor om beter te kunnen horen. 'Wat?' Ze neemt de hoorn van haar oor, maar in plaats van op te hangen, geeft ze hem aan Drea. 'Het is voor jou.'

Verward trekt Drea haar wenkbrauwen op. Ze pakt de telefoon aan en Amber en ik kruipen tegen haar aan om mee te luisteren. 'Hallo,' zegt Drea.

Na een lange pauze met veel geruis horen we een stem, zijn stem, tegen ons spreken. 'Sorry dat ik niet even ben gebleven om een praatje te maken, Drea. Ik bel je later nog wel, als we alleen zijn, en dan praten we bijvoorbeeld over je beha.'

'Mijn beha?'

'Roze. Met kant om de cups. Maat 75B.'

O. Mijn. God. Ik sluit mijn ogen, klem mijn kaken op elkaar en adem duidelijk hoorbaar uit. Dus híj heeft mijn was!

Drea houdt de telefoon tussen twee vingers vast en begint

te hyperventileren. Ik pak de hoorn van haar aan en de stem klinkt in mijn oor. 'Zeg maar tegen je vriendinnen dat het niet netjes is telefoongesprekken van andere mensen af te luisteren. Ik wil niet met ze praten. Ik wil met jou praten, Drea. Ik wil bij jou zijn. En dat gaat heel gauw gebeuren.'

Er klinkt een klik aan de andere kant. Ik laat de hoorn vallen en die blijft een eindje boven de grond bungelen.

Amber grist een schrift uit de handen van een eerstejaars en begint Drea koelte toe te wuiven. 'Rustig ademhalen,' zegt Amber. 'Gewoon doorademen.'

'Ik zie het niet meer zitten,' zegt Drea tussen twee puffen in. 'Ik kan niet...' Haar stem sterft weg in een serie wanhopige snikken.

'Ik weet het.' Ik pak haar handen en laat haar zitten op de betonnen stoep. 'Misschien moet je maar een paar weken naar huis, tot het over is.'

'Doe dat maar, Drea,' zegt Amber.

Drea schudt haar hoofd en slaat het wapperende schrift van Amber aan de kant. 'Het gaat wel,' zegt ze en ze komt weer op adem.

'Weet je het zeker?' vraag ik. 'Moet je niet even gaan liggen?'

'Ik voel me prima.'

De kiestoon uit de hoorn doet ons er op een afschuwelijk aan denken dat hij eigenlijk nog steeds bij ons is.

'Hij speelt een spelletje met ons,' zegt Amber.

Drea gaat iets rechter op zitten. 'Hoe wist hij dat we hierheen zouden komen? Hoe weet hij dat van mijn beha?'

Gadver. Ik wilde niets zeggen over de beha en de zakdoek, omdat ik niet wil toegeven dat mijn lakens waren nat geplast. Ik wilde het hele gebeuren achter me laten en hopen dat het niet opnieuw zou gebeuren.

'Hoe wist hij dat we samen zouden zijn?' Drea kijkt Amber en mij aan alsof wij het antwoord op die vragen weet.

'Omdat hij een spelletje met ons speelt,' zegt Amber. 'Wie het ook is die hierachter zit, hij kent ons aardig goed. Hij weet dat ik het nummer van de munttelefoon in mijn boekje heb staan en daarom heeft hij het nummer niet afgeschermd.'

'En hij wist dat we naar buiten zouden rennen om hem te betrappen,' maak ik het verhaal af.

'Ik wil wedden dat hij ons kan zien,' zegt Amber en ze kijkt de binnenplaats rond. 'Hij staat waarschijnlijk ergens naar ons te kijken. Hij heeft natuurlijk een mobiel.'

'Waarom gebruikt hij deze telefoon dan?' vraagt Drea en haar wangen kleuren iets bij.

'Om ons op een dwaalspoor te brengen,' zegt Amber. 'Dat zou ik tenminste doen.'

'Hij is ons steeds een stap voor,' zegt Drea.

Ik trek Drea's trui omhoog, pak het beschermingsflesje en leg het in haar handen. 'Hij is ons nu misschien een stap voor,' zeg ik, 'maar dat zal niet lang meer duren.'

15

Het is even na tienen en Drea en ik hebben ons in bed verschanst. Ik probeer me door een aantal wiskundige problemen heen te werken en Drea werkt aan een opstel over Chaucer. Ik heb geprobeerd na het eten even wat te slapen, maar ik geloof dat ik nu weer aan slapeloosheid lijd. Ik hoop dat het hersenwerk dat ik nu doe het euvel kan verhelpen.

Je kunt een speld horen vallen. We kunnen de laatste tijd, zacht uitgedrukt, niet echt goed meer met elkaar opschieten. Het is ook zacht uitgedrukt als ik verklaar dat we allebei zo onze redenen hebben om de boel op scherp te zetten. Ik zou bijna wensen dat Amber er was om de muur van ijs die zich tussen ons bevindt, neer te halen met haar beitels, maar zij is samen met PJ aan het leren geslagen. Drea heeft gelijk wat die twee betreft: die zouden weer een relatie moeten beginnen. Amber houdt er echter het principe op na: 'mijn ouders kennen elkaar al sinds de middelbare school en ze zijn nog steeds gek op elkaar, dus ik weiger me in een relatie te storten die niet net zo perfect is als de hunne.' We hebben allemaal onze eigen waanbeelden, moet je maar denken.

Zelf weet ik de helft van de tijd niet wat me bezielt om in Drea's gezicht zo met Chad te flirten. Soms kan ik er gewoon niets aan doen en kan ik de hormonen die door mijn lijf gieren en me in vuur en vlam zetten, niet in bedwang houden.

Ik weet dat je je tegenover een vriendin niet zo zou moeten gedragen. Ik wijt mijn zure-druivengedrag maar aan slaapgebrek, al weet ik dat het eerder een gebrek is aan zelfver-trouwen. Ik werp een blik op de tekening van Maura, van ons tweeën zoals we op de veranda altijd zaten te kaarten. Ik zucht een keer diep en voel de tranen in mijn ogen prikken. Wat ik nodig heb is een flinke dosis mama. Ik pak de telefoon en bel haar, maar ze is jammer genoeg niet thuis of ze neemt niet op, dus spreek ik het antwoordapparaat in en vraag haar me terug te bellen.

'Drea,' zeg ik en ik sla mijn boek dicht. 'Wil je erover pra-ten?'

'Eigenlijk wel.' Ze komt tegenover me op bed zitten. 'Ik weet wel dat ik me de laatste tijd als een vreselijke trut heb gedragen. Eerst, met Chad, tijdens het hele gedoe met het be-schermingsflesje en de hockeytrui... Ik draai helemaal door, Stacey. Ik weet niet meer wat ik in vredesnaam moet doen.'

'Ik heb juist het gevoel dat ik hier de grote trut ben.'

'Alsjeblieft zeg,' zegt ze. 'Een beetje meer respect voor de oppertrut graag.'

Uiteindelijk blijven Drea en ik tot heel laat op en doen wat we al lang niet meer hebben gedaan: gewoon.

We lakken onze teennagels watermeloenroze, geven elkaar een bananenmaskertje en behandelen elkaars haren met yog-hurt. We vervolmaken deze beautybehandelingen met, hoe kan het ook anders, iets te eten. Onze eigen versie van Rice-Krispie-hapjes met wat er in onze kamer te vinden is: corn-flakes en pindakaas.

Het is een fantastisch normale nacht, die ons even uittilt boven de zwarte donderwolk van de harde realiteit. Als het laatste hapje is doorgeslikt en de laatste RiceKrispie verdwe-nen is, begint het dan toch te onweren en voel ik me verplicht Drea te vragen naar de jongen die haar steeds belt en wat voor relatie ze precies met hem heeft.

'Het leek erop dat een verkeerd gedraaid nummer goed uit-pakte.' Drea ligt dwars over het voeteneinde van mijn bed met haar wang op het paisley kussen en ze staart naar de muur.

'Hoe vaak heb je hem gesproken?'

'Niet zo heel vaak. Kweenie, misschien vijf of zes keer.'

'Wat weet je van hem?'

'Niet veel. Ik zei toch al dat hij zijn naam niet wil zeggen. We praten gewoon over van alles, je weet wel, hoe je over bepaalde dingen denkt.'

'Welke bepaalde dingen?'

'Bijvoorbeeld over uitgaan.' Ze lacht, een nerveus lachje, en gaat dan op haar rug liggen.

'Hoe uitgaan?'

'Je weet wel, wat je wel of niet doet als je met iemand uit-gaat.'

'Je bedoelt s-e-k-s?'

'Jep. Nou ja, niet de hele tijd, maar soms.' Ze steekt een been in de lucht en bestudeert haar watermeloenroze teen-nagels, maar in haar stem klinkt nu ergernis door. 'Het is niet wat je denkt, Stacey. Ik bedoel, eerst was hij hartstikke aardig. Ik vind het leuk. Pas als je het niet leuk vindt, zijn het ongewenste intimiteiten, of zoiets.'

Is ze gek geworden? Ik wil haar dat vragen, ik wil haar een draai om haar oren geven. Ik bedoel, waar is ze mee bezig? Hoe bestaat het dat ze met zo'n pervers iemand is blijven praten, een knul die ze niet eens kent?

In plaats van haar te wijzen op alles waarbij ze alarm had moeten slaan in hun verknipte verhouding, luister ik en doe ik mijn best niet te oordelen; ik bijt op mijn tong bij alle zaken waarvan ik vind dat ze haar gezonde verstand had moeten gebruiken, vragen over het wel of niet aanhouden van kle-ding, uitwisselen van gegevens over wat ze tijdens het gesprek zelf droegen. En mijn eigen stokpaardje; dat hij het over hen had als een stel en jaloers werd toen Drea er niet was om zijn telefoontjes te beantwoorden en Drea die op alles ja en amen zei.

Drea geeft me al deze informatie in minder dan vijf seconden en haar ogen blijven gericht op het plafond, alsof ze zich ervoor geneert. En ik probeer haar te respecteren, doe mijn best mijn ontzetting niet te laten blijken en knik als dat van me wordt verwacht. Nu kijkt ze me aan en haar lippen heeft ze opgetrokken, alsof ze moet overgeven zodat ik me verplicht voel te vragen: 'Wat is er?'

'Ik heb het hem verteld. Je weet wel, hoe ver ik ben gegaan.'

'Hoe bedoel je, hoe ver je bent gegaan?'

'Stacey!' Ze rolt met haar ogen. 'Je weet wel, hoe ver ik ben gegaan met jóngens.'

O.

'Ik heb hem verteld dat Chad en ik steeds verder zijn gegaan, maar vlak voor het echt gebeurde, was het afgelopen.'

Drea moet mijn verwarring hebben opgemerkt, want ze rolt voor de tweede keer met haar ogen en flapt er dan uit: 'We zouden het gaan doen, Stacey. We waren helemaal voorbereid, maar toen kreeg ik het op mijn heupen en ging het hele feest niet door.'

Zoals zij het zegt, lijkt het op een kampeervakantie. Ik weet niet of ik dit allemaal wel wil horen, maar toch luister ik. We hebben het nog ruim een uur over hun gesprekken. Daarna lijkt Drea gek genoeg ontspannen, minder gestrest, omdat ik niet meer heb gezegd dan 'uhuh' en 'hmm' en 'o, ja'. Nu begint mijn zwijgzaamheid haar kennelijk te irriteren, want ze gaat rechtop tegen haar kussen zitten en wacht op mijn reactie.

'Nou,' zegt ze.

'Nou, wat?' vraag ik en ik probeer de beelden die zich aan me opdringen, van mijn beste vriendin en de jongen van mijn dromen die het bijna doen, uit mijn geest te bannen. 'Wat moet ik zeggen?'

'Vind je het verkeerd?'

'Ik denk niet dat het een kwestie is van goed of verkeerd, Drea.' Wat een knoert van een leugen. 'Ik denk dat je hebt gedaan wat toen voor jou het beste leek.'

'Nou, ik denk dat het verkeerd was,' zegt Drea. 'Ik bedoel, waar ben ik mee bezig geweest? Ik lijk wel gek.'

Zacht uitgedrukt.

'Ik bedoel, hij kan wel de een of andere krankzinnige pedofiel annex moordenaar zijn. Weet ik veel,' vervolgt ze.

'Eh-hmm.'

'Daarom wil ik het niet aan mijn ouders vertellen, of aan iemand anders. Ik voel me zo onnozel. Ik dacht echt dat hij... om me gaf of zo. Het was leuk.'

Ik omhels Drea en woel door haar haar, waarbij er wat achtergebleven yoghurt aan mijn vingers blijft plakken. 'Je bent niet onnozel.'

'Het gebeurde gewoon, hij was aardig en de eerste keer dat hij belde, was jij er niet en ik had net mijn moeder aan de telefoon gehad en die had verteld dat ik de komende zomer misschien alleen met haar naar mijn oma moet en ik weet het niet, het was gewoon... makkelijk.'

'Ik weet hoe makkelijk het is verkeerde dingen te doen,' zeg ik. 'Soms komt het gewoon zo uit.'

'Bovendien dacht ik de eerste keer dat hij belde dat het Chad was, maar nu weet ik het niet meer. Je zou zeggen dat ik na al die tijd Chads stem wel zou herkennen.'

'Misschien is het wel, zoals je al zei, meer dan één persoon. Of iemand die zo'n stemvervormding gebruikt.'

'Denk jij dat het Chad is?' vraagt Drea.

'Ik weet het niet. Ik wil niet denken dat hij het is, maar het zou wel kunnen, vooral omdat hij de trui had. Ik denk dat het zeker iemand is die op de campus woont. Iemand van onze leeftijd die het reilen en zeilen hier kent.'

'Wie?'

'Ik weet het niet,' zeg ik. 'Maar daar komen we nog wel achter.'

Nadat ik haar haren ingevlochten heb, gaat Drea terug naar haar eigen bed en kruipt lekker onder de wol. Dan gaat de telefoon.

Ik neem op. 'Hallo?'

'Hoi, Stacey. Ik hoorde je berichtje en ik hoop dat ik niet te laat bel.' Het is mijn moeder. Ik laat me achterover in bed vallen als ik haar stem hoor; een klein stukje thuis.

'Nee, mam,' zeg ik. 'Je belt precies op het goede moment.'

16

Na mijn korte periode van gewoon doen met Drea en een verbazend prettig telefoongesprek met mijn moeder, maak ik de zilveren droomketting vast om mijn hals, val gemakkelijk in slaap en word voor de volgende ochtend niet meer wakker.

Behalve dat ik geen nachtmerrie heb, herinner ik me niets van mijn dromen en ik begin me zo langzamerhand een grote mislukkeling te voelen.

Terwijl Amber en Drea naar de lessen gaan, bel ik de administratie, veins vreselijke buikkrampen en blijf van ellende in bed liggen, waar ik probeer nog een keer in slaap te vallen. Ik steek wierook aan, begin een droomdagboek, maar niets werkt. Ik ben zo klaarwakker dat ik er misselijk van word. Zo breng ik de rest van de dag door. Stacey Brown, Slaap Loser. Stacey Brown, die spijbelt van school en niet eens geniet van het lekker uitslapen dat daarbij hoort.

Na de les komen Amber en Drea rechtstreeks naar onze kamer en ik moet mijn mislukking opbiechten.

'Sukkel,' zegt Amber.

Het beetje zelfvertrouwen dat ik heb, dreigt in rap tempo te verdwijnen en daar verandert de komende uren weinig aan. Ik probeer Drea zover te krijgen dat ze naar de campuspolitie gaat om hun te vertellen wat er allemaal is gebeurd.

Na veel bloed, zweet en tranen van Amber en mij geeft ze toe en vertrekt met Amber om met ze te gaan praten. Ik sta op het punt mijn haren een voor een uit mijn hoofd te trekken en bied aan met ze mee te gaan, maar Drea wil dat ik in bed blijf en probeer wat te doezelen.

Geweldig.

Het is nog geen zes uur 's avonds en het ziet er buiten uit of het tegen negenen loopt. Ik besluit bij de wastafel op onze kamer een sponsbad met kruiden te nemen in de hoop dat de combinatie van water en bloemen werkt.

Oma zwoer bij baden voor een bezwering en voor het slapengaan. Een bad, geen douche. Volgens haar is er verschil. Ze zei dat het lichaam moet worden voorbereid op wat heilig is en dat de zintuigen pas volop werken als de energie is gereinigd. Het is natuurlijk heel moeilijk een bad te nemen als je op een school zit met alleen maar douches. Zeker als die douches allemaal een piepklein straaltje water geven en de afvoer voortdurend verstopt is.

Ik doe de stop in de wastafel en vul die voor driekwart met lauw water. Aan mijn kant van de kamer hangt zo'n ouderwetse wastafel van wit porselein met chromen kranen aan de muur. Ik gooi blaadjes van de anjer die ik uit een vaas in de hal heb geleend, in het water. Daar voeg ik nog een paar druppels rozemarijn-, munt- en patchoulieolie aan toe. Allemaal rustgevende, verhelderende kruiden die me hopelijk lang en diep laten slapen en, wat belangrijker is, me meer inzicht zullen geven in mijn dromen.

Ik haal de dop van een fles talkpoeder en zeef een paar lepels in een aardewerken beker. Daar voeg ik vier eetlepels honing aan toe en dat roer ik door elkaar. De talk zal me helpen de beelden uit mijn dromen te snappen en de honing zal mijn dromen op hun plaats houden, zodat ik de herinnering eraan behoud. Ik laat het mengsel in het water glijden en roer dat door met mijn hand terwijl ik de ingrediënten aanmoedig zich met elkaar te vermengen en elkaar te intensiveren.

Ik leg een handdoek op de grond tegen het morsen, trek mijn rode badstoffen badjas aan – een van mijn favoriete gemakkelijke kledingstukken, waarvan ik er steeds meer krijg – en doop een spons in het water. Ik laat de badjas openhangen en begin mijn benen af te sponzen, waarbij ik de bloemengeur diep opsnuif als ik me vooroverbuig naar mijn tenen. 'Olie en water, bloemen en kruiden, geef me een visioen, geef me inzicht tijdend mijn reis vannacht.' Dat herhaal ik drie keer en ik zie voor me hoe de zee van olie mijn huid en de lucht die ik inadem, reinigt. Ik doop de spons nog een keer in het water, ga naar mijn buik en dan naar mijn nek en schouders. Ik sluit mijn ogen en concentreer me op de cd die ik in Drea's cd-speler heb gedaan: klaterend water met de juiste hoeveelheid vogelgezang. Het is het laatste ingrediënt van een recept voor het ontspannen van mijn geest, zodat ik dromen van inzicht kan krijgen, dromen die niet worden geblokkeerd door mijn eigen angsten.

Ik weet wel waarom ik de laatste paar dagen niet meer zo duidelijk droom. Oma zei altijd dat je dapper genoeg moet zijn om de consequenties van je dromen onder ogen te zien, anders geven je dromen je niet het juiste inzicht. Toen ze me dat vertelde, achter een kopje koffie met koekjes en een kaartspelletje op tafel, begreep ik de reikwijdte van haar woorden niet ten volle, maar nu begrijp ik het maar al te goed.

Ik weet dat ik niet erg dapper ben geweest over mijn dromen. Ik weet dat mijn onderbewustzijn waarschijnlijk heel goed weet dat ik doodsbang ben. Een deel van mij is met Maura gestorven. Het mag nu niet weer fout gaan, want anders sterft de rest van mij ook. En dan is er niets meer over.

Ik laat de spons over mijn gezicht glijden en concentreer met op het beeld van kracht, stel me voor dat het water mijn angsten wegwast. De oefening geeft me kracht en herstelt de energie die weg was. Ik kijk neer op de amethisten ring, kus de steen en stel me de wang voor van mijn oma in de vaste overtuiging dat ze nog steeds bij me is.

Ik wikkel mezelf in de badjas en loop naar mijn nachtkastje. Ik zoek in het laatje naar het gele waskrijtje en een notitieboekje. Ik moet nadenken over een vraag die ik mijn droom kan stellen. Iets slims. Iets wat op allerlei manieren de waarheid aan het licht zal brengen. Maar de enige vraag die ik bedenken kan en opschrijf, is de meest voor de hand liggende: WIE ZIT ER ACHTER DREA AAN?

Ik vouw het briefje op, stop het in de droombuidel en leg dat in mijn sloop. Dan kruip ik in bed, sluit mijn ogen en stel me voor dat er warme theezakjes op mijn oogleden liggen. Met elke ademhaling denk ik aan de afnemende maan, die steeds smaller wordt tot er niet meer over is dan een klein lichtstraaltje.

Net als ik bijna in slaap val, wordt er op het raam in de hoek geklopt. 'Stacey,' zegt een stem door het glas.

Chad.

'Kom op, Stace,' zegt hij. 'Laat me erin.'

Ik sta op, trek de ceintuur van mijn badjas wat strakker en ga naar het raam. Als mijn ergernis over het feit dat hij altijd ongelegen lijkt te komen, is verdwenen, weet ik het weer. Hij ziet er fantastisch uit. Als hij de nacht in kijkt terwijl hij wacht tot ik het raam open heb gemaakt, bestudeer ik de manier waarop zijn zwarte, leren jasje over zijn schouders hangt en de manier waarop zijn haar perfect in de war geraakt is. Dat hij zijn stalen bril draagt in plaats van zijn contactlenzen.

Ik daarentegen voel een klodder talkpoeder in mijn haar zitten en een spetter honing in mijn hals. Maar ik geniet nog steeds van de make-over van gisteravond en voel me na mijn sponsbad verbazend sexy.

Hij kijkt op als hij het slot hoort openklikken en er verschijnt een glimlach op zijn gezicht. Het is een veelbetekenende glimlach, vol vertrouwen. Een glimlach die me vertelt dat hij mijn gedachten kan raden en dat hij er net zo over denkt.

Ik schuif het raam omhoog en trek een krukje bij zodat we op ooghoogte kunnen praten.

'Hoi.' Hij schuift het raam nog verder open en leunt met zijn ellebogen op de vensterbank. Hij heeft kauwgum in zijn mond, een klein groen stukje dat heen en weer schuift over zijn tong.

'Hoi.' Ik moet slikken en zie dat zijn ogen de bewegingen van mijn keel volgen.

'Stoor ik?'

'Nee,' zeg ik. 'Ik heb net een bad genomen.'

'Echt?' vraagt hij. 'Misschien had ik iets eerder moeten komen.'

Ik barst in nerveus gegiechel uit en dat maakt een borrelend geluid in mijn keel. Chads uitdrukking blijft serieus, alsof hij het echt meende.

'En, ben je alleen?'

Ik knijp mijn benen bij elkaar, want ik voel aandrang om te plassen. 'Even maar.'

'Mooi. Ik wil met je praten.' Hij leunt naar voren en ik kan zijn kauwgum ruiken.

'Waarover?'

'Over ons.' Zijn ogen blijven rusten op mijn nek, waar ik mijn badjas een stukje heb laten openvallen.

Ik leun op mijn hielen om de aandrang om te plassen de baas te blijven. 'Wat is er met ons?' Ik klem mijn tanden op elkaar en slik de pijn in.

Hij pakt een papiertje uit zijn achterzak. Mijn naam staat er in rode blokletters op geschreven, net als op de andere brief-jes. 'Deze is voor jou.'

'Heb jij die andere briefjes gestuurd?'

'Zou je dat vervelend vinden?'

'Hoe bedoel je? Ben jij–'

'Zou je me nog steeds leuk vinden als ik het was?' Chad komt zo dichtbij met zijn gezicht dat ik de warmte voel van zijn mond, die de mijne bevochtigt. Dit is zo verkeerd. Ik kan hem niet leuk vinden.

'Jawel, dat kun je wel,' zegt hij alsof hij mijn gedachten kan lezen.

Mijn mond begint te trekken en ik bereid me voor op de pepermuntsmaak van zijn kus. Ik probeer mezelf af te leiden door ergens anders heen te kijken; zijn voorhoofd, zijn neus, zijn oorlelletje, maar mijn ogen moeten terug naar die mond, smal, roze en gemaakt voor de mijne. Ik sluit mijn ogen en wacht tot hij me raakt met die lippen.

'Eerst het briefje lezen,' hijgt hij.

Het gebied onder in mijn buik tintelt door de druk. 'Chad,' zeg ik. 'Ik moet naar de wc–'

'Maak nou maar open,' zegt hij. 'Je wacht er al zo lang op.'

Ik haal diep adem en vouw het briefje open. De boodschap staat in het midden geschreven: LIEFDE IS GRAPPIG.

'Liefde is grappig?' vraag ik.

'Als je erover nadenkt,' zegt hij. 'Voor sommige mensen is alles grappig.' Hij strijkt even langs mijn gezicht en de elek-trische schokjes schieten door tot aan mijn watermeloenroze gelakte teennagels. 'Wacht,' zegt hij alsof hij plotseling iets bedenkt. 'Ik heb nog wat.' Hij haalt drie lelies achter zijn rug vandaan en geeft me die. 'Wil je niet vergeten deze aan Drea te geven?'

'Ik begrijp het niet,' zeg ik.

'Dat komt nog wel.' Hij buigt zich naar voren, legt zijn mond op de mijne en zijn kus ontploft tegen mijn lippen en het puntje van mijn tong.

Achter ons hoor ik sleutels rammelen tegen de deur. Er zijn ook stemmen, meerdere fluisterende stemmen. Er komt iemand aan, maar ik kan me niet losrukken.

Ik wil me niet losrukken.

De deur gaat piepend open en Chad kust me nog steeds. Schoenen klossen over de houten vloer en stoppen vlak achter me.

'Stacey?' zegt Drea's stem.

Ik kan me niet losmaken. Wil het niet.

'Stacey!' herhaalt ze. 'Wakker worden. Word nou wakker!'

Ik voel hoe mijn lichaam door elkaar wordt geschud en als ik eindelijk wakker word, staan Amber en Drea naast mijn bed.

'Had je weer een nachtmerrie?' vraagt Drea.

'Eh...' Mijn hoofd tolt; het leek zo echt. 'Ik weet het niet. Laat me maar even.'

'Je was heel raar aan het ademen,' zegt ze. 'Net alsof je aan het hyperventileren was.'

Ik ga verliggen en voel een beetje nattigheid in mijn slipje. Geweldig. 'Ik moet naar de wc.' Ik trek het dekbed over het laken en doe mijn best om zo nonchalant mogelijk achterwaarts bij ze vandaan te lopen, de deur uit en de gang door.

Gelukkig is de badruimte leeg. Ik trek aan de achterkant van mijn badjas om te zien of het is doorgelekt. Het is maar een klein beetje nat en door de donkere badstof valt het nauwelijks op. Ik laat wat zeep in mijn handen lopen, trek de badjas uit, spring onder de douche en probeer mijn haar droog te houden zodat Amber en Drea niets merken.

Terwijl ik me sta te wassen, probeer ik me op mijn droom te richten en te bedenken wat die kan betekenen. Maar ik kan die kus niet uit mijn hoofd zetten. Die kús. Ik leg mijn vingers op mijn lippen en voel ze nog tintelen, alsof die kus nog doorgaat. 'Liefde is grappig,' fluister ik voor me uit in de waterstroom. Ik moet achter de betekenis van liefde zien te komen, van elk woord dat gezegd is, van de pepermuntkauwgum. Alles om mijn gedachten af te leiden van de grote vraag: waarom mijn droom Chad aan mijn raam heeft gebracht.

Ik stap onder de douche vandaan, trek mijn badjas weer aan en ga naar Amber en Drea in onze kamer.

'Die chips zijn niet goed gevallen,' zeg ik en ik klop op mijn buik, maar ze luisteren niet eens. Amber bestudeert Drea's cd-collectie en Drea is aan de telefoon met haar moeder. Ik ga op de rand van mijn bed zitten, trek mijn badjas uit en vis een ander T-shirt uit de stapel nog-niet-zo-heel-vuile kleren op de grond.

'Drea loopt zo achter met haar muziek,' zegt Amber. 'En wat moet je met al die onzin over de natuur?' Er wordt op het raam geklopt.

Het is PJ. Dat weet ik omdat hij altijd op dezelfde manier klopt; een serie dreunen die volgens hem op het ritme zijn van *I Dream of Jeannie.*

'Oeps. Ik geloof dat we hem een beetje vergeten zijn,' zegt Amber. 'Mag ik hem binnenlaten, Stace?'

Ik trek het rolgordijn omhoog en kijk naar buiten. PJ's ronde, lichtgevend geel geverfde haar staart me aan in het maanlicht. 'Je hebt je haar weer geverfd,' stel ik vast en ik laat hem binnen.

'Blondines genieten meer van het leven,' zegt hij.

'Het ziet er meer uit als opgedroogd snot,' zegt Amber.

'Ik luister niet naar jou. Ik had wel kunnen bevriezen daarbuiten. Wat zeg ik, ik ben al half bevroren.'

'Lekker voor je,' zegt Amber.

PJ loopt naar het raam dat gebroken was en bekijkt het. 'Ik zie dat jullie het raam hebben laten maken.' Hij knipt de sloten open en dicht. 'Jullie meiden hebben zeker een goede verhouding met de onderhoudsdienst. Bij ons duurde het twee weken voor ze het toilet kwamen maken.'

'Dat komt omdat jullie van die schijters zijn,' zegt Amber.

'Nu we het daar toch over hebben,' zegt PJ. 'Wat ben je eigenlijk aan het maken, Stacey? Eau de uitwerpselen?'

'Grappig hoor,' zeg ik en zodra ik het zeg, moet ik denken aan het briefje uit mijn droom, wat erin stond en dat Chad zei dat sommige mensen overal een grapje van maken.

Drea legt de telefoon neer en gaat op de rand van haar bed zitten. 'Nou,' begint ze, 'dat bezoek aan de campuspolitie hadden we ook wel achterwege kunnen laten.'

'Hoezo?' Ik schop mijn badjas onder het bed en leg een extra deken over de natgeplaste plek.

'Dat kun je zelf wel verzinnen. Ze hebben een rapport gemaakt, gezegd dat ze onze reactie wat overtrokken vinden, maar om het op safe te spelen, zal er extra vaak iemand langs ons raam lopen.'

'Zo te horen, moeten we het voorlopig zonder jouw nachtelijke bezoekjes stellen, PJ,' zeg ik.

'Ik laat me niet tegenhouden,' zegt hij. 'Iemand moet jullie meisjes 's nachts toch beschermen.'

'Ja, vast. Nu kan me niets meer gebeuren.' Amber slaat een kruis.

'De beveiligingsmensen zeggen dat ze niets kunnen doen tot er echt iets gebeurt,' zegt Drea.

'Zoals?' vraag ik.

'Als iemand het loodje legt,' zegt Amber. 'Dan willen ze wel naar ons luisteren.'

Ik kijk naar PJ, die erbij zit alsof dit een heel normaal gesprek is. 'PJ?' vraag ik. 'Heb je enig idee waar we het over hebben?'

'Wij hebben hem min of meer verteld wat er speelt,' zegt Amber.

'Alleen PJ?'

'Nou, ja, Chad ook,' zegt ze. 'Maar verder niemand.'

'Geweldig,' zeg ik. 'Dan weet nu iedereen het. En hoe zit het dan met ons verbond?'

'Ik denk erover naar huis te gaan,' zegt Drea. 'Alleen dit semester. Ik heb het er net al even met mijn moeder over gehad. Ik heb haar verteld dat het niet zo goed gaat en dat ik mijn proefwerkweek niet wil verknallen. Ik kan het van de zomer altijd inhalen.'

'Vindt ze dat goed?' vraag ik.

Ze haalt haar schouders op. 'Mijn ouders maken de hele tijd ruzie.'

'Dan moeten ze maar een tijdje bij mijn oversekste ouders gaan logeren,' zegt Amber.

'O ja?' vraagt PJ. 'Misschien moeten jij en ik een voorbeeld nemen aan je ouders.'

'Weinig kans,' zegt Amber.

'Dat zei je vorig jaar anders ook niet.'

'Vorig jaar was anders.' Ze kijkt in de spiegel en tekent met een oogpotlood blauwe hartjes op haar wangen. 'Toen was ik nog zo onvolwassen.'

'En PJ, waaraan danken we het ongenoegen van je bezoek?' vraag ik.

Hij laat zich naast me op mijn bed vallen. '*Nada, mademoiselle.*'

'Geen wonder dat hij onvoldoende staat voor Frans,' zegt Drea.

PJ werpt haar een kushandje toe en blijft in mijn oor praten, maar hij stinkt zo naar guacamole dat ik er misselijk van word. 'Ik bracht deze lieftallig dames naar hun kamer en toen wilde ik mijn lieve vriendin Stacey even goedenacht wensen. *C'est tout*.'

'En?' vraag ik.

'Zeg het nou maar,' zegt Drea. 'Ze moet het weten.'

'Alles op zijn tijd, schatje.' Hij slaat zijn benen over elkaar en schopt met zijn voet. 'Stace, wat hoor ik nou toch allemaal over een gekke stalker en jouw manier om hem tegen te houden? Vertel me alles.'

'PJ, ik heb echt geen zin...'

'*Très intéressant, mademoiselle.*' PJ tikt bedachtzaam met een vinger op zijn lippen. 'Je lijkt warempel BVS wel.'

'BVS?'

'Hal-ló-ho?' Hij knipt met zijn vingers boven zijn hoofd. 'Buffy, the Vampire Slayer?'

'Natuurlijk,' zeg ik. 'PJ, ik ben moe. Ik wil slapen. Zeg wat je te zeggen hebt of anders...'

'Of anders wat? Verander je me in een kikker?' Hij wiebelt zijn vingers hocus-pocusachtig voor mijn gezicht. Zo irritant.

'Waarom niet?' vraagt Amber. 'Je kust al als een kikker.'

'Als je me nu eens twee dagen je Franse huiswerk geeft, dan ben ik misschien overtuigd.'

'Vertel het haar nu maar gewoon,' zegt Amber. 'Anders woel ik door je haar.'

'Helemaal niet, meisje. Je weet hoeveel tijd het me kost om het in model te krijgen.' PJ strijkt met zijn vingers over zijn gele spikes. 'Goed, ik zal het je vertellen. Vandaag hoorde ik Veronica Leeman, alias Arro Ronnie, na Frans zeggen dat ze vreemde telefoontjes krijgt.'

'Wat voor telefoontjes?'

'Typisch een stalker: hij hangt op, hijgt in de telefoon, de een of andere idioot die zegt dat hij haar wil.'

'Is ze bij de campuspolitie geweest?' vraag ik.

'Dat weet ik niet,' zegt PJ. 'Misschien wel. Ze was nogal hysterisch.'

'Ze is sowieso hysterisch,' zegt Drea.

'Jij hebt gewoon een hekel aan haar omdat ze verliefd is op Chad,' zegt Amber.

'Wacht eens,' zeg ik. 'Weet je nog wat ze precies zei?'

'Dat kost je twee dagen Frans huiswerk.'

'Ik ben heel slecht in Frans, dat weet je best.'

'Als er maar iets in mijn schrift staat.'

'Goed.' Ik wijs op mijn Franse schrift dat in een hoek ligt.

'Waar staat het huiswerk van gisteren?' PJ bladert het schrift door.

'Bladzijde 53 tot 55, de oefeningen A, B, C, F en H.'

Hij bekijkt de oefeningen en gooit het schrift dan terug in de hoek.

'Dus,' zegt Amber.

'Dus,' praat hij haar na, 'ik stond in de gang en je weet wel, Arro Ronnie was dat nest op haar hoofd aan het kammen...' Tijdens het praten kijkt PJ de kamer door naar de spulletjes op Drea's bureau. Hij stopt midden in de zin als hij Drea's oorbellen ziet. '*Très chic*, Drea. Die moet ik eens lenen.'

'Moet ik mijn huiswerk weer terugnemen?' vraag ik.

'*Très rude, mademoiselle*. Behandel je de visite altijd zo?' Hij draait de dop van Drea's deodorantroller en ruikt eraan. 'In ieder geval. Ik loop door, alsof ik me met mijn eigen zaken bemoei, en dan hoor ik Arro Ronnie aan haar vriendinnen vertellen dat ze van die enge telefoontjes krijgt.'

'En wat zegt hij tegen haar?' vraagt Drea.

PJ rolt de deodorant voor en achter langs zijn hals. 'Iets van dat hij haar de kleren van haar lijf zal rukken.'

Drea bijt op een van haar acrylnagels, waardoor ze er zo

uitzien dat ze normaal gesproken zou overgaan tot een nood-reparatie, maar ze is zo geboeid door het gesprek dat ze het niet eens merkt.

'Meen je dat?' vraagt ze.

'Nee. Wie wil haar nou in haar nakie zien? Kijk uit, daar komt de Grinch!'

'Duhuh, de Grinch is een man,' zegt Amber.

'Precies,' zegt hij.

'Toe nou, PJ, wees nou even serieus,' zegt Amber.

'Voor een kus.'

'Je kan m'n kont kussen,' zegt Amber en ze steekt hem het betreffende lichaamsdeel toe.

'Breng me niet in de verleiding, kattenkop,' zegt hij. 'Maar goed, die telefoontjes, als hij probeert haar op te hitsen, bla-diebla, bla bla, kan hij haar kennelijk zien en–'

'Wat?' vraagt Drea.

'Opwindend. Hij kan haar kennelijk zien als hij belt.'

'Hoe weet ze dat hij naar haar kijkt?' Drea knoopt het kraagje van haar bloes dicht.

'Omdat...' PJ laat zijn stem spookachtig zakken. 'Hij weet wat ze aanheeft en wie er bij haar is. Hij wist zelfs dat ze haar hand in haar zak deed en er...' PJ wacht even om het effect te vergroten.

'Wat!' roept Drea. 'Wat haalde ze uit haar zak?'

'En er zo'n metalen harkje uithaalde om er dat haar mee te kammen.' Hij grijpt naar zijn maag en begint idioot te lachen, net zo idioot als hij zelf is.

Niemand lacht mee.

'Ik denk dat je nu maar beter kunt vertrekken, grapjas,' zegt Amber.

'Toe nou, waar is jullie gevoel voor humor?' vraagt hij.

Ik ga naast Drea zitten en ze laat haar hoofd op mijn schouder vallen. Ze houdt haar handen tegen haar keel en probeert haar ademhaling onder controle te houden.

'Drea,' zegt PJ. 'Het was een grapje, het spijt me.'

'Ik denk dat je beter weg kunt gaan,' zeg ik.

Amber trekt aan zijn arm en probeert hem naar het raam te loodsen.

'Goed, ik ga al,' zegt hij en hij trekt zich los. 'Dat hoef je geen twee keer te zeggen.'

'Dus wel,' zegt Amber.

'Sorry, engel,' zegt hij tegen Drea. 'Ik laat me weleens te veel meeslepen. Dat van dat harkje mag je vergeten, maar de rest is waar. Vrede?' Hij steekt zijn hand uit, maar Drea negeert hem. 'Oké, laat me maar zakken,' zegt hij. Hij strijkt met een hand over zijn spikes. 'Ik kom er zelf wel uit.'

Amber sluit het raam achter hem en doet het op slot. 'Het kan ook zo'n etter zijn.'

'Hij kan het niet helpen,' zegt Drea. 'Hij is gewoon zichzelf. Het gaat om degene die dit allemaal doet.'

'We moeten met Veronica Leeman praten,' zegt Amber en ze steekt haar neus in de lucht.

'Die wil niet met ons praten.' Drea pakt het beschermingsflesje en drukt het tegen zich aan.

'Ze moet wel,' zeg ik. 'Maar ik heb nog iets nieuws bedacht om te proberen.'

'Drugs of meisjes?' vraagt Amber.

'Heel grappig.' Ik maak het zilveren kettinkje om mijn hals los en laat het kristal dat ik eraan heb gehangen voor ze bungelen.

'Mij kun je niet hypnotiseren,' zegt Amber. 'Ik heb het al eens bij mezelf geprobeerd. Werkt niet.'

'Ik probeer helemaal niet je te hypnotiseren. Ik wil alleen dat jullie ernaar kijken. Dit kristal heb ik van mijn oma gekregen. Ze vertelde erbij dat ik zo altijd weet dat ze me ziet.'

'Ik wil niet vervelend zijn, Stace, maar het is gewoon een stuk kristal. Die kun je overal kopen. Ik heb een groene in mijn kamer. Die draag ik bij mijn groene sprinkhaanoorbellen.'

'Nee,' zeg ik en ik wrijf met mijn duim over de groeven. 'Deze is anders. Het is een Devic-kristal. Zie je die scheurtjes en brokjes? Voor elke oneffenheid is er een inzicht.'

'Wat betekent Devic?' vraagt Drea.

'Dat is de communicatie met geesten uit de natuur. Zo openen we ons hart voor de magie van de natuur en Moeder Aarde.'

'Geesten?' vraagt Drea.

'Ik wil eigenlijk een seance houden.'

'Dat meen je niet.'

'Zeker wel. Ik denk dat mijn oma ons kan helpen. Maar dan heb ik jullie hulp nodig. Van allebei.'

'Dat weet ik niet, hoor.' Drea bijt het laatste randje van haar nagel af. 'Is het gevaarlijk? Ik bedoel, kan het de boel erger maken of gaat er dan iemand dood of zo?'

'Niet als we het goed doen,' zeg ik. 'Denk er gewoon even over na, oké? Maar laten we eerst op zoek gaan naar Veronica Leeman.'

17

We besluiten Veronica op te zoeken in het campuscafé, want daar houdt ze zich meestal op. Op weg daarnaartoe vertel ik Drea en Amber de gekuiste versie van mijn nachtmerrie.

Ik vertel ze dat Chad ineens voor het raam stond, over het 'liefde is grappig'-briefje en dat hij me drie lelies gaf voor Drea. Drie lelies, niet vier, waarschijnlijk om aan te geven dat er een dag voorbij is en we één dag dichter bij het onheil, wat het dan ook mag zijn, gekomen zijn. Amber stelt me allerlei vragen: heeft Chad het over PJ gehad, en moest hij lachen toen hij me de lelies gaf of deed hij er erg somber over? Drea vraagt me alleen waarom ik überhaupt over Chad droom.

Ik adem diep in, tel tot vijf en zeg haar dat de verschijning van Chad in mijn dromen waarschijnlijk niets te betekenen heeft. Misschien heb ik wel over hem gedroomd omdat hij gisteren aan het raam verscheen met dat briefje van zijn hockeytrui.

Of omdat hij er wel iets mee te maken heeft.

We duwen de deur van het café open en daar zit Veronica aan een ringvormige tafel met Donna Tillings, de grootste roddeltante van de klas. Normaal gesproken komen we hier nooit omdat de mensen hier niet echt onze vrienden zijn; populaire kliekjes en gekwelde-kunstenaarstypes. Vroeger, toen ze nog niet de aula gebruikten voor toneelstukken, was dit het theater en ze houden het zo veel mogelijk in stand: het toneel en de stoelen, menu's in de vorm van een script en de regisseursstoelen. Leraren en mensen van de administratie noemen het café bij zijn naam: On Stage. Maar verder noemt iedereen het De gehangene, naar de legende dat een meisje zich ooit hier heeft verhangen toen ze niet de hoofdrol kreeg in *Carrousel*.

'Wat ruikt koffie toch lekker,' zegt Amber. 'Ik neem een bakkie.' Ze leunt over de toonbank en ziet dan Donovan in een hoek zitten met een espresso voor zich terwijl hij het roomstelletje tekent. 'Hoi, Donovan,' zingt Amber met een steelse blik op Drea. 'Trakteer je me op koffie?' Donovan zwaait naar haar, maar richt zijn aandacht dan weer snel op zijn werk.

'Dat betekent zeker nee,' zegt Drea. 'Weet je trouwens dat je bruine tanden krijgt van koffie?' Drea kijkt naar het blad met snoep achter glas. Kaneelstokken, scones, chocolade, koekjes met macadamianoten en gemberkoekmannetjes met een roze neus.

'Zijn jullie vergeten waarom we hier zijn?' vraag ik.

'Nee,' zegt Drea. 'We moeten opschieten. Veronica is niet bepaald mijn favoriete gesprekspartner.'

'Hoor eens,' zeg ik. 'Jullie hebben waarschijnlijk iets heel belangrijks gemeen. Probeer het in ieder geval tien minuten met haar uit te houden.'

'Ik weet precies wat we gemeen hebben. Ze zit al achter mijn vriendje aan zolang als ik haar ken.'

'Ik wil je geen illusie ontnemen, Dré, maar hij is niet bepaald meer jouw vriendje.' Amber kijkt naar Donna Tillings, die in haar kop mokka met slagroom roert. 'Jammie. Ik hoop dat het zich rechtstreeks op haar dijen vastzet en ze nog jaren kan genieten van cellulitis. Stacey, zorg daar eens voor.'

'Ben je gek,' zegt Drea. 'Donna heeft haar dijen al in steunkousen gehuld.'

'Echt wel,' zegt Amber en ze kijkt nog een keer goed.

'Willen jullie alsjeblieft ophouden,' zeg ik. 'We zijn hier om Veronica Leeman te spreken.'

'Arro Ronnie,' verbetert Amber me.

Ik werp een blik op Veronica. Ze drinkt koffie uit een papschaaltje, zoals ze dat volgens ons Franse boek in Frankrijk doen. Ze kijkt halverwege een slok op, ziet me en fluistert dan iets in Donna's oor. Donna lacht. Ze tikt met haar overvolle beker tegen Veronica's kom om op hun grap te proosten.

'Ik kan ze niet luchten of zien,' zegt Amber. 'Kom, we smeren hem.'

'Dat kan niet,' zeg ik. 'Nog niet.'

Veronica fluistert Donna nog iets in haar oor en staat dan op van de tafel.

'Ze komt naar ons toe,' zegt Drea.

'Arro-alarm,' zegt Amber en ze steekt haar neus in de lucht.

'Is er iets, jongens?' vraagt Veronica. 'Jullie zien er een beetje verward uit.'

'Het enige wat hier verward is, is jouw haar,' zegt Amber. 'Heeft iemand een lucifer?'

'Ha, ha.' Veronica legt haar hand nonchalant op het hoog opgestoken haar dat met haarspray op zijn plaats wordt gehouden.

'Luister maar niet naar haar,' zegt Drea met een boze blik naar Amber. 'Ze kan soms zo kinderachtig doen.'

Veronica bekijkt Drea van top tot teen, trekt even een wenkbrauw op bij de lengte van haar rok, die Drea bij de band heeft opgerold. 'Zo jammer dat we elkaar dit jaar maar zo weinig gesproken hebben,' zegt Veronica tegen haar. 'Als ik wat meer tijd in de jongensvleugel zou doorbrengen, had ik je misschien vaker gezien. Maar ja, ik wil liever geen straf, je weet wat daar het gevolg van kan zijn.'

Ik ga tussen ze in staan. 'We waren eigenlijk op zoek naar jou, Veronica.'

'Werkelijk?' vraagt ze.

'Ongelooflijk, hè?' zegt Amber, die kaneel uit een strooier op haar handpalm schudt en die vervolgens begint af te likken.

Ik geef haar een por met mijn elleboog om haar de mond te snoeren.

'Weet je, Stacey,' begint Veronica, 'je hebt me laatst bij Frans echt de stuipen op het lijf gejaagd toen je in slaap viel. Je hoort niet elke dag een meisje gillen dat ze iemand heeft vermoord. Laat staan tijdens Frans.'

'Ik zei dat ik haar níét had vermoord.'

'Ook goed. Waar gaat het over? Iedereen heeft het erover.'

'Ik wil graag dat je eerst mijn vraag beantwoordt,' zeg ik.

'Waarom zou ik?'

'Omdat ik weet dat je met het Franse proefwerk heb zitten spieken en ik kan het bewijzen ook,' zeg ik. 'Spieken is in strijd met het reglement. Een reden voor schorsing.'

Amber pauzeert halverwege een lik en Drea's mond valt open. Ik bijt op het puntje van mijn tong en wacht tot Veronica me afbekt.

'Oké,' zegt Veronica na een pauze. 'Wat willen jullie weten?'

Ik wijs op een leeg tafeltje tegen de muur en we gaan zitten. Drea en ik aan de ene kant en Amber en Veronica aan de andere.

'En?' vraagt Veronica. 'Wat moet dit voorstellen?'

'We hebben gehoord dat je de laatste tijd nogal in de maling wordt genomen,' zeg ik.

'Wie heeft dat gezegd?'

'Iedereen heeft het erover,' praat Amber Veronica na.

Ik geef haar onder de tafel een schop.

'Weet je wie het doet?' vraagt Drea.

Veronica schudt haar hoofd en kijkt de andere kant op. 'Het is nu drie avonden achter elkaar gebeurd.'

'Wat voor soort telefoontjes zijn het?' vraag ik.

Veronica haalt haar schouders op. 'Hij probeert met me te praten. De eerste keer dat hij belde, vroeg hij of ik wist wie hij was.'

'Blijft het beperkt tot telefoontjes?' vraag ik.

'De eerste twee avonden werd ik gebeld.' Veronica haalt diep adem.

'En toen?' Drea legt haar ellebogen op tafel om haar beter te kunnen horen. 'Je kunt ons vertrouwen.'

'Waarom zou ik dat geloven?'

'Omdat het bij mij ook is gebeurd,' zegt Drea. 'Ik denk dat het dezelfde kan zijn.'

Veronica kijkt naar Drea alsof ze haar voor het eerst ziet. 'Ben je bang?'

'Ik ben voortdurend bang. Ik heb het gevoel dat ik in de gaten word gehouden, alsof ik niet eens meer kan douchen of naar de kantine kan.'

'Ik weet wat je bedoelt,' zegt Veronica. 'Ik voel me hier ook niet veilig.'

'Ik heb zelfs overwogen een poosje weg te gaan.' Drea grist een cacaostrooier uit Ambers hand, strooit cacao op haar hand en gebruikt het restant van haar nagel om het naar binnen te werken.

Veronica leunt naar achteren en lijkt meer op haar gemak. 'Jij hebt dus alleen maar telefoontjes gehad?'

Drea kijkt naar mij en het lijkt of ze mijn goedkeuring vraagt om Veronica alles te vertellen. Maar die kan ik niet geven. Dat doe ik niet. Gewoon omdat ik niet weet of dat verstandig is.

'Nee,' zegt Drea. 'Zo is het wel begonnen, maar toen stuurde hij me een cadeautje, met een brief.'

Veronica verbleekt; haar aura wordt gifgroen. 'Dat heb ik ook gekregen. Gisteravond. Er lag buiten mijn kamer een pakje op me te wachten toen ik thuiskwam.'

'Wat zat erin?' vraagt Drea.

Ik zie hoe die twee blikken van ellende wisselen terwijl Amber zich nergens van bewust is en een of ander vreemd recept in haar hand uitprobeert. Wat ze zeggen is waar: ellende verbroedert, zelfs tussen gezworen vijanden. Voor het eerst sinds ik haar ken, ziet Veronica Leeman er bang uit.

'Bloemen,' zegt Veronica. Ze kijkt naar haar handen om te zien of ze trillen.

'Lelies?' vraagt Drea.

'Ja, hoe weet je dat?'

'Hoeveel?' Drea legt een hand op Veronica's hand.

'Drie,' zegt ze. 'Drie lelies. Het aantal dagen dat het nog duurt voor hij naar me toe komt.'

18

Na ons gesprek met Veronica in café De gehangene, ga ik terug naar onze kamer om te slapen. Uiteindelijk lig ik te woelen in mijn bed en trek het dekbed over mijn oren zonder dat het enig effect heeft. Het is zo vreemd om langer dan een kwartier alleen in de kamer te zijn. Zo vreemd zonder Drea die samen met mij ligt te woelen.

Nadat zij en Veronica onder het genot van een schuimige cappuccino en verse biscotti hun hart bij elkaar hadden uit-gestort, over de bloemen en de briefjes en het hele stalker-debacle, verklaarde Drea dat ze vannacht niet op de campus kon blijven en belde haar tante, die twee dorpen verderop woont, om te vragen of die haar wilde komen halen. Ik heb nog voorgesteld dat ze er het hele weekeinde zou blijven, tot na D-day, maar dat weigerde ze pertinent. Nu Veronica en zij elkaar gevonden hebben, is Drea vastbesloten haar te helpen. Het gesprek met Veronica heeft het voor Drea allemaal veel echter gemaakt.

Waarom heb ik dan het gevoel dat Veronica maar doet als-of?

Ik begrijp het zelf niet. Het is gewoon niet logisch dat ie-mand zowel achter Drea als achter Veronica aan zou gaan. De verschillen tussen hen kunnen bijna niet groter zijn. En richten stalkers zich over het algemeen niet op hetzelfde soort mensen? Hoe dan ook, Drea is tot morgenmiddag bij haar tante en dan komen we bij elkaar en stellen een plan op.

Ik draai me om in bed, prop een kussen onder mijn knieën en pak zelfs mijn geschiedenisboek om te kijken of dat slaapverwekkend genoeg is. Niet dus. Met de beste wil van de wereld lukt het me niet om in slaap te vallen, in ieder geval niet tot Drea heeft gebeld, zoals ze heeft beloofd.

'Liefde is grappig,' zeg ik om te proberen mijn gedachten van de telefoon af te leiden. Ik herhaal het cryptische zinnetje alsof ik het kan begrijpen als ik het maar vaak genoeg hoor. Voor mezelf is de liefde de laatste tijd niet echt een komedie geweest, eerder een tragedie, maar ergens moet het een aanwijzing zijn.

Ik laat me uit bed rollen en ga op zoek naar de dikke, paarse kaars die ik heb gebruikt tijdens het kaartlezen voor Drea. Die steek ik aan voor inspiratie en inzicht en ik kijk hoe de ruimte om de pit zich langzaam vult met hete, gesmolten was.

De telefoon gaat. Ik spring overeind om hem op te nemen. 'Hallo? Drea?'

'Ik ben Drea niet,' zegt een mannenstem aan de ander kant. 'En ik weet dat ze er niet is. Jij wel, Stacey, ik wil met jou praten.'

Mijn handen beginnen te trillen als ik zijn stem mijn naam hoor zeggen. Hém.

'Ik weet dat je vanavond alleen bent, Stacey,' gaat hij verder. 'Daarom bel ik. Vraag je niet hoe het met me gaat?'

'Wat moet je?'

'Dat heb ik al gezegd. Met jou praten.'

'Ik ben niet alleen,' zeg ik en ik kijk naar mijn amethist.

Hij lacht. Langzaam en weloverwogen. 'Waarom lieg je, Stacey? Ik weet dat je alleen bent. De hele nacht. Jij en je kaarsen.'

Ik verbreek de verbinding, trek allebei de rolgordijnen naar beneden en controleer nog een keer of alles op slot is.

Mijn hart bonkt achter mijn ribben, alsof het een weg naar buiten zoekt. Ik pak de honkbalknuppel achter de deur vandaan en ga midden op mijn bed zitten, klaar voor ik weet niet wat.

De telefoon gaat weer. Ik wil niet opnemen, maar het moet. Het kan ook Drea zijn. En ik kan niet weglopen.

Ik wil net opnemen als hij stopt. Ik grijp toch de hoorn omdat ik Amber wil bellen. Ik weet dat ze het niet erg vindt om me gezelschap te houden, of nog beter, ik kan ook naar haar toe gaan. Ik begin cijfers in te toetsen, maar er is geen kiestoon. 'Hallo?' zeg ik.

'Waarom heb je opgehangen?' vraagt hij.

Hij is het. Alweer. Mijn kin trilt. Mijn hart bonkt. Al het bloed trekt weg uit mijn vingers zodat ik bijna de telefoon uit mijn handen laat vallen.

Maar dan klinkt zijn stem weer in mijn oor. 'Ik vroeg je wat.'

'Wie ben je?'

'Daar zullen jullie snel genoeg achter komen.'

'Wat moet je van me?' Ik klem de Devic-kristal tussen mijn vingers in de hoop dat de energie een weg door mijn poriën heen zal weten te vinden en me de kracht zal geven die ik nodig heb.

'Een klein vogeltje heeft me verteld dat je een bezienswaardigheid bent, op de kermis,' zegt hij na een korte pauze.

'Wát?' roep ik uit.

'Ik heb gehoord dat je in je dromen dingen kunt zien, zoals een helderziende of zo.'

'Wat voor dingen?'

'Dingen over Drea en mij,' zegt hij. 'Dingen die mijn verrassing voor haar kunnen bederven.'

'Welke verrassing?'

'Als je echt een heks was, zou je dat weten. Ben je dat?'

'Ja.' Dat durf ik best te zeggen, alsof die bevestiging zelf al krachtig genoeg is.

'Blijf bij haar uit de buurt,' zegt hij. 'Dit heeft niets met jou of je zogenaamde hekserij te maken.'

'Blijf jij liever uit de buurt.'

'Probeer geen spelletjes met me te spelen,' zegt hij. 'Vergeet niet wie hier de baas is.'

'Dat vergeet ik heus niet,' zeg ik uitdagend.

'Of je zoekt zelf een manier om uit haar buurt te blijven, of ik zorg ervoor.'

Ik voel dat ik rood word en het bloed raast door mijn aderen mijn wangen in. 'Wat ben je over drie dagen met haar van plan?' roep ik.

'Als ik het jou vertel, is het geen verrassing meer, of wel? O, trouwens, je krijgt nog een cadeautje van me, iets wat ik gevonden heb in de wasruimte. Zo te zien heb je de laatste tijd een probleempje. Stel je voor wat ze allemaal zouden zeggen als ze daarachter kwamen, Stacey. Wat denk je dat Chad zou zeggen?'

'Wie ben jij?' Ik voel dat ik ga staan.

'Bemoei jij je nou maar met je eigen zaken, dan doe ik dat ook. Welterusten, Stacey.'

Ik hoor een klik als hij ophangt. Toch houd ik de hoorn tegen mijn oor geklemd en wacht ik tot hij weer opneemt, wacht ik tot hij me vertelt hoe hij weet wat ik voor Chad voel. De telefoon klikt weer en dan hoor ik de kiestoon.

Ik laat de hoorn vallen en kijk naar het raam. Ik weet wat daarbuiten is, wat op mij wacht.

Ik loop naar het raam toe en kijk langs het rolgordijn naar het grasveld. Niemand. Ik maak het raam open, trek het omhoog en kijk naar beneden.

Daar is het. De vuile was die ik in de wasruimte heb laten liggen. De vieze blauwe joggingbroek ligt opgevouwen op de vensterbank onder een van de lakens waarop ik geplast heb. De rest ligt in een hoop op de grond. Nog steeds vies. Nog steeds stinkend. Evengoed begraaf ik mijn gezicht in een hoek van het laken en laat mijn tranen de vrije loop.

19

Ik boen de vieze lakens in de wastafel en door de opbollende stof glijden er grote vlokken schuim over de porseleinen rand. Ik probeer mezelf te kalmeren en me te concentreren op de reinigende werking van het water. Me te concentreren op wat echt belangrijk is: Drea redden. Ik ontkom echter niet aan een portie zelfmedelijden. Dat telefoontje heeft me zo'n machteloos gevoel gegeven.

Het is één ding als mensen je een freak vinden omdat je wicca beoefent, maar het is een heel ander verhaal als je zestien bent en in bed plast.

De telefoon gaat. Mijn eerste gedachte is dat het Drea is. Eindelijk. Die belt bij haar tante vandaan. Ik duik op mijn bed om op te nemen. 'Hallo? Drea?'

'De laatste keer dat ik keek niet,' zegt een mannenstem.

In een reflex gooi ik de hoorn op de haak. Waarom doet hij me dit aan? Waarom blijft hij bellen? Ik haal diep adem en wacht tot de telefoon weer gaat, zoals ik weet dat gaat gebeuren. En het gebeurt ook. Dit keer ben ik echter voorbereid. Ik pak de hoorn op en wacht tot hij gaat praten.

'Stacey?'

Chad? 'Chád?'

'Ja, ik ben het. Waarom hing je net op?'

'O, ik dacht...'

'Wat?'

'Niets.'

'Dat ik die gek ben die jullie steeds belt?'

'O, ja,' zeg ik. 'Ik was even vergeten dat Amber het je heeft verteld.'

'Niet alleen aan mij, hoor. Iedereen heeft het erover.'

'Dat meen je niet. Iedereen?'

'Nou, ja, sommige mensen.'

Niet vergeten: Amber wurgen. Al kan het ook Veronica zijn die haar mond voorbij heeft gepraat. Het is immers al ruim twee uur geleden dat we bij De gehangene afscheid van elkaar genomen hebben. Goed mogelijk voor iemand met zo'n grote mond als zij.

'Hoor eens,' zeg ik en ik voel een plotselinge aanval van kattigheid. 'Drea is er niet, als je voor haar belt.'

'Wat? Mag ik niet gewoon jou bellen?'

Ik open mijn mond in de hoop dat mijn hersens er dan woorden in zullen leggen, maar ik ben met stomheid geslagen, zelfs als hij het zou menen.

'Waar is ze?' vraagt hij.

'Ze logeert vannacht bij haar tante.' Met dezelfde vaart als ik de woorden heb gezegd, wil ik ze terugnemen. Hij hoeft niet te weten waar Drea is. Niemand hoeft dat te weten.

'Hoe dat zo?'

'Waarom bel je eigenlijk? Het is bijna één uur.'

'Ik weet het,' zegt hij. 'Ik kon niet slapen en ik loop er al de hele avond aan te denken dat ik waarschijnlijk geen voldoende zal halen voor het natuurkundeproefwerk. Ik hoopte dat je nog op was en weer eens van plan was laat op te blijven.'

Natuurkundeproefwerk?

'Ik ben nog op,' zeg ik ten slotte, 'omdat de een of andere gek het leuk vindt meisjes midden in de nacht op te bellen om ze de stuipen op het lijf te jagen. Ik denk dat ik Amber maar bel om te vragen of ze me gezelschap wil houden.'

'Ik zou ook langs kunnen komen,' zegt hij. 'Als we nou allebei niet kunnen slapen. Dan hoef jij Amber niet te storen. Trouwens, misschien kun je me wel overhoren voor morgen.'

Ik strijk met een hand over mijn haar, sta op en kijk in de spiegel. 'Vind je dat een goed idee? Ik bedoel...'

'Je zei toch dat Drea vannacht niet meer terugkomt?'

'Ja.'

'En je krijgt steeds van die telefoontjes. Het is niet goed om alleen te zijn.'

Ik veeg het haar uit mijn ogen en kauw op mijn lip. Ik heb geen idee wat ik tegen hem moet zeggen. Moet ik nog drie jaar wachten om te zien of het nog wat wordt tussen Drea en hem of is het tijd het lot in eigen hand te nemen? Ik bestrijd de hoorntjes en de gevorkte staart met de gedachte dat Chad ook mijn vriend is. Waarom moet ik me schuldig voelen elke keer dat hij een kamer in komt lopen?

'Nou?' vraagt hij. 'Zeg eens iets.'

'Oké. Maar alleen om te leren.'

'Wat anders?' vraagt hij terwijl er een een lach in zijn stem doorklinkt. 'Ik ben er zo.'

Ik hang op voor een van ons dag kan te zeggen of van gedachten kan veranderen. En hoezeer ik mezelf ook voorhoud dat het geen sociaal bezoek is, maar bedoeld om te leren, ik vind een slobberige zwarte broek niet geschikt om hem in te ontvangen. In plaats daarvan trek ik een roze met witte pyjamabroek aan, met dank aan de klerenkast van Drea, en een wit topje dat van mezelf is. Ik laat het water weglopen, wring de lakens uit en prop die in een schone waszak.

Minder dan een kwartier later klopt Chad op het raam. Ik doe het open om hem binnen te laten, ga dan snel op mijn bed zitten, dat met opzet is bedekt met natuurkundeaantekeningen, laboratoriumrapporten en oude vragenlijsten;

geen plaats over voor hem en dus geen verleiding voor mij.

'Je hebt het druk gehad,' zegt hij en hij schuift het raam achter zich dicht. Hij kijkt of er op mijn bed plaats is om te zitten. De enige vrije plaatsen zijn op de grond, tussen de stapels kleren, of op Drea's bed.

'Hoelang ben je al aan het leren?' vraagt hij en hij kiest Drea's bed.

Ik doe net of ik verdiept ben in de aantekeningen van vorige week over snelheid en massa. 'Niet lang genoeg,' zeg ik en ik kijk hem snel even aan. Ik kan het niet helpen. Hij ziet er gewoon zo geweldig uit. Een honkbalpet, alsof hij net uit bed gekropen is. Een knuffelige katoenen trui waarin ik helemaal weg zou kunnen duiken. Een klein brilletje met een zwart, metalen montuur. Hij glimlacht en ik kan alleen maar naar zijn mond staren. Die lippen. Zijn tanden. De manier waarop de ondertanden voor zijn boventanden zitten, als je goed kijkt. Ik schud mijn hoofd en richt me op mijn aantekeningen. 'Je mag rustig stellen dat mijn cijfers dit kwartaal stevig gekelderd zijn.'

'Idem.' Hij pakt een stapel gekreukte papieren uit zijn boek en voegt die bij de collectie die ik op mijn bed heb liggen. 'Over welk hoofdstuk gaat het proefwerk?'

'Zeven, geloof ik.'

Hij zet zijn honkbalpet recht, waardoor ik een vlaag van zijn geur opvang. Hij ruikt naar vers zweet, naar oude eau de cologne, naar muskdeodorant vermengd met groene appelshampoo. Een geur die ik in een fles wil stoppen, zodat ik die wanneer ik wil kan openmaken en me ermee kan wassen.

'Waarom haal jij lagere cijfers?' vraagt hij.

'Ik weet het niet,' zeg ik. 'Ik denk dat ik gewoon andere dingen aan mijn hoofd heb.'

'O ja?' vraagt hij. 'Wat dan bijvoorbeeld?'

Ik blader een beetje door het boek en mijn ogen glijden langs de vragen van hoofdstuk tien, terwijl het proefwerk over hoofdstuk zeven gaat.

'Als er iets is wat je dwarszit, kun je me dat gerust vertellen,' zegt hij. 'Heeft hij nog gebeld nadat wij hadden opgehangen?'

'Nee.'

'Ontspan je dan een beetje. Hij belt nu toch niet meer. Misschien weet hij wel dat ik hier ben.'

'Waarom zeg je dat?' vraag ik.

'Ik weet het niet. Misschien belt hij alleen als er niemand bij is. Of als er alleen meisjes zijn. Misschien is hij bang voor jongens.'

Ik voel dat ik slik. Chads ogen gaan naar mijn hals en hij ziet de beweging.

'Ik wilde maar dat hij belde als ik erbij was,' zei hij.

'Hoezo?' vraag ik.

'Dan zou je zeker weten dat ik het niet ben.'

Jakkes! Een vreselijke beschuldiging, maar ik kan hem niet tegenspreken. 'Denk je dat ik dat denk?'

Hij komt van Drea's bed op het mijne zitten en laat zich boven op een stapel papieren vallen zodat ik snel moet opschuiven om heupcontact te voorkomen. 'Ik weet het niet. Hoe denk je eigenlijk over mij?'

Ik concentreer me op mijn schrift, op de driedimensionale trapezoïde die naast een spiraal getekend is. Ik kan hem geen antwoord geven op zijn vraag; de vraag die de drie jaren die ik hem nu ken al door mijn hoofd spookt.

Ik sla weer een bladzijde om om tijd te rekken. 'Waar moet ik wat van denken?'

Ik voel dat hij geïrriteerd raakt. Hij draait zijn honkbalpet om zodat de klep nu in zijn nek zit. 'Van mij,' zegt hij. 'Wat vind je van mij?'

Ik kan niet geloven dat hij het werkelijk vraagt. Gewoon, met woorden die begrijpelijk zijn. Ik kijk de kamer door op zoek naar een soepele overgang, weg van die vraag. Dan zie ik onder zijn linkerbil een hoekje van een velletje papier.

'Je zit op mijn nano-aantekeningen.'

'Hè?'

Heb ik dat echt gezegd? Ik knik naar het verslag dat onder zijn perfecte achterwerk uit steekt en hij trekt het tevoorschijn, helemaal verkreukeld. De afdruk van zijn zitvlak op het witte papier maakt het echter de moeite waard om in te lijsten.

'Geef nou antwoord,' zegt hij met een ernstig gezicht. 'Ik wil het echt weten.'

'Je wilt weten of ik denk dat jij degene bent die Drea steeds belt?' Ik voel me superonnozel omdat ik met mijn vragen om de hete brij heen draai, maar ik kan mezelf er niet toe brengen het toe te geven. Niet tot ik zeker weet dat er niets meer is tussen hem en Drea.

'Oké,' zegt hij. 'Om te beginnen dan. Denk je dat?'

Ik kijk in zijn ogen en denk na over die vraag. Ik denk aan de droom waarin hij aan het raam stond. Dat zijn trui uit onze kamer verdween, maar ja, hij kwam er toen zelf mee op de proppen en zei dat iemand die met een briefje in zijn vakje tussen de post had gestopt.

Ik bedenk hoe hij ons heeft willen laten schrikken met zijn hockeymasker, dat hij altijd op het juiste moment belt en dat hij een paar minuten na een van de telefoontjes bij de telefoon tegenover de bibliotheek stond.

Ik bedenk dat het heel logisch zou zijn, de perfecte manier om van Drea af te komen. Of om haar te straffen voor het spelletje dat ze al jaren met hem speelt.

En ik denk eraan hoe teleurgesteld ik zou zijn als hij het inderdaad was.

Ik bestudeer zijn gezicht, op zoek naar een teken waaraan ik kan zien dat hij het niet is, dat hij er niets mee te maken heeft. Maar ik zie niets. Ik weet het gewoon niet.

'Nou?' vraagt hij.

'Ben jij het?'

'Ik wilde dat je dat niet hoefde te vragen.'

'Betekent dat nee?'

Hij schudt zijn hoofd, legt een vinger onder mijn kin en de lucht tussen ons in wordt gevuld met de pepermuntgeur van zijn tandpasta. Hij komt dichterbij en blijft dan een paar centimeter voor mijn mond steken, zo dichtbij dat ik de donzige babyhaartjes op zijn bovenlip kan zien.

'Wacht. Betekent het ja? Ik moet het weten, Chad.'

Ik vervloek mezelf omdat ik het moet vragen, omdat ik zo trouw ben, omdat ik de waarheid moet weten, omdat het eigenlijk niet uitmaakt. Hij komt nog dichterbij, zo dichtbij dat onze lippen elkaar net raken. Zacht en vochtig en pepermuntthee. Ik kan wel janken van ellende. Maar dat doe ik niet. Ik houd met moeite mijn ogen open en zorg dat mijn lippen tegen de zijne niet gaan trillen. En ik wacht op antwoord.

'Het betekent ja,' zegt hij ten slotte. 'Ik ben het.' Hij sluit zijn ogen en drukt zijn mond stevig op de mijne. Eerst weet ik niet of ik hem terug moet kussen, maar dan beslist mijn mond dat het moet. Een volle, tongstrelende tintelende kus.

Als we uit elkaar gaan, blijven mijn ogen op zijn mond gericht, bang dat wanneer ik hem in de ogen zal kijken, ik wakker word uit een heerlijke slaap. Hij glijdt met zijn vingertoppen over mijn wang en brengt mijn kin omhoog voor nog een portie.

'Dat wil ik al doen sinds de laatste keer,' zegt hij.

'Echt?' Ik probeer de glimlach van mijn gezicht te houden.

'Weet je nog?' Zijn ogen flitsen van mijn mond naar mijn ogen. 'De laatste keer?'

Ik knik.

Hij komt dichterbij voor nog een kus, maar mijn woorden houden hem tegen. 'Toen je zei dat je het was, bedoelde je toch niet dat jij achter Drea aan zit, of wel?'

'Wat denk jij?'

'Ik denk van niet.' En het is waar. Maar toch wil ik het uit zijn eigen mond horen.

Opgelucht glimlacht hij me toe en komt naar voren voor die kus.

'En Drea?' vraag ik en ik houd hem opnieuw tegen. 'Ik bedoel, hoe zit het met haar gevoelens voor jou?'

'Ze voelt helemaal niets voor mij.' Hij zucht en trekt zich terug. 'Dat denkt ze alleen maar. Als ik haar weer mee uit vraag, wat ik helemaal niet wil, dan zegt ze ja, geniet een paar dagen van haar overwinning en maakt het dan weer uit. Zo is het altijd geweest. Als een soort spelletje.'

'En denk je dat jij nog iets voor haar voelt?'

'Natuurlijk, ik bedoel, we zijn samen opgegroeid. Ik geef om haar. Heel veel. Maar alleen niet zoals zij denkt dat ze het wil.' Hij neemt mijn handen tussen de zijne, waardoor ik heerlijke tintelingen over mijn rug voel. 'Drea en ik kunnen veel beter gewoon vrienden zijn.'

'Wil je daarom een ander?'

'Snap je het nou echt niet? Ik geef niets om zomaar een ander.'

We kijken elkaar recht aan en ik weet niet wat me bezielt, of het komt door de manier waarop zijn wenkbrauwen fronsen, de manier waarop zijn lippen smeken om gekust te worden of dat het een kwestie is van pure, onvervalste tienerhormonen, maar plotseling gooi ik me op hem. Mijn handen, mijn

mond, mijn lippen, mijn hart. We zoenen, een lange, zach-
te, behaaglijke winter-onder-de-dekens-voor-het-vuur-zoen.
Maar dan duw ik hem weg. 'Het kan niet,' zeg ik, helemaal
buiten adem. 'Dit moeten we niet doen. Ik bedoel, ik wil het
wel, maar...'

Chad klemt zijn armen om me heen en drukt me tegen zich
aan. Ik luister naar het ritme van zijn hartslag en geef het op.
Ik wil alleen nog maar huilen.

20

Van leren zal nu niet veel meer komen. Ik zit op bed, blader wat door uittreksels, kijk naar kolommen vol natuurkundige termen, maar mijn hersenen nemen niets meer op.

'Misschien moeten we even een luchtje scheppen,' zegt Chad en hij slaat zijn boek dicht.

Opgelucht knik ik en ik hoop dat de andere omgeving en de koele avondlucht mijn hoofd kunnen ontdoen van alle ballast.

Alsof we door de hemellichamen worden geleid, belanden we bij de boom waar we elkaar voor het eerst hebben gekust, al besteden we daar geen van beiden aandacht aan. In plaats daarvan lopen we door met zaklantaarns in de hand, het bos in en kletsen wat over hockeytraining, Chinees eten en andere dingen die totaal oninteressant zijn.

Het ruikt vanavond naar musk in het bos, als een mengeling van een bezwete huid en parfum, als een benauwde en zweterige zomernacht in een tent. Ik adem de geur diep in en hoop dat die aan mijn kleren zal blijven hangen, zodat ik hem later nog eens ruiken kan.

'Ik ben zo terug,' zegt Chad. 'Even een plasje plegen.'

Ik knik en kijk de andere kant op als hij achter een bosje verdwijnt. Ik wacht een poosje en word dan ongerust. 'Chad?' roep ik. 'Alles in orde?' Als hij geen antwoord geeft, loop ik naar het groepje bomen waarachter hij verdwenen is. Ik til takken op, veeg twijgjes voor mijn ogen weg en loop steeds verder in de hoop hem te vinden.

Maar ik vind hem niet.

In plaats daarvan kom ik op een open plek. Ik tuur tussen twee lange takken met bladeren door en zie een houten bouwsel dat beschenen word door de maan.

'Chad!' roep ik. 'Kom nou tevoorschijn.'

Het bouwsel lijkt wel een beetje op een huis; kale houten planken die zo van een houtopslagplaats komen en aan elkaar zijn gespijkerd zodat ze een soort reusachtige basis vormen en daarop steken andere planken als muren de lucht in.

Heeft Chad me hier expres heen gelokt? Vindt hij dit grappig?

'Chad!' schreeuw ik in de richting van het bouwsel. 'Je maakt me bang.'

Ik wil nog een stap doen, maar blijf toch staan. Ik word gevolgd. Ik hoor het. Ik hoor voetstappen op de gevallen bladeren en takjes.

Ik krijg pijn in mijn buik. Ik moet plassen. Nu! Vanuit mijn ooghoek zie ik zo'n chemisch toilet dat je ook weleens in pretparken ziet. Ik knijp mijn dijbenen bij elkaar en loop erheen zo goed en zo kwaad als het gaat bij het licht van de maan. Maar voor ik het in de gaten heb, ben ik in een greppel gestapt en val ik. Mijn linkerwang komt hard op de natte, modderige grond terecht.

Als reactie gaat er in het bouwsel een licht aan. Ik hijs mezelf de greppel uit en ga op mijn hurken zitten. Er staan letters in de grond geschreven. Lange, rechte letters van minstens een halve meter lang. Er staat DREA.

Ik stap om de naam heen en loop verder naar het toilet, dat nog een paar meter van me verwijderd is. Ik moet weten of er iemand in dat huis is. En of dat dezelfde is die het licht heeft aangedaan en Drea's naam heeft geschreven. En of Chad me op de hielen zit om me de stuipen op het lijf te jagen. Maar eerst moet ik plassen, daar is geen twijfel over mogelijk.

Mijn buik doet pijn bij elke stap die ik zet. Maar ik red het en draai de deurkruk om. Op slot. 'Chad? Zit jij daar?' Ik klem mijn benen tegen elkaar en hoor mezelf piepen als een puppy. Ik wacht even. Niets. Stilte. Een donkere, nachtmerrieachtige stilte.

Er is iemand daarbinnen.

Ik deins achteruit en mijn borstkas zwoegt op en neer, alsof die niet meer bij mij hoort. Chad zou antwoord geven. Hij zou een grap nooit zo lang volhouden. Hij weet hoe bang ik geworden ben door die telefoontjes.

Ik werp een blik op het huis en ren naar binnen. Ik loop met een dreun tegen een lamp op. Die hangt aan een balk, net onder het halve dak. Ik wrijf over de plek en kijk om me heen. Er staan panelen zodat er een soort gang is ontstaan met ruimtes aan weerszijden.

Aan het eind van de gang klinkt een scheurend geluid, alsof er een soort tape wordt afgerold. 'Chad?' roep ik. 'Ben jij dat?'

Het geluid verstomt.

'Ik vind het niet leuk, hoor.' Ik verwacht half en half dat hij in een van de ruimtes is met een romantisch idee in zijn hoofd, een picknick of een kamer vol madeliefjes of zo, al hebben we met wederzijds goedvinden besloten onze relatie platonisch te houden. Ik klem mijn hand tussen mijn benen en loop langzaam de gang door. De rubberzolen van mijn gympen kraken een beetje op de houten vloer.

Ik kan uit vier deuren kiezen, twee aan elke kant. Ik besluit de dichtstbijzijnde aan mijn rechterhand te nemen. Die heeft de grootste opening en vanaf de plek waar ik sta, kan ik een beetje om de hoek kijken. Ik doe twee stappen en hoor dan de vloer voor me kraken.

'Stacey?' fluistert een stem.

En dan gaat het licht uit.

Ik hobbel naar achteren naar de hoofdingang en knijp met mijn vingers de huidplooien tussen mijn benen tegen elkaar. Met mijn andere hand voel ik langs de muur en zoek mijn weg plank voor plank terug naar de deur en de uitweg. Het lijkt wel of er geen einde aan de gang komt; die gaat maar door en door.

Wat is er mis? Waarom ben ik nog niet buiten? Waarom ben ik nog niet eens terug in de eerste ruimte?

26 planken later geef ik mijn zoektocht op. In plaats daarvan probeer ik te bepalen hoeveel ruimte er tussen de planken zit. Ongeveer vijftien centimeter. Ik steek mijn hele arm door het gat en voel de wind tussen mijn vingers door waaien. Aan de andere kant is de vrijheid, daar ben ik van overtuigd. En als ik mijn lijf erdoorheen kan wringen, ben ik weer buiten in het bos en kan ik mijn weg terug zoeken naar de campus.

Er komen voetstappen in de gang naar mij toe. Ik haal diep adem, trek mijn buik in en duw, eerst mijn schouders en dan mijn lijf door het gat. Ik houd mijn hoofd opzij, druk mijn bekken naar voren en schop mijn been naar buiten. Het heeft geen zin. De planken drukken tegen mijn ribben, waar de botten en het vlees niet verder opzij kunnen. Er is geen twijfel mogelijk: ik zit opgesloten.

In een van de kamers gaat een telefoon.

'Het is voor jou, Stacey,' zegt een stem.

De stem. *Hij*. Heel dichtbij, alsof ik hem zou kunnen aanraken.

'Je kunt maar beter opnemen,' zegt hij.

Negen keer gaat hij over. Tien keer.

'Neem de telefoon op, Stacey,' schreeuwt hij alsof hij zijn tanden op elkaar heeft geklemd.

Ik loop naar de gillende telefoon en de steken onder in mijn buik herinneren me eraan dat ik moet plassen.

'Je wordt warmer.'

Het geluid van de telefoon wordt harder met elke stap die ik doe. Met mijn arm gestrekt voor me zoek ik naar de telefoon; met de andere hand probeer ik nog steeds mijn plas op te houden. Ik ga door een opening en het licht gaat aan. Een peertje aan een van de balken. Het verlicht de munttelefoon aan de muur recht tegenover me. Die rinkelt nog steeds.

'Het is voor jou, Stacey,' herhaalt de stem.

Ik pak de hoorn op en voel mijn onderlichaam ontspannen. Mijn broek wordt warm en nat. 'Hallo?' fluister ik en ik probeer te klinken of ik niet hoef te huilen, geen medelijden heb met mezelf en niet doodsbang ben.

'Dag, Stacey,' zegt hij. 'Het is bijna zover. Nog maar twee lelies in ons boeket.'

'Met wie spreek ik?'

'Liefde is grappig, Stacey. Wist je dat al?' Ik voel zijn adem in mijn nek. Hij staat vlak achter me.

Ik tol om mijn as en hij kijkt me aan. 'Ik kan het niet geloven,' fluister ik. 'Jij bent het.'

21

Naar adem snakkend schiet ik overeind.

'Stace?'

Ik knipper met mijn ogen en kijk om me heen. Ik ben in onze kamer. Met mijn witte topje en de pyjamabroek van Drea aan.

En Chad ligt naast me in mijn bed.

Ik ga een beetje verliggen om te voelen of ik echt in mijn bed heb geplast.

Ja dus.

Op de wekker zie ik dat het kwart over zes is. We hebben meer dan vier uur geslapen.

'Heb je een nachtmerrie gehad?' Hij gaat rechtop zitten en wrijft in zijn ogen.

Ik weet dat ik in mijn droom de stalker heb gezien, maar nu, rechtop in bed met de naakte waarheid om me heen, weet ik het niet meer. Ik kan het me gewoon niet herinneren.

'Je moet weg,' zeg ik.

Hij beweegt zich niet.

'Alsjeblieft,' zeg ik en ik schud Chads hand van mijn schouder.

'Hé,' zegt hij. 'Je bent toch niet bang voor mij?'

'Natuurlijk niet. Ga nou weg. Alsjeblieft, nu.'

'Komt dit door gisteravond? Want...'

'Er is gisteravond niets gebeurd,' snauw ik.

'Niet niets,' zegt hij.

Het blijft een paar tellen stil tussen ons. Ik zet mijn tanden zo hard op elkaar dat het pijn doet.

'En waar we het over hebben gehad?' vraagt hij. 'Je weet wel, als het anders was.'

'Het is nu eenmaal niet anders,' zeg ik.

'Ja, dat is het hem,' zegt hij. 'Ik wil best wachten tot het wel anders is, als je dat goed vindt. Gisteravond was voor mij niet niets.'

Ik verfoei hem om zijn perfectie. Ik verfoei hem omdat hij om me geeft en omdat ik om hem geef. Ik verfoei het dat ik daar zo moet zitten en hem moet smeken om weg te gaan zodat ik de rommel kan opruimen.

'Je hoeft niets te zeggen,' vervolgt hij. 'Maar dat wilde ik je laten weten.'

Ik sla het dekbed om mijn benen en voel de warmte in mijn broek en de tranen die over mijn wangen biggelen.

'Heb je het koud?' vraagt hij en hij legt de sprei, waaronder hij geslapen heeft, om me heen.

Ik knik en trek die strak om me heen. 'Wil je nu alsjeblieft weggaan, Chad?'

'Ik wil niet weggaan als jij je zo rot voelt.'

'Gá nou,' smeek ik. 'Laat me met rust.'

'Waarom? Waarom doe je zo?'

'Omdat je me niets kan schelen,' zeg ik knarsetandend. Een dodelijke steek onder de gordel.

Chad krimpt helemaal in elkaar bij deze aanval. 'Ik geloof je niet,' zegt hij na een korte stilte. Hij klinkt helemaal schor, alsof ik hem zwaar inwendig letsel heb toegebracht.

Hij staat op en kijkt de andere kant op om zijn gezicht te verbergen. Zijn lichaam ziet er moe uit, verslagen, alsof ik hem zo zou kunnen verkreukelen en weggooien.

Hij bukt zich om zijn schoenen aan te trekken en dan komt Drea binnen.

Drea!

Ik zie hoe de glimlach om haar mond verdwijnt. Ze bestudeert het tafereeltje van Chad en mij; Chad die naar zijn gympen zoekt met de kleren van gisteren gekreukt om zijn lijf en ik, nog steeds in bed. Ze kijkt van zijn verwarde haren naar de broekspijp, die tot halverwege zijn been is opgestroopt.

'Drea,' zegt hij.

Ze wendt zich tot mij en laat de beker koffie en de papieren zak die ze in haar handen heeft, los zodat ze op de grond vallen. 'Ik heb ontbijt voor je meegenomen.'

Ik doe mijn mond open om iets te zeggen, maar de woorden die ik kan verzinnen – het is niet wat je denkt, het was een ongelukje, we zijn in slaap gevallen – besterven op mijn lippen.

'Drea, voor je helemaal door het lint gaat...' Chad doet een stap in haar richting, met de wang met de afdruk van het laken naar haar toe.

'Houd je mond,' zegt ze.

'Drea–' begin ik.

'Hoe kun je me dat aandoen,' schreeuwt ze.

'Er is niets gebeurd,' zeg ik.

'Het is waar,' zegt Chad. 'Er is niets gebeurd. Ik kwam hier om te leren en toen zijn we in slaap gevallen.'

'Geen wonder dat je gisteravond de telefoon niet opnam.'

'Wat?'

'Doe nu maar niet zo onnozel. Ik heb gisteravond geprobeerd te bellen, zoals we hadden afgesproken, maar je nam niet op. Je had het zeker te druk.'

Ik kijk naar het nachtkastje, maar daar staat de telefoon

niet. Ik kijk om me heen en zie dan het snoer onder een sta-pel vuil wasgoed uit komen. 'Drea, ik heb het niet gehoord.'

'Krijg de pest,' zegt ze en er wellen tranen op in haar ogen.

'Drea, we waren aan het leren en toen zijn we in slaap ge-vallen.'

'Ja, vast. Amber heeft me hier al voor gewaarschuwd, dat je zo gek op hem was.'

Oeps. Zou Amber dat echt hebben gezegd?

'Kom op, Dré,' zegt Chad. 'Laten we nou niet overdrijven. Ik heb haar gebeld omdat we morgen, ik bedoel vandaag, een groot natuurkundeproefwerk hebben.'

'Toen hij belde, hoorde je het zeker wel, hè?' zegt ze.

'Trouwens,' vervolgt Chad, 'ik dacht dat jullie vannacht misschien zouden doorhalen. Maar toen vertelde Stacey dat ze doodsbang was door die telefoontjes en dat ze niet kon slapen. Toen zei ik dat ik wel zou komen en dat we dan sa-men konden leren.'

'Wat galant van je,' zegt ze.

'Wat is daar dan mis mee?' vraagt Chad.

'Ach, krijg jij ook de pest.'

'Weet je wat, Drea,' zegt hij. 'Als je weer een beetje bent ge-kalmeerd, moet je me maar bellen.' Hij pakt zijn pet van het nachtkastje en trekt die over zijn verwarde haardos.

'Ik zou er maar niet op wachten.'

'Hoor eens,' zegt hij. 'Stacey is een vriendin van me en als je daar problemen mee hebt–'

'Wát?'

'Ik dacht niet dat wij nog verkering hadden,' zegt hij. 'We zijn allemaal gewoon vrienden.'

'Je bent mijn vriend niet,' zegt ze. 'Jullie allebei niet.' Ze draait ons haar rug toe en duikt in haar koelkastje. Ze pakt een reep chocolade en trekt het papier eraf.

Er wordt op de deur geklopt. 'Meisjes?'

LaChagrijn.

'Het is hier erg lawaaiig,' zegt ze. 'Is alles in orde?'

'Ja hoor,' zegt Drea.

'Met Stacey ook?'

Chad zoekt een verstopplaats, maar het is hopeloos. De kasten puilen uit en hij past met geen mogelijkheid onder mijn bed.

'Ik zou je moeten laten stikken,' zegt Drea.

'Alles is in orde, mevrouw LaCharge,' roep ik. 'Ik wil me net gaan aankleden.'

'Ik wil graag even binnenkomen,' zegt ze.

Chad kijkt me nog een keer aan en duikt dan het raam uit. Twee seconden later opent Drea de deur. LaChagrijn kijkt de kamer door; haar varkensoogjes verborgen achter grote, rode brillenglazen. 'Wat voor lawaai was dat?'

'We hadden ruzie over de vraag of ik mijn haar moet af-knippen of niet,' zegt Drea.

'O.' LaChagrijn bekijkt haar lokken. 'Ach, ja, een pony zou je misschien wel staan.' Ze krabt aan de vijf haren op haar kin.

'We moeten ons nu echt gaan aankleden,' zeg ik. Ik leg nog een kussen op de niet onaanzienlijke stapel beddengoed op mijn knieën en een vleugje van Chads geur komt in mijn neusgaten.

'Oké,' zegt LaChagrijn, 'maar wel zachtjes graag. We heb-ben al verschillende klachten over jullie gekregen.'

'Natuurlijk, mevrouw LaCharge. Dank u wel.' Drea sluit de deur achter haar.

'Drea–' begin ik.

'Houd je kop.'

'Waarom?'

'Je kunt me niet doodzwijgen.'

'Waarom niet?'

'Omdat we vriendinnen zijn.'

'Vriendinnen besodemieteren elkaar niet.'

'Geloof je me niet als ik zeg dat er niets is gebeurd?'

'O, ik geloof je best.' Ze staat met haar armen over elkaar aan het voeteneinde van mijn bed. 'Maar niet omdat je niet wílde dat er iets zou gebeuren.'

'Wat bedoel je daar nou weer mee?' Ik houd mijn benen bij elkaar en voel de nattigheid in háár pyjamabroek tegen mijn huid plakken.

'Ik bedoel dat je tegen Chad hebt gelogen over zogenaamde telefoontjes gisteravond zodat hij medelijden zou krijgen en hierheen zou komen.'

'Dat is niet waar.'

'Wat is er dan gebeurd?' Ze trekt de onderkant van het dekbed omhoog zodat mijn voeten bloot komen te liggen.

'Er is niets gebeurd. Dat hebben we toch al gezegd.' Ik schop het dekbed zo goed mogelijk terug en voel me meer dan ooit opgesloten in mijn bed tot iedereen weg is.

'Heb je hem gezoend?'

'Drea–'

'Nou?'

Ik weet dat het zwak is en dat het drie keer zo erg bij me terug zal komen, maar dat risico ben ik nu bereid te nemen. Ik wil alleen maar met rust gelaten worden. 'Nee,' zeg ik ten slotte.

'Leugenaar.' Ze gooit de reep op haar bed. 'Wat hebben jullie nog meer gedaan?' Ze pakt het eind van mijn dekbed en kijkt eronder.

'Nee, Drea. Alsjeblieft niet.'

Drea trekt een wenkbrauw op bij deze reactie. 'Wat mag ik

dan niet zien?' Met een harde ruk trekt ze het dekbed weg en de kussens vliegen alle kanten op.

'Is dat mijn pyjama?'

De tranen biggelen langs mijn wangen terwijl ik wacht tot ze het ziet. En als ze het ziet, is het nog vernederender dan ik me had kunnen voorstellen.

'Heb je in je bed geplast?'

'Drea,' zeg ik huilend en probeer mijn schoot met mijn handen te bedekken. 'Wil je het alsjeblieft aan niemand vertellen?'

'O, mijn god.' Ze ziet eruit of ze niet weet of ze moet lachen of kotsen. 'Je hebt in je bed geplást!'

Als een struisvogel begraaf ik mijn gezicht in mijn kussen, alsof ze me dan niet kan zien, alsof ik dan weg ben.

22

Waarom ben ik vandaag eigenlijk naar school gegaan? Hoe kan ik in vredesnaam, na alles wat er gisteravond is gebeurd, een natuurkundeproefwerk maken?

Vraag nummer een heeft om te beginnen al veel te veel variabelen. Hoe moet ik nou weten waar de N van een steen gelijk aan staat onder bepaalde voorwaarden F als ik niet eens weet dat een steen N's heeft of überhaupt onder invloed kan staan van F's? Ik kijk op van mijn gekriebel en zie Chad drie stoelen rechts voor me zitten. Zou hij het weten van het bedplassen, heeft Drea het hem al verteld?

Ik probeer hem uit mijn gedachten te zetten en me op de nachtmerrie van gisteravond te concentreren. Op het gezicht van de stalker. Ik weet dat ik hem heb herkend, maar nu ik weer klaarwakker ben, is mijn herinnering aan zijn gezicht verdwenen. Ik moet naar mijn kamer en de herinnering op de een of andere manier zien terug te krijgen.

De bel gaat en dat is het moment waarop ik heb gewacht. Ik krabbel mijn naam boven aan het blad, zodat de leraar weet wie die vette één heeft verdiend, lever het als eerste in en schiet de deur uit. Helaas ben ik niet snel genoeg. Twee deuren verder haalt Chad me in.

'Het spijt me van vanochtend,' zegt hij en hij strijkt met zijn hand door zijn haar. 'Ik bedoel wat er tussen jou en Drea gebeurde.'

'O, dat stelt niets voor.'

'Dat is niet waar en dat weet jij ook heel goed.'

Ik kijk de andere kant op en vraag me af wat hij van me zou denken als hij mijn geheim kende en of hij dan nog hetzelfde voor me zou voelen.

'Heeft Drea iets tegen je gezegd?' vraag ik. 'Ik bedoel, praat ze nog wel tegen je?' Ik richt mijn blik even op zijn lippen. Alle details van gisteravond staan me nog helder voor de geest. Het kleine gele sproetje boven het v'tje van zijn bovenlip, het draadachtige littekentje links in de hoek. Het bewijs dat het gisteravond echt is gebeurd, dat ik hem echt heb gekust.

'Ja, ze praat wel met me,' zegt hij. 'Bij Engels was ze eerst boos. Je weet wel, met een pruillip de andere kant op kijken en zo – maar later ging het over. Ik heb gezegd dat ze niet boos op jou moet zijn, maar ze wilde niet luisteren. Ik begrijp niet waarom ze boos is op jou en niet op mij.'

'Omdat jij de jongen bent,' zeg ik.

Een geweldige dooddoener.

'Trouwens,' zegt hij. 'Ik ben eigenlijk wel blij dat het is gebeurd, alleen jammer dat jullie nu ruzie hebben.'

'O ja?'

'Ja, ze hoeft niet te blijven denken dat ik haar persoonlijke bezit ben. Zoals ik gisteravond al zei, Drea en ik kunnen beter vrienden zijn. Dan kunnen we het veel beter met elkaar vinden.'

'Ik ben blij dat ik je van dienst heb kunnen zijn.' Ik gooi mijn rugzak over mijn schouder en draai me om om weg te lopen.

'Wacht.' Chad pakt mijn arm om me tegen te houden.

'Wat?' Ik trek me los.

'Zo bedoel ik het niet.'

'Wat bedoelde je dan wel?'

'Ik bedoel wat ik zei. Dat ik blij ben dat het is gebeurd.'

'Weet Drea hoe je erover denkt? Het je haar alles verteld wat je mij hebt verteld? Dat je denkt dat jullie beter vrienden kunnen zijn?'

Daar moet hij even over nadenken. 'Ik heb het misschien niet met zo veel woorden gezegd, maar dat weet ze toch wel.'

'Misschien weet ze helemaal niet zo veel als jij denkt dat ze weet. Of misschien weet jij niet wat je wilt?'

'Ik weet heel goed wat ik wil,' zegt hij.

Ik kijk naar hem en nu is hij degene die naar míjn mond, naar míjn lippen staat te kijken. En ik wil niets liever dan de zijne bijten, likken, naar binnen zuigen of ze met mijn hand bedekken. In plaats daarvan glimlach ik en hij glimlacht terug. En plotseling krijg ik het gevoel dat ik meedoe met een tandpastareclame, zo een waarin de acteurs helemaal verliefd worden op de glans van elkaars tanden.

We blijven nog even hangen en weten niet goed hoe we er een eind aan moeten breien. In de twintig seconden dat we met onze schoenen staan te schuifelen, aan mijn voeten een paar Dr. Martens en aan de zijne zwart glimmende Sketchers met zilveren gespen, probeer ik me heel eerlijk af te vragen of ik gisteravond niet gewoon uit mijn geheugen wil deleten, inclusief de ontdekking van Drea, als ik dat zou kunnen.

Het antwoord is heel ondubbelzinnig *nee*.

'Ik moet gaan,' zegt hij. 'Ik zie je nog wel.'

'Ja, tuurlijk,' zeg ik en ik weet niet of ik me in zijn armen moet gooien of hem een high five moet geven.

We doen geen van beide. Chad propt zijn handen in zijn zakken en loopt naar zijn volgende les. Ik daarentegen wend een migraine voor en hoef niet naar het blokuur Engels. Wat voor zin heeft het nog meer slechte cijfers te halen? Bovendien heb ik belangrijker zaken aan mijn hoofd dan een be-spreking van *The Canterbury Tales*. Ik moet me verdorie het gezicht van een stalker zien te herinneren. Hopelijk helpt een geheugenbezwering.

Terug in de kamer laat ik me op bed vallen en probeer me een paar seconden te concentreren op wat ik me wél herin-ner. Ik weet dat ik in mijn nachtmerrie weer in het bos was en dat er dit keer een soort gebouw op me wachtte. Ik herin-ner me planken, openingen en Drea's naam in de modder. Ik herinner me een peertje, de telefoon en zelfs dat ik heb op-genomen. Maar als ik me de persoon die achter me stond en in mijn oor fluisterde voor de geest probeer te halen, ver-vaagt alles.

Ik pak het familieplakboek en laat mijn vinger langs het begin van de inhoud glijden. Er zijn verschillende spreuken voor het geheugen, maar er is er maar een die speciaal over een persoon in je dromen gaat. Die is geschreven door mijn oudoudtante Delia. Ik sla de tere bladzijden om tot ik bij de spreuk gekomen ben en zie meteen dat er bijenwas over een paar van de ingrediënten gedruppeld is. Ik probeer het weg te schrapen, maar het lukt niet. Ik moet er maar het beste van zien te maken.

Ik verwijder de paar opmaakspulletjes die ik bezit, een neutrale lippenstift, bruine oogschaduw en een tube glitter-crème (die mijn moeder me twee jaar geleden met Kerstmis cadeau had gedaan) van mijn toilettafel onder de ronde spiegel. Ik leg de spiegel plat op de grond en draai de dop van een flesje zwarte inkt.

Mijn eigen beeltenis als ik naar beneden kijk, doet me aan mijn oma denken. Ik houd mijn haren met een hand uit mijn gezicht en zie voor het eerst dat ik haar goudbruine ogen heb, niet alleen de kleur, maar ook de manier van kijken, een sexy soort slaapkamerblik, zoals Bette Davis, en dat mijn wimpers krullen.

Ik steek een dikke, blauwe kaars aan en zet die op een zilveren schotel. Zo een gebruikte oma ook altijd voor ik ging slapen en pas op mijn twaalfde heb ik haar eens gevraagd wat die kleur betekende. Ik weet nog dat ze naar me keek, dat haar blik somber was en ze wallen onder haar ogen had. Ze deed de kaars uit met een kaarsendover en fronste haar wenkbrauwen om mijn vraag. Evengoed gaf ze antwoord, een antwoord dat ik tot op heden niet begrijp. 'Omdat nachtmerries en blauw nauw verwant zijn aan elkaar,' zei ze. 'De kaars is om ze weg te jagen of dichterbij te brengen, afhankelijk van het gebruik.'

'Heb je nachtmerries?'

Ze knikte.

'Elke nacht?'

Ze schoof me een schoteltje suikerkoekjes toe. 'Eet de laatste maar op, anders moet ik ze weggooien,' zei ze.

Ik knikte en nam er een. Ik kauwde langzaam en vroeg me af of ze het gekraak in mijn mond kon horen en wachtte om me meer te vertellen, over de reden dat ze een blauwe kaars gebruikte, maar dat deed ze niet. Ze zag er moe en lusteloos uit, alsof die wallen onder haar ogen elk moment konden instorten. Ik keek hoe ze zich op de bank oprolde, haar lichaam als een flanellen letter G, en wachtte tot ze sliep. Zou de blauwe kaars echt helpen of had ze op dat moment een nachtmerrie in haar hoofd?

Jammer genoeg heb ik haar dat nooit meer gevraagd.

Nadat ik de kaars heb aangestoken, flakkert het vlammetje drie keer. Ik voel een huivering langs mijn schouderbladen, alsof het plotseling heel koud is geworden in de kamer. In plaats van er bang van te worden, put ik troost uit het gevoel. Diep in mijn hart weet ik dat oma hier is, over me waakt en me leidt, zoals vroeger, in die goeie ouwe tijd.

Ik doop het penseel in de inkt en maak zijdelingse streken, van west naar oost over de spiegel tot het glas helemaal zwart is geworden. 'De geest van de droom is voor eeuwig,' fluister ik. 'Die leeft voort in mijn gedachten.'

Ik vul een beker met kraanwater en zet die in Drea's magnetron. Er staat in de aanwijzingen dat ik een beker kamillethee moet drinken en bij elke slok de beker tegen de klok in moet draaien.

Als het water kookt, houd ik een theezakje erin en laat de stoom over mijn gezicht dwarrelen zodat de bloemengeur me kan kalmeren.

Ik breek vier kardemomzaadjes open en groepeer de kleine, bladerachtige vormpjes in mijn handpalm. 'De geest van de droom is voor eeuwig,' zeg ik en ik sprenkel ze in de thee. 'Die leeft voort in mijn ziel.'

Ik denk even na over de ingrediënten die ontbreken, en besluit een lepel geprakte banaan te gebruiken voor profetische krachten en wat tijm voor kracht en moed. Die doe ik ook in de beker en roer tegen de klok in met een schoon lepeltje. 'De geest van de droom is voor eeuwig. Die leeft voort in mijn hart.'

Ik neem een slokje, concentreer me op de verschillende smaken en hun vermogen me het visioen te geven dat ik nodig heb. 'Opdat de geest in mijn dromen zich laat zien in mijn gedachten, mijn ziel en mijn hart.' Ik draai de beker bij elke slok tot er niets meer over is, leg dan de spiegel op mijn schoot en staar erin. 'Visioenen van duisternis. Visioenen van licht. Visoenen van de dag. Visioenen van de nacht. Van noord naar zuid, van oost naar west, mijn visioen laat zich zien op zijn best.'

In de spreuk staat dat het gezicht van degene uit mijn dromen nu in het zwart zal verschijnen. Ik staar een paar minuten uit alle macht naar de spiegel en probeer vormen en beelden te zien waar gewoon niets te zien is. Ik bekijk elke vierkante centimeter en vraag me af of ik de inkt eraf moet vegen om naar de spiegel eronder te kijken om het gezicht te zien.

Ik trek met een vinger een cirkel door de natte inkt in het midden. Ik kijk. Nog steeds niets. Met mijn handpalmen begin ik het zwart weg te vegen en mijn armen worden helemaal zwart door mijn pogingen de spiegel weer helder te krijgen.

Ik werp een laatste blik in de spiegel, maar ik zie alleen mezelf en het enige gezicht dat ik niet uit mijn domme, achterlijke gedachten kan krijgen, is dat van Chad.

Het besef dat de spreuk niet werkt en dat ik op zo'n moment alleen maar aan Chad kan blijven denken, maakt dat ik de spiegel het liefst uit het raam wil smijten en dat opnieuw wil breken. In een laatste poging er nog iets van te maken, tuur ik in de smurrie die onder in de beker is blijven zitten: een mengeling van banaan en kruiden die met het theezakje op de bodem liggen, besmet door mijn ongeduld en negatieve energie. Evengoed wacht ik een paar minuten in de hoop dat het mengsel zal veranderen en informatie zal opleveren, maar het lijkt alleen onduidelijker te worden.

Ik vis een handdoek uit de stapel wasgoed op de grond en veeg daar de inkt mee van mijn handen en armen. Ik kijk nog een keer naar de aanwijzingen in het boek en probeer de woorden te lezen die door de klodders was zijn bedekt. Het heeft geen zin. Het zou me jaren experimenteren met ingrediënten kosten om de spreuk goed te doen en misschien nog langer om het gewenste resultaat te krijgen.

Ik gooi de restjes uit de beker in de afvalbak, spring weer op mijn bed en rol me op onder het dekbed. Tranen stromen over mijn wangen en op het kussen. Ik begrijp er niets van. Was oma maar hier; zij zou me kunnen helpen. Ik voel me eenzamer dan ooit.

Ik veeg de tranen uit mijn ogen en kijk naar de amethisten ring. Hoe vervelend ik het ook vind, ik weet precies wat oma nu zou zeggen, wat ze altijd zei als spreuken en bezweringen niet werkten. Dat het niet de spreuk is die niet werkt, maar de heks die hem niet goed gebruikt.

Als haar zoiets overkwam, probeerde ze altijd terug te gaan naar de basis van de spreuk, naar de reden dat ze die wilde gebruiken. Ze probeerde uit te zoeken wat ze zelf kon doen en hield zichzelf, en mij, voor dat spreuken ons helpen bij wat we willen doen of weten; maar ze doen niet het werk voor ons.

Ik trek het dekbed op tot mijn kin en vraag me af of ik niet al weet wat ik weten moet om dit hele mysterie op te lossen. Of ik soms niet voldoende nadenk. Ik werp een blik op de klok. Het is net na vieren, nog een uur voor het tijd is om te gaan eten. Ik heb absoluut geen honger, maar ik weet dat ik ze allemaal onder ogen moet komen, al was het alleen maar om erachter te komen of Drea iets heeft gezegd en om Veronica te zeggen dat we vanavond een plan moeten uitwerken.

En om Chad weer te zien.

23

Etenstijd. Ik zie Veronica bij de bestektafel de schijfjes ei uit de salade halen. Ik zwaai, maar ze negeert me, alsof de gebeurtenissen van gisteravond in het café, toen ze van Veronica de Schurk transformeerde in Veronica het Slachtoffer, zich niet hebben voorgedaan.

Ik neem een bord van het diner *du jour*: kalkoenfilet, perfecte vierkantjes vlees van mysterieuze afkomst, overgoten met een grijze saus, en een kleverige rijstbal. Onverteerbaar. Ik ruil het voor een verpakt broodje tonijn en loop naar de bestektafel. Veronica staat er nog en probeert nog steeds al het eigeel van de slablaadjes af te halen. Ze ziet me en doet een stap opzij alsof we nog op de lagere school zitten en ze van me walgt.

'Waarom kom je niet bij ons zitten?' vraag ik. 'Je weet wel, dan kunnen we het over morgen hebben.'

'Ik dacht het niet,' zegt ze en ze zwaait met haar rode nepnagels voor mijn gezicht.

'Waarom niet? We hebben het er gisteren toch over gehad dat we een plan zouden opstellen? Morgen is het zover.'

'O, dat. Ja, daar heb ik me veel te druk over gemaakt. Maar nadat ik er met mijn eigen vrienden over had gepraat, wist ik wie de stalker was.'

'Echt waar?'

'Denk eens na. Dit is geen horrorfilm, dit is een kostschool. Er is kennelijk iemand die een hekel aan me heeft...' Ze zwijgt als Drea voorbijloopt. 'Iemand die jaloers op me is en haar vriendje niet voor zich kan winnen en die nu haar uiterste best doet mij bang te maken. Jammer, daar trap ik niet in.'

'Denk je niet–'

'Wat ik denk, is dat het wel duidelijk is wie diegene is, want ze wordt zogenaamd zelf ook gestalkt.'

'Denk je dat Drea het verzonnen heeft?'

'Wat moet ik anders denken? Ze heeft een hekel aan me. Gaat door het lint als ik met Chad praat. Is jaloers zodra ik bij hem in de buurt kom.'

'Wacht even,' zeg ik. 'Dit heeft absoluut niets te maken met Drea's jaloezie of met Chad.'

'Dat geloof je toch zeker zelf niet?' Ze doet een pas in mijn richting. 'Dit heeft alles te maken met haar jaloezie. Wacht maar eens af. Het zal niet lang duren voor Chad en ik iets hebben. Wat doet Drea dan?'

'Ho eens even, Veronica. Wat een onzin. Ik weet dat Drea het niet heeft gedaan. Ik weet dat ze het niet heeft verzonnen.'

'Je bent haar beste vriendin. Waarom zou ik jou geloven?'

'Omdat ik het zeker weet. Of je het nu leuk vindt of niet, we zullen je helpen.'

'Bewaar dat maar voor je toneelles, Stacey. Dit is iets te dramatisch naar mijn smaak.' Ze pakt een handvol servetjes uit de houder en steekt een rietje in haar ijsthee. 'O ja, als Drea me te grazen wil nemen, zeg dan maar dat ik daar zit.' Ze gebaart naar de rechterkant van de kantine en loopt dan die kant op.

Ik loop naar de linkerkant, waar ik altijd zit. Drea, Amber en PJ zijn al druk in gesprek verwikkeld. Ik heb de hulp van Drea en Amber nodig om Veronica ervan te overtuigen dat we moeten samenwerken. Hoewel ik niet alle details in het verhaal van Veronica geloof, kan ik het niet als onzin afdoen. Ik denk dat er een goede kans is dat ook zij in gevaar is. Ik denk ook dat het Drea kan helpen als we haar helpen.

Ik pak een handvol servetten, extra rietjes en een uitgebreide keus aan extraatjes, van mosterd tot jam. Er komen minstens zes mensen naar de tafel terwijl ik daar sta te treuzelen en alles in keurige rijtjes op mijn blad zet. Ik vraag me af waar die drie het over hebben en of ik welkom ben.

Maar wat belangrijker is, is de vraag wat Drea ze heeft verteld over vanmorgen.

Ik loop naar de tafel en houd mijn blad stevig omklemd. 'Hé, jongens,' zeg ik.

'Hé, Stace,' zegt pj. 'Alles goed?'

'Prima.' Ik ga naast Amber zitten en werp een steelse blik op Drea, die al de andere kant op kijkt.

'Anders neem je een paar extra rietjes,' zegt Amber.

'Ik dacht dat jullie er misschien een paar konden gebruiken,' zeg ik.

'Inderdaad.' pj grijpt een handvol rietjes en begint papiertjes naar ons toe te blazen.

'Rot op, pj,' zegt Amber en ze haalt een papiertje uit haar haar.

'En waar hebben we het over?' vraag ik.

Amber kijkt naar Drea en ik zie dat ze naar elkaar lachen. 'Nergens over. We zaten te mopperen dat er maar zo weinig tijd tussen de lessen zit. Je weet wel, dat je soms niet eens genoeg tijd hebt om van het ene gebouw naar het andere te lopen.' Amber prikt wat in de kalkoenblokjes met haar eetstokjes. 'En dat ze aan de andere kant van het bos een nieuwe receptie bouwen.'

'Gestopt zijn met bouwen, zul je bedoelen,' zegt Drea.

'O ja, omdat de school zo arm is, kunnen ze niet eens afmaken waaraan ze begonnen zijn.'

'Je vraagt je af waar al het geld blijft,' zeg ik en ik ontspan genoeg om mijn pakje melk open te maken en een slok te nemen.

'Weet je,' begint Amber. 'Gisteren moest ik helemaal van het O'Brian naar het Remingtongebouw omdat er geen verwarming was in het lokaal van Farcus en we moesten verkassen.'

'Was je te laat?' vraagt PJ en hij schuift een handvol maïschips tussen zijn broodje tonijn.

'Dûh, natuurlijk. Het is minstens acht kilometer.'

'Nou, dat was toch niet jouw schuld,' zeg ik. 'Leraren moeten begrijpen hoe lastig dat is, zeker in de sneeuw. Ik snap niet dat ze denken dat we dat in vier minuten kunnen.'

'En als je naar de wc moet?' vroeg Amber. 'Moet ik dan maar midden in de klas in mijn broek plassen?'

Drea en Amber giechelen samen. Ik kijk of de rietjes geschikt zijn om iemand een oog mee uit te steken.

'Weet je wat we zouden moeten hebben,' zegt Amber. 'Een van die verplaatsbare toiletten, je weet wel, die ze ook bij festivals hebben.' Amber en Drea schateren het uit.

'Wat is er zo grappig?' vraagt PJ.

'Onderbroekenlol,' zegt Drea.

'Letterlijk,' zegt Amber en ze geeft me een por in mijn zij.

'Denk je niet dat het tijd wordt dat wij dat soort dingen met elkaar gaan delen, Amb?' vraagt PJ.

'Dat kun je wel op je buik schrijven,' zegt Amber. Ze draait zich om, slaat haar armen om me heen en geeft me pontificaal een kus op mijn wang met haar lippen vol glitters. 'Je bent lief,' zegt ze.

'Hé, ik wil ook.' PJ tuit zijn lippen, waar een klodder tonijn aan hangt.

'Je kan m'n kont kussen,' zegt Amber en ze geeft een klap op het betreffende lichaamsdeel.

'Graag,' zegt hij en hij neemt een grote hap uit zijn broodje.

'Ik geloof dat ik geen honger meer heb.' Amber gooit haar eetstokjes op tafel.

'Ik ook niet,' zeg ik.

Amber en ik kijken elkaar aan en ik moet wel lachen, eerst een nerveus giecheltje, maar algauw gieren we het samen uit. Drea schraapt haar keel en wendt zich van de tafel af.

'Drea,' zeg ik. 'We moeten praten.'

'Zoek het lekker uit,' zegt ze.

'Nee, echt. Ik weet dat je boos op me bent, maar dat moeten we maar even vergeten om een plan op te stellen voor Veronica.'

'Kom op, Dré,' zegt Amber en ze blaast een papiertje tegen haar oor. 'Doe effe leuk en speel vanavond Buffy met ons. Ik ben helemaal in de stemming om een paar demonen te verslaan.'

'Drea,' zeg ik. 'Ik heb toch al gezegd dat er gisteravond niets is gebeurd.'

'Dat weet ik ook wel,' zegt Drea. 'Je bent zijn type helemaal niet.'

'En wat bedoel je daar nu weer mee?'

'We hebben samen wat gehad, als je dat soms niet meer weet.'

'Néé, dat meen je niet!' roept PJ overdreven. 'Hebben jullie wat gehad?' Hij wijst van Drea naar mij.

'Nee, sukkel,' zegt Amber en ze gooit een stukje kalkoen naar zijn hoofd. 'Chad en Drea.'

'O.'

Drea draait zich weer naar de tafel. 'Waarom zou hij achter jou aan zitten als hij mij kan krijgen?'

'Drea, hou nou op,' zeg ik. 'Je bent duidelijk nog heel boos.' Ik kijk om hulp zoekend naar Amber, maar die heeft besloten zo neutraal te blijven als Zwitserse kaas en probeert haar eetstokjes rechtop in haar eten te laten balanceren.

'Denk nou eens na,' zegt Drea. 'Drie jaar lopen wij om elkaar heen te draaien en dan zal hij ineens zijn tactiek veranderen en achter jou aan gaan? Vergeet het maar.'

'Ik weet het ook niet,' zeg ik. 'Misschien vindt hij je gewoon een grote trut.'

'Miauw,' zegt PJ.

Het is meer een woest gebrul. Ik heb er een hekel aan zo tegen haar te praten. Ik vind het vreselijk als er een jongen tussen ons in staat. Dat is het allemaal niet waard.

'Waarom vragen we het hem niet zelf?' zegt Drea. 'Hé, Chad!' Ze gaat rechtop op haar stoel zitten en wenkt hem.

'Ik ben blij dat jullie tenminste weer tegen elkaar praten,' zegt hij en hij komt recht achter me staan.

'Wil iemand zo vriendelijk zijn me te vertellen waar dit over gaat?' PJ masseert zijn slapen.

'Chad,' begint Drea. 'Stacey wil weten of je mij een trut vindt. Is dat zo?'

Ik voel dat ik vuurrood word van woede en ellende.

Chad kijkt me met opgetrokken wenkbrauwen aan. 'Heb je dat tegen haar gezegd?'

'Nee.'

'Ik ga naar mijn kamer.' Drea staat op van tafel.

'Nee, Drea,' zeg ik. 'Niet in je eentje. We moeten nog steeds praten. We moeten beslissen wat we morgen doen. Net zo goed voor Veronica als voor jou.'

Drea blijft even staan en haar gekwetste trots strijdt met

haar gezonde verstand. Ik weet dat ze graag wil dat we haar helpen. Maar ze is gekrenkter en bozer dan ik haar ooit heb gezien.

'Veronica?' vraagt Chad.

'Groepsproject,' verklaart Amber.

Chad snapt er nog steeds niets van, maar vraagt niet verder. 'Kom op, Drea.' Hij geeft me een opbeurend klopje op mijn schouder en ik zie dat het gebaar Drea niet ontgaat.

'Kom op, wát? Wat mij betreft mag je haar hebben Chad. Maar ik waarschuw je wel: ze plast in haar bed.'

Mijn hart valt met een klap in gruzelementen. Dit gebeurt toch niet echt?

'Drea!' roept Amber.

'Wat? Een paar minuten geleden kon je er anders nog hartelijk om lachen.' Drea kijkt naar Chad. 'Vraag het haar zelf maar.'

PJ snakt naar adem en schiet een rietje de lucht in.

'Doe niet zo belachelijk,' zegt Chad. 'Ik weet niet waar je het over hebt, Drea, maar houd alsjeblieft je mond. Luister toch eens naar jezelf.'

'Vraag het haar maar. Wat ik wel zou willen weten, is of ze in bed heeft geplast nadat je weg was of al daarvoor.'

Het wordt even heel stil aan tafel, alsof de messen geslepen worden en de vraag blijft levensgroot in de lucht hangen.

'Waar héb je het over?' vraagt Chad dan. Hij kijkt van Drea naar mij. 'Waar heeft ze het over?'

Maar ik kan hem niet aankijken. Ik blijf naar mijn blad staren en wacht tot het voorbij is, als dat zou kunnen.

'Stomme trut,' zegt Amber tegen Drea om het voor me op te nemen. 'Ongelooflijk, wie zegt er nou zoiets?'

Ik kan het ook nauwelijks geloven. Ik krijg het gevoel dat ik een tijdreis maak en weer terug ben op het schoolplein met de pestkoppen. Ik klem mijn kiezen zo hard op elkaar dat mijn kaken er pijn van doen. Ik kan hier niet langer blijven zitten. Ik sta op en loop weg, dankbaar dat niemand achter me aan komt.

24

Chad heeft er twee uur voor nodig om me in de bibliotheek te vinden en dan zit ik in een van de studeercellen achterin en ben geestelijk aan het vergaan door het inademen van de geur van al die oude, stoffige boeken.

'Ik heb geloof ik gewonnen van Amber.' Hij trekt een stoel bij en gaat zitten.

'Amber?'

'Ja, die loopt je ook te zoeken.'

'O,' zeg ik zonder op te kijken.

'We hebben overal gezocht,' zegt hij. 'Wat ben je aan het doen?'

'Studeren.' Ik laat hem de voorkant zien van mijn Franse boek, een groep tieners die in een park stokbrood zit te eten, maar ik houd mijn ogen strak gericht op het geel gemaakte stuk grammatica midden op de bladzijde. 'LeSnor heeft gezegd dat ik het proefwerk waarbij ik in slaap ben gevallen, mag overmaken.'

'Zal ik je overhoren?'

'Nee, dank je.'

'Wil je me alsjeblieft aankijken?'

Ik rol met mijn ogen en het lukt me zowaar naar de zijkant van zijn gezicht te kijken. 'Zo goed?'

'Ik probeer je mijn vriendschap te tonen,' zegt hij.

'Ja, nou, ik heb voor vandaag genoeg van mijn vrienden.'

'Meen je dat?' vraagt hij.

Nee. Natuurlijk niet. Maar dat zeg ik niet. Ik vouw de hoekjes van de bladzijden om en hoop dat mijn zwijgen veelzeggend genoeg is.

'Hoor eens,' zegt hij. 'Ik heb geen idee wat er allemaal aan de hand is, maar als je erover wilt praten, ben ik er voor je.'

Ik denk niet dat ik ooit met Chad over het bedplassen zal willen praten, maar ik waardeer het aanbod. 'Je zult wel denken dat ik een of andere freak ben,' zeg ik.

'Nou, eigenlijk vind ik je fantastisch.'

'Waarom?'

'Waarom?'

Ik knik en word misselijk van mijn zielige zelf. Ik krijg Drea's woorden niet uit mijn hoofd, over hoe verschillend we zijn. Ik bedoel, waarom zou Chad zich na iemand als zij, aangetrokken voelen tot iemand als ik? Om nog maar te zwijgen over mijn beschamende geheim, dat ze zojuist wereldkundig heeft gemaakt.

'Omdat je anders bent dan andere meisjes.'

Zwak uitgedrukt. Hij ziet zeker dat ik in elkaar krimp, want hij legt een hand op mijn arm. 'Ik bedoel dat je veel echter bent,' gaat hij verder. 'Ik kan het moeilijk uitleggen, maar als ik bij jou ben, heb ik niet het gevoel dat ik me anders moet voordoen dan ik ben. Dan kan ik gewoon mezelf zijn.' Hij glimlacht en geeft een kneepje in mijn arm, alsof er niets is veranderd. En misschien is dat ook zo. Het is een moment dat vervuld is van iets liefs, alsof een van ons iets moet zeggen om dat te doorbreken. En dan komt Amber binnen.

'Fotomoment,' roept ze en ze neemt met een onzichtbare camera een foto van ons.

'Waar kom jij vandaan?' vraag ik en ik trek mijn arm onder Chads hand vandaan.

'Grapje zeker? Ik ben overal geweest.' Ze veegt het denkbeeldige zweet van haar voorhoofd. 'Aan de bibliotheek heb ik natuurlijk niet gedacht. Ben je hier al die tijd geweest? Het verbaast me dat je huid niet helemaal is verbleekt. Moet je nou eens zien wat studeren allemaal aanricht. Daardoor raak je vervreemd van de mensheid.' Ze wijst op de boosaardige boeken die ik om me heen heb verzameld.

'Ik heb vanavond weinig behoefte aan de mensheid, mag ik wel zeggen.'

'Pech gehad,' zegt ze. 'We hebben vanavond belangrijke zaken aan ons hoofd.'

'Ik weet wanneer ik teveel ben,' zegt Chad. Hij wendt zich tot mij. 'Ik zie je nog wel.'

Ik knik en wil half en half dat hij blijft, maar ik weet dat dat niet kan. Drea, Amber en ik moeten plannen maken voor morgen.

'Zie je,' zegt Amber en ze maakt een rondedansje voor hem. Zodra hij verdwenen is, grijpt ze mijn arm. 'Vertel op.'

'Wat?' vraag ik glimlachend. 'Niks.'

'Niks, niks. Jullie zaten er veel te knus bij. Vertel op.'

'Ik zou eigenlijk boos op je moeten zijn,' zeg ik.

'O ja,' zegt ze. 'Over dat grapje. Het spijt me, oké? Het gebeurt niet elke dag dat een vriendin in haar bed plast als ze daar ligt te rotzooien met een jongen op wie ze verliefd is. Daar moet je gewoon grappen over maken, wees eerlijk.'

'We lagen niet te rotzooien.'

'Wat dan ook. Niet echt vleiend, Stace. Een paar keer kreunen was genoeg geweest.'

'Je weet niet waar je het over hebt.'

'Hé, maak je niet druk. Ik zou je een medaille moeten geven voor betoonde moed. Ik denk dat ik naar Siberië zou verhuizen als het mij gebeurde. En jij bent in de bieb gaan zitten.'

'Bedankt,' zeg ik en ik geef alle pogingen het uit te leggen op.

'Vriendjes?'

'Jawel,' zeg ik.

Amber trekt me tegen zich aan alsof ik een lappenpop ben en duwt me dan weg. 'Hoe zit dat met dat plassen?'

'Dat gebeurt sinds ik die nachtmerries heb.'

'*Creepy.*'

'Ik ben er echt niet blij mee, hoor.'

'Ben je bij de dokter geweest?'

'Daarvoor schaam ik me te veel. Maar ik heb op internet gekeken. Het schijnt bij een kleine blaas te horen.'

'En heb je die?'

'Nee. En daarom denk ik dat het bedplassen een bizarre manier van mijn lichaam is om me iets duidelijk te maken.'

'En wat probeert het je duidelijk te maken?'

'Jij mag het zeggen, ik weet het niet.'

'Het is wel vies.' Ze slaat een hand voor haar mond en kruist haar benen.

'Zeg dat wel.'

We lopen de bibliotheek uit en gaan naar onze kamer, naar Drea, de laatste persoon op aarde die ik wil zien. Laat staan dat ik met haar wil werken. Je maakt niet elke dag mee dat je beste vriendin je het gevoel geeft dat je een of andere griezel bent uit een verhaal van Stephen King: Stacey Brown, overdag scholier, 's nachts een gestoorde bedplasser. Je maakt natuurlijk ook niet elke dag mee dat je je beste vriendin in bed aantreft met je ex. Ik probeer maar aan het laatste te denken terwijl we door de gangen lopen, door de hal en onze kamer in.

Drea ligt op haar bed, propt met een hand een reep in haar

mond en schrijft met de andere in haar dagboek. Ze neemt een hap en peinst even, schrijft een paar woorden en probeert net te doen of ik niet belangrijk genoeg ben om zich druk over te maken.

Als ik haar beheerste manier van doen zie, krijg ik zin de pen uit haar handen te trekken en er haar gezicht helemaal mee te bekladden. Ik knars met mijn tanden en hoor in mijn hoofd haar stem galmen. *Stacey plast in haar be-hed. Stacey plast in haar be-hed. Stacey plast in haar be-hed.*

'Hoi Amber,' zegt ze zonder op te kijken.

'Hé,' Amber dringt langs me heen, laat zich op mijn bed vallen, zwijgt even en vraagt dan: 'Je hebt het toch wel verschoond, hè?'

Trut.

'Hoe moeten we nou plannen maken als Veronica er niet is?' vraagt Amber.

'Ik heb haar gebeld,' zegt Drea. 'Ze komt niet.'

'Hoe bedoel je, ze komt niet?' vraagt Amber.

'Ze wil dat we haar met rust laten. Ze denkt dat ik achter dat hele stalkgedoe zit.'

'Hoe kun je nou zo van gedachten veranderen?' vraagt Amber.

'Dat heet vrouw-zijn,' zegt Drea. 'Het is een voorrecht.'

'We moeten naar haar toe,' zeg ik vastbesloten. 'We moeten haar overhalen.'

'Stacey heeft gelijk,' zegt Amber.

'Goed,' zegt Drea. Ze doet de dop op haar pen, staat op en stopt de reep en het beschermingsflesje in haar zak. 'Maar ik denk echt dat we er alleen voor staan.'

25

Nadat we een paar minuten onophoudelijk op haar deur hebben geklopt, doet Veronica de deur open. 'Hoe krijg ik het jullie aan je verstand?' vraagt ze tussen haar opeengeklemde tanden door.

'Doe geen moeite, Arro,' zegt Amber en ze baant zich een weg de kamer in.

'Pardon?' vraagt Veronica.

'Maak je niet druk.' Amber maakt het zich gemakkelijk op een fuchsiaroze zitzak. 'Wat een schattig ding is dit.'

In Veronica's kamer word je scheel van alle tinten roze en het lijkt wel of haar bed rechtstreeks uit Barbies kamer afkomstig is.

'Ik heb toch al tegen jullie gezegd dat ik te oud ben om Nancy Drew te spelen.'

'Wat nou, Nancy Drew,' zegt Amber. 'Ik speel liever Charlie's Angels.'

'Nou, dan ben je aan het verkeerde adres.' Veronica houdt een hand op de deurkruk en wacht tot we weggaan.

'Luister, Veronica,' begint Drea, 'je hoeft echt niet te denken dat ik dit allemaal voor mijn plezier doe, maar we moeten elkaar helpen. Dat heb je zelf gezegd.'

'Ja, ik heb in mijn leven wel meer stomme dingen gezegd.'

'Ongetwijfeld,' beaamt Amber.

Veronica gooit de deur dicht. 'Ik heb jullie al gezegd dat ik er niets mee te maken wil hebben.'

'Luister, Veronica,' zeg ik. 'Ik weet dat je denkt dat het allemaal een grap is, maar als dat nou niet zo is? Denk je niet dat je zo veel mogelijk voorzorgsmaatregelen moet nemen? Ik bedoel, die vent zegt dat hij je morgen te grazen gaat nemen.'

Veronica geeft echter geen antwoord. Ze staat daar stijf rechtop en rolt met haar ogen naar het plafond.

'Wacht,' roept Drea. 'Wat is dat?' Ze doet een paar passen in de richting van Veronica's ladekast en haar ogen zijn gericht op een wit lapje dat uit haar sieradenkistje steekt.

'Wat?' vraagt Veronica.

Drea houdt een randje tussen haar vingers. 'Dat is mijn zakdoekje.' Ze trekt eraan zodat er een stuk tevoorschijn komt met een geborduurde D erop. 'Hoe komt dat daar?' Drea probeert het deksel open te doen, maar het kistje is op slot.

'Wat denk je dat het daar doet?' Veronica trekt haar ketting naar boven om het sleuteltje te pakken van het slotje. 'Die heb je me zelf gegeven. Die heb je zelf in mijn postvakje gepropt.' Ze houdt de zakdoek voor Drea's gezicht.

'Waarom zou ik dat doen?' Drea rukt de zakdoek uit Veronica's hand en gaat met haar vinger langs de geborduurde initialen. D.O.E.T.

'Wacht eens,' zeg ik en ik pak de zakdoek. 'Dat is dezelfde die bij mijn vuile was zat, toen alles gestolen was.'

'Was je vuile was gestolen?' vraagt Drea.

'Ja. Overigens heeft de stalker jouw roze beha.'

'Ik zie het helemaal voor me, dank je,' zegt Amber.

'Het punt, Veronica, is dat degene die mijn wasgoed gestolen heeft, jou deze zakdoek heeft bezorgd,' zeg ik. 'En als Drea dit allemaal doet, waarom zou ze dan haar eigen spullen in jouw postvak stoppen? Dan verraadt ze zichzelf toch meteen?'

'Eerlijk gezegd snap ik haar logica sowieso niet,' zegt Veronica. 'Maar ik wil er niets mee te maken hebben.'

Drea pakt de zakdoek en houdt hem tussen haar handen. 'Die heb ik op mijn tiende verjaardag van mijn moeder gekregen. Die zou ik nooit wegdoen.'

'Waarom zou ik jullie geloven?'

'Omdat, Veronica, of je het nu leuk vindt of niet, er een aardige kans bestaat dat je morgen iets overkomt,' zeg ik.

'Het gebeurt vanavond nog als jullie me nu niet met rust laten.' Veronica rukt de zakdoek uit Drea's hand.

'Geef terug, nu.' Drea wil hem terugpakken, maar Veronica is te snel. Ze stopt de zakdoek weer in het sieradenkistje en doet dat op slot.

'Ik ga niet weg zonder mijn zakdoek,' zegt Drea.

'Ja, dat doe je wel.' Veronica knijpt haar ogen tot spleetjes. 'Ik hoef hem alleen maar aan de campuspolitie te laten zien samen met alle brieven die je me hebt gestuurd en je wordt van school gestuurd.'

'Mogen we die brieven zien?' vraag ik. 'Om ze te vergelijken met die van Drea.'

'Je mag de deur zien,' zegt Veronica.

'Je zou heus de politie niet op ons dak sturen,' zegt Drea. 'Of wel soms?'

Veronica doet een stap naar voren en staat dan neus aan neus met Drea. 'Je kunt me maar beter met rust laten, Drea Olivia Eleanor Tulton, anders doe ik het zeker.'

26

Ongeacht wat Veronica wil, zijn Drea, Amber en ik niet bereid het eropaan te laten komen. We zijn het erover eens dat een van ons morgen voortdurend bij haar in de buurt moet blijven. Drea heeft de eerste drie lesuren met haar samen, Amber en ik zien haar tijdens het vierde en vijfde uur en dan komt het tijdens het blokuur drama op mij alleen aan tot de bel gaat.

Na schooltijd wordt het moeilijker. Uiteindelijk volgen we haar naar De gehangene, waar ze met Donna aan haar stamtafeltje gaat zitten, een dubbele espresso drinkt en huiswerk maakt.

'Wat een gezeik.' Amber neemt een slok van haar mocca latte en krijgt een snor van schuim op haar bovenlip. 'Ze weet heus wel waar we mee bezig zijn. Anders komen we nooit hier.'

'Wat kan het je schelen?' Ik breek een stukje van een scone af en stop het in mijn mond. 'We staan in ieder geval aan de goede kant.' Ik kijk naar Drea, die van me af is gaan zitten. 'Wil je wat, Dré?'

'Nee.' Ze grijpt een servetje en begint dat aan stukken te scheuren.

'Zullen we nou maar weer gewoon doen?' vraag ik. 'Eventjes? Jij hebt me in de kantine compleet voor gek gezet, hoor.'

'Ik ben hier voor Veronica en voor mezelf,' zegt ze. 'Voor niemand anders.'

'Nou, ik ben hier anders ook voor jou, voor het geval je dat vergeten was.' Ik kijk naar Veronica's tafeltje. Ze pakken hun spullen in en trekken hun jas aan.

'Ze gaan weg,' zegt Amber.

'Dan gaan wij ook.'

We volgen Veronica naar de eetzaal, zitten nog twee uur in de bibliotheek bij haar werkgroep en volgen haar dan terug naar haar kamer en blijven in de gang zitten.

'Ongelooflijk dat we dit doen,' zegt Drea en ze veegt een weerbarstige krul uit haar gezicht.

'Een van ons zou eigenlijk bij haar binnen moeten zijn.' Ik ijsbeer door de gang en word door andere meisjes vreemd aangekeken.

'Ze laat ons er toch niet in,' zegt Drea. 'Het is verspilde moeite. Het is vast een of andere hilarische grap. Het slaat toch nergens op dat iemand mijn zakdoek in haar postvak stopt.'

Vooruitgang. Jawel, ze praat zowaar tegen me.

'Misschien liegt ze,' oppert Amber.

'Dat denk ik ook,' zeg ik. 'Ze liegt in ieder geval ergens over.'

'Hoe laat is het?' jammert Amber. 'Dit is een ware marteling.'

'Nog maar een paar uur tot middernacht,' zeg ik na een blik op mijn horloge.

'Ik ga nog liever dood,' zegt Drea.

'Mooi gezegd.' Amber loopt naar Veronica's deur en klopt aan. 'Ik moet wat eten.'

'Ben je mal,' zegt Drea. 'Ze laat ons oppakken.'

'Dat moet dan maar. Ik barst van de honger.'

Veronica komt naar de deur als een levende versie van haar kamer: een felroze trui met een boothals en een kort, roze geruit wollen rokje. 'Ze zeiden al dat jullie hier stonden.'

'Wie zeiden dat?' vraagt Amber.

'Mensen van mijn verdieping.'

'Is je kamergenoot er niet, Veronica?' Ik kijk langs haar heen de kamer in.

'Het gaat je geen barst aan, maar Donna had vanavond een afspraakje. Weten jullie überhaupt wat dat is, een afspraakje?'

'Lekkere vriendin,' zegt Amber. 'Had ze niet tot morgen kunnen wachten? Morgen probeert hij je niet koud te maken.'

'Als je het echt weten wilt, ik ga ook uit.'

'Wat?' Drea schiet overeind. 'Je kunt niet uitgaan.'

'In ieder geval niet zonder ons.' Amber zet haar handen op haar heupen om de uitgang te blokkeren.

'Jullie hebben niets over mij te zeggen. Je kunt maar beter weg zijn als ik klaar ben om te gaan, anders roep ik de campuspolitie.' Ze zet haar ondankbaarheid kracht bij door de deur in ons gezicht dicht te slaan.

'Nou zijn we nog vergeten om iets te eten te vragen,' jammert Amber. 'Ik ga naar de automaat. Willen jullie ook iets?'

Drea en ik schudden ons hoofd en Amber rent de gang door naar de hal. De klauwen van haar teddybeerrugzak springen op en neer tegen haar schouders en heupen.

Drea en ik blijven achter. Samen.

Er gaan een paar minuten voorbij in een ongemakkelijk stilzwijgen. Ik hervat het ijsberen in afwachting van de terugkeer van Amber. Ik bereken haar hele jacht op iets te eten in mijn hoofd. Twee minuten lopen naar de hal, drie om iets uit te kiezen en dan nog twee de trap op.

Gelukkig verbreekt Drea de pijnlijke stilte. 'Denk je dat Veronica echt de campuspolitie zal bellen? Ze kan me overal de schuld van geven, of niet?'

'Vanwege een zakdoek? Alsjeblieft zeg. Ze lijkt eerder zelf schuldig doordat ze die zakdoek heeft. Amber en ik zijn je getuigen. Wij weten dat jij het niet hebt gedaan. En ze heeft bij Frans gespiekt en dat weten wij. Reden voor schorsing.'

Drea knikt en stelt zichzelf gerust.

Ondanks alles ben ik opgelucht dat ze weer tegen me praat. 'Heb je enig idee hoe ze al je namen weet?'

Ze stopt even met nagelbijten om over die vraag na te denken. 'Geen idee, maar ik snap ook niet dat ze kan denken dat ik het heb gedaan. Ik bedoel, ik zou haar toch niet de hele dag volgen om haar te beschermen als ik van plan was haar kwaad te doen?'

Helemaal waar. 'Denk je dat ze echt uitgaat?' vraag ik.

'Ik weet absoluut niet meer wat ik van Veronica moet denken,' zegt ze.

De volgende minuten ijsberen we in tegengestelde richting, passeren elkaar en kijken naar het patroon in de grijze vloerbedekking, waar geen enkele vlek op zit. Of kijken naar het plafond met de popcornachtige bobbels. Wachten tot de deur opengaat. Wachten tot Amber terugkomt.

Drea kijkt op haar horloge. 'Ze is al een uur weg. Waar blijft Amber nou?'

'Misschien moet een van ons even gaan kijken.' Ik heb het nog niet gezegd of Amber komt de gang in met winegums en chips. 'Waar bleef je nou?' vraag ik.

'Ik kon niet kiezen. En toen ik had gekozen, had ik geen geld. Ik moest dus terug naar mijn kamer, in de zakken van al mijn kleren op zoek naar geld en toen belde mijn vader en moest ik met hem praten... wijngummetje?'

'Nee, dank je,' zeg ik en ik wend me van haar af.

Amber legt een oor tegen de deur van Veronica's kamer en propt een handvol chips in haar mond. 'Heb ik wat gemist?'

'Niets,' zegt Drea. 'Ze heeft niet geprobeerd naar buiten te gaan.'

'Het is zo stil als in de kerk daarbinnen,' zegt Amber.

'Misschien is ze in slaap gevallen,' oppert Drea.

Ik sluit mijn ogen en concentreer me op al het roze in de kamer. Ik probeer me daar Veronica voor te stellen, haar haar kammend of tv-kijkend. Ik houd de Devic-kristal, die om mijn nek hangt, vast en wrijf over het puntje voor inspiratie en een beeld van de werkelijkheid in mijn hoofd. Het lukt niet.

'Stacey, waarom zie je eruit of je net een worm hebt ingeslikt?' vraagt Amber.

'Ik geloof niet dat ze daarbinnen is.'

'Natuurlijk is ze wel daarbinnen.' Drea drukt haar oor tegen de deur en klopt aan.

Niets.

Ze kijkt naar Amber en mij en haar lip begint te trillen.

'Misschien is ze in slaap gevallen met haar mp3-speler op,' zegt Amber.

'Of misschien is ze niet daarbinnen,' herhaal ik.

'Er is maar een manier om daarachter te komen,' zegt Drea. 'Ik kan het slot wel forceren.'

'Weet je hoe dat moet?' vraag ik.

'Sinds wanneer kun jij dat?' vraagt Amber met haar mond vol.

Drea haalt haar schoolpas uit het plastic hoesje. Die wringt ze tussen de deur en wiebelt ermee.

'Waar ben jij mee bezig?' zegt een stem achter ons.

We draaien ons om en zien Becky Allston, het wonderkind van de klas, vlak achter ons staan. Ze klemt haar lippen op elkaar en rekt haar nek om te zien wat we doen.

'O, niks aan de hand,' zegt Amber. 'Ik heb mezelf buitengesloten. Mijn vriendinnen helpen me weer binnen te komen.'

Drea forceert een glimlach en gaat voor de deurknop staan, alsof dat wat uitmaakt.

'Dat is jouw kamer niet,' zegt Becky.

Slimme meid.

'Ik ben vandaag verhuisd,' zegt Amber. 'Heet je me geen welkom hier op de verdieping?' Amber steekt Becky in een verzoenend gebaar de zak chips toe.

'Nee, maar ik ga wel de campuspolitie bellen.'

'Doe dat maar,' zegt Amber en ze trekt de zak chips weer terug. 'Die zullen je vertellen dat het waar is.'

Becky draait om haar as, stapt haar kamer in en slaat de deur dicht.

'Shit,' zegt Amber. 'We moeten hem smeren. Het is trouwens al na elven.'

'Nee!' Drea morrelt verder aan het slot. Ze draait haar pols van links naar rechts en duwt de pas steeds dieper de gleuf in. 'Ik ben er bijna.' *Klik.* Drea glimlacht. 'Hij is open.'

We gooien de deur wagenwijd open – en het is zoals ik verwachtte. Veronica is weg. Ze heeft echter twee roze koffers midden in de kamer laten staan.

'En nu wil jij beweren dat ze door het raam is vertrokken,' zegt Drea. 'Op ongeveer driehoog.'

'Niet zo moeilijk, met een brandtrap,' zegt Amber die de deur achter ons dichtdoet. 'Geloof me maar.'

'En die koffers dan?' vraag ik en ik til er een op om te voelen hoe zwaar die is.

'Misschien wil ze naar huis als het allemaal achter de rug is,' oppert Drea.

'Waarom zou ze ons dan wijsmaken dat ze denkt dat het een grap is?'

'Ergens klopt er iets niet,' zegt Amber.

We kijken om ons heen op zoek naar een aanwijzing over haar bestemming, maar haar agenda is leeg en haar boeken liggen op een stapel op het bureau.

'Ze kan overal zijn,' zegt Drea en ze probeert met een pen het sieradenkistje open te krijgen.

'Hier heb je een haarspeld,' zegt Amber en ze trekt er een uit haar haar. 'Je bent niet de enige met verborgen talenten.'

Ik doorzoek Veronica's nachtkastje, blader door fluorescerend roze briefjes, verfrommelde roze tissues en papiertjes van aardbeiensnoepjes. Alles lijkt heel normaal en dat geeft me het gevoel dat we onze tijd verdoen met onzin terwijl we naar buiten moeten.

'Hé, jongens, kijk eens.' Drea heeft het sieradenkistje open. Met de zakdoek in haar hand trekt ze er een briefje uit, geschreven met dezelfde rode blokletters als de andere briefjes: BEMOEI JE MET JE EIGEN ZAKEN.

'Waar slaat dat op?' vraagt Drea.

'Het kan van alles betekenen,' zeg ik. 'Iemand heeft dit als waarschuwing naar Veronica gestuurd, misschien omdat hij dacht dat jullie elkaars briefjes lazen. Of Veronica heeft het zelf geschreven en toen verstopt.'

'Dat slaat toch nergens op,' zegt Amber. 'Ze zou toch geen briefje van zichzelf verstoppen. Dan zou ze het gewoon gegeven hebben.'

'Niet als iemand haar heeft gestoord en ze snel moest zijn,' zegt Drea.

'Ik weet het niet,' zeg ik. 'Maar als iemand haar dit heeft gestuurd, moeten we haar vinden... en snel ook.'

Amber gaat achter Veronica's computer zitten en ik doorzoek haar prullenbak, waarbij ik tientallen verfrommelde briefjes over de grond verspreid. Ik strijk ze allemaal glad tegen mijn borst en probeer een aanwijzing te vinden over haar verblijfplaats.

'Hé, *chicas*, moet je zien.' Amber heeft Veronica's mail geopend. 'Ze heeft een bericht van Chad.'

'Waarom zou Chad Veronica iets sturen?' Drea klemt haar kaken op elkaar.

'Misschien wilde hij haar welterusten wensen.' Amber glimlacht Drea toe.

We lezen in stilte de boodschap: *Lieve Veronica*, begint die, *Gisteren was ik na de les in het lokaal van mevrouw Lenore en toen zag ik een stapeltje spiekbriefjes onder het tafeltje waar jij zit. Ik weet zeker dat het jouw handschrift is. Ik wilde je een dienst bewijzen door ze weg te gooien, maar net toen ik ermee in mijn hand stond, kwam Lenore het lokaal binnen. Ik wilde niet worden betrapt met de briefjes en heb ze meteen weggelegd, onder het bord. Ik weet dat mevrouw Lenore morgenochtend vroeg in het lokaal is, dus als ik jou was, zou ik ze vanavond nog gaan ophalen. Het raam in lokaal 104 staat altijd op een kiertje open. Veel succes. Chad.*

'Waarom zou Chad haar willen helpen?' vraagt Drea.

'Ik weet het niet,' zeg ik. 'Maar ik wil wedden dat ze daar is.' Ik raak mijn Devic-kristal aan en sluit mijn ogen. Ik zie haar zo voor me en haar hakken tikken op het witte linoleum. 'Kom op, we gaan.'

'Wacht,' zegt Drea. 'Het klopt niet. Er staat geen raam open in lokaal 104.'

'Wel waar,' zegt Amber. 'De campuspolitie doet het nooit dicht.'

'Hoe weet jij dat nou?'

'Ik heb ooit eens wat gehad met iemand van de campuspolitie, weet je nog?'

'We hebben hier geen tijd voor,' zeg ik. 'Ze is daar. We moeten erheen.'

We laten de rommel in de kamer voor wat het is, rennen de deur uit en zoeken in het bijna pikkedonker onze weg over het voetbalveld. We praten niet en ik heb geen idee wat de anderen denken. Ik weet alleen dat zich een onheilspellend gevoel van me meester heeft gemaakt en ik misselijk word.

Lokaal 104 van het O'Briangebouw ligt voor ons en er staat inderdaad een raam op een kier, net als Chads mail en Amber beweerden.

'Waarom hebben we geen zaklamp meegenomen?' vraagt Drea.

'Ik heb er een.' Amber haalt een minizaklantaarn uit haar rugzak. 'Ik ga nooit de deur uit zonder mijn zaklamp.'

Ik richt de lichtstraal het lokaal in, maar voor zover ik kan zien – krijtjes, rijen tafeltjes, boeken in de kastjes – ziet alles er heel gewoon uit. 'We moeten naar binnen,' zeg ik.

'Ik peins er niet over,' zegt Drea.

'Waarom niet?' vraagt Amber.

'Waarom niet? Ben je helemaal gek geworden? Hoe weet ik of het niet een of andere valstrik is? Hoe weet ik of jullie er niet bij betrokken zijn?'

'Waar heb jij het nou over?' vraag ik.

Ze schudt haar hoofd en haar mond wordt een dunne streep.

'Drea,' zeg ik. 'Je moet mee. We laten je echt niet alleen hier buiten staan.'

Ze blijft haar hoofd schudden en staat diep te zuchten zonder ons aan te kijken.

'Drea?'

Ze knippert een paar keer met haar ogen, alsof ze moeite heeft haar blik scherp te stellen. Haar ademhaling gaat steeds sneller. Ze grijpt naar haar keel en begint te hyperventileren. 'Ik krijg geen lucht meer,' kermt ze. Ze wankelt, struikelt over haar eigen voeten. 'Ik krijg–' Voor we haar kunnen beetpakken, slaat ze als een oude kartonnen doos tegen de grond.

Ik hurk naast haar. 'Amber, heb je je mobiel bij je?' Ik trek aan de rugzak die Amber aan haar voeten heeft staan, maar ze grist hem terug. 'Amber, we moeten de campuspolitie bellen.'

'We mogen hier helemaal niet zijn. Het komt wel goed. Het is wel vaker gebeurd. Wacht nou maar gewoon even af.' Amber knielt neer en voelt aan Drea's voorhoofd alsof ze wil weten of ze koorts heeft.

'Amber, ze heeft geen koorts, geef me nou even je mobiel. Nú.'

Amber geeft toe en gooit haar mobiel naar me toe. Ik probeer een nummer in te toetsen, maar er gebeurt niets. 'De batterij is leeg. Je moet hulp gaan halen. Ik blijf bij haar.'

Amber kijkt naar Drea, die naar adem snakt; haar lippen zijn droog en lijkbleek, haar ogen gesloten. Ze staat op en rent naar de hoofdweg van de campus.

Ik trek Drea's hoofd op mijn schoot en vraag me af of ik haar moet reanimeren. 'Er komt hulp aan, Drea. Houd nog even vol.'

Drea probeert wat te zeggen, maar ik kan haar niet verstaan.

'Ssst, niet praten.' Ik veeg de zweetdruppeltjes van haar voorhoofd en merk dan dat ze helemaal koud is en trilt. Ik kijk in de richting van de weg. Donovan komt naar ons toe rennen. Amber komt achter hem aan en daarachter volgt Chad.

'Wat is er gebeurd?' Donovan laat zijn schetsboek vallen, trekt zijn jasje uit en legt dat onder Drea's hoofd.

'Amber, heb je de campuspolitie niet gewaarschuwd?'

'Ik kwam eerst Donovan tegen.'

'Wat is er gebeurd?' vraag Donovan nog eens.

'Ik weet het niet. Ze begon ineens te hyperventileren.'

'Ik ga hulp halen.' Chad wendt zich naar de weg.

Donovan is bezweet en nerveus. Hij maakt Drea's bloesje in haar nek los en legt zijn hand op haar hart. 'Kom op, Drea,' zegt hij. 'Rustig ademen. Niet in paniek raken. Adem rustig in en uit.'

Ik zie dat Drea naar hem luistert en kalmeert door zijn zelf-verzekerde benadering.

'Je krijgt nog steeds te veel zuurstof in je longen.' Donovan pakt haar bezwete hand. 'Probeer heel rustig in- en uit- te ademen. Niet in paniek raken. Zolang je blijft ademen, is er niets aan de hand.'

Na een paar minuten is het Donovan gelukt Drea's adem-haling tot rust te brengen. Hij trekt zijn trui uit, waardoor hij alleen nog een dun T-shirtje aanheeft, en legt die over haar heen. 'Het komt goed,' fluistert hij en hij strijkt de haren van haar voorhoofd naar achteren. 'Het komt wel goed, probeer maar niet te praten.'

'De ambulance is onderweg.' Chad komt met een campus-politieagent aanlopen.

'Het gaat al veel beter.' Donovan legt een arm onder Drea's nek en de andere onder haar rug om haar overeind te helpen. 'Ze had een paniekaanval. Die had ik vroeger ook.'

'Fijn dat je in de buurt was om te helpen,' zegt de agent.

'Wat deed je hier eigenlijk?' vraag ik.

'Ik zat gewoon wat te tekenen.' Donovan kijkt naar de he-mel. 'Heb je die mooie lucht gezien?'

Ik kijk op en zie de sterren en de wassende maan, nog en-kele dagen verwijderd van het eerste kwartier, tegen een inkt-zwarte lucht.

'Als je vanaf de bankjes op de binnenplaats naar het noor-den kijkt, heb je het beste zicht,' vervolgt Donovan. 'Dan staan er geen gebouwen in de weg.' Hij wendt zich tot Chad. 'Waar kwam jij vandaan?'

'Ik liep gewoon over de campus. Ik zag jullie rennen en was bang dat er iets was gebeurd.'

'Normaal gesproken zou ik jullie allemaal moeten opschrijven voor buiten zijn na de avondklok,' zegt de agent, 'maar als ik alles in aanmerking neem, denk ik dat we deze held en zijn aanhang maar gratie moeten verlenen.'

Ik weet niet of Donovan hem überhaupt hoort. Hij gaat helemaal op in Drea, overtuigt zich ervan dat ze rustig blijft ademen, dat haar haren niet in haar gezicht hangen en haar handen niet vies worden van de grond.

'De ambulance is er,' zeg ik.

'Het komt wel goed, Drea.' Donovan glimlacht en wrijft over haar rug.

'Niet weggaan, Donovan, alsjeblieft.' Ze klemt zich vast aan zijn arm, alsof dit een haven is en hij naar zee gaat en haar alleen achterlaat. Er komen een paar broeders aan met een brancard, maar ze wil niet naar ze kijken tot Donovan belooft bij haar te blijven.

En plotseling weet ik niet meer of het nou echt gebeurt of dat we worden meegesleurd in een spot voor de astmastichting.

De broeders banen zich een weg en Donovan doet een stap naar achteren, maar houdt Drea's hand vast terwijl ze op de brancard wordt getild.

'Wij moesten ook maar meegaan in de ambulance,' zegt Amber.

Ik loop mee alsof ik ook wil instappen en houd mijn blik gericht op de agent, die weer in zijn auto stapt. 'Nee,' fluister ik. 'Ga jij maar mee. Een van ons moet bij haar blijven. Ik blijf hier om een paar dingen uit te zoeken.'

'Ben je niet goed bij je hoofd?' fluistert Amber. 'Je kunt niet alleen hier blijven.'

Ik werp een blik op Chad, die achter de ambulance staat, en op Drea, in de ambulance. 'Ik ben niet alleen.'

Amber kijkt naar hem. 'Weet je het zeker?'

Ik knik, niet zeker van mezelf. 'Ga nu maar.'

Amber blijft nog even aarzelen voor ze bij Drea en Donovan in de ambulance klimt.

Ik zie ze weggaan. Allemaal, behalve Chad, die naast me staat.

27

Als de ambulance weg is, zie ik pas dat Amber haar teddyberenrugzak achtergelaten heeft. Ik raap hem op, samen met de lege mobiel en Donovans schetsboek, en stop die in de rugzak bij het snoep dat Amber uit de automaat heeft getrokken.

'Waarom ben je niet met Drea meegegaan?' vraagt Chad.

'Waarom ben jij niet meegegaan?' antwoord ik. 'Het is bijna middernacht, wat doe je hier eigenlijk?'

'Ik zocht jou. Ik ben in je kamer geweest. Ik ben in De gehangene geweest. De bieb...'

'Die gaat om elf uur dicht.'

'Ja, maar ik dacht dat jullie misschien op je gemak terugliepen. Hoezo, wat doet het ertoe?'

Een lange seconde bestudeer ik zijn gezicht en probeer de waarheid te raden, vraag me af of ik het moet hebben over zijn mail naar Veronica, de reden dat we hierheen zijn gekomen. 'Laat maar,' zeg ik ten slotte. Ik pak Ambers zaklantaarn en ga naar het raam.

'Wat doe je?'

'Jij bent toch zo'n slimme jongen? Bedenk dat zelf maar.' Ik wrik het raam een stukje verder open, hijs me op de rand, kruip door het raam en land op de vloer in de klas.

Chad volgt.

Ik loop langs een rij tafeltjes en licht mezelf bij met de zaklamp. Ik schijn door het lokaal, in alle hoeken op zoek naar iets wat niet thuishoort in een klaslokaal. Op de duisternis en de verlatenheid na is het een heel gewoon lokaal, onnodig benauwend en volkomen stil.

'Wat doen we hier?' fluistert Chad.

Ik leg hem met een vinger op mijn lippen het zwijgen op en loop naar voren. De aantekeningen van de wiskundeles van die middag liggen op het bureau, iets over de stelling van Pythagoras, en iemand heeft zijn biologieboek laten liggen. Mijn lichtstraal bestrijkt het lichtknopje bij de deur, maar ik durf het licht niet aan te doen voor het geval de campuspolitie nog in de buurt is.

Ik ga naar de deur, leg mijn handen op de deurkruk en voel al het bloed uit mijn gezicht wegtrekken. Ik gooi de deur open, zodat die tegen de muur knalt en de prullenbak omvalt. Mijn hart zakt met een soort bungeejump in mijn schoenen, terug naar mijn keel en keert dan weer naar zijn eigen plek.

Chad raapt de prullenbak op en kijkt naar mij. Zijn uitdrukking is in de duisternis niet goed te zien. 'Gaat het?' Hij legt zijn hand op mijn onderarm. Dan dringt pas goed tot me door waar we zijn en waar ik mee bezig ben. Ik trek mijn arm terug en stap op de groenwit geblokte vloer in de richting van het lokaal Frans van mevrouw Lenore.

Het licht van de zaklantaarn schijnt een meter voor me uit. De rest is zwart. Ik schreeuw een paar keer Veronica's naam en mijn stem echoot tegen de muren. Ik wil dat ze er is, dat ze in een hinderlaag op me wacht om me een loer te draaien, het doet er niet meer toe, want nu, zelfs met Chad in de buurt, voel ik me compleet verlaten.

Ik concentreer me op het groene licht van de nooduitgang boven de buitendeur, links van het lokaal Frans. Dat idee, dat ik ervandoor kan gaan, houdt me op de been en brengt me steeds verder bij Chad vandaan, als hij überhaupt me nog volgt.

Als ik dichtbij genoeg ben om de buitendeur te verlichten, stop ik, mijn ogen gericht op de deurhendels. Het kan niet waar zijn. Het kan niet echt zijn. Maar het is wel echt. Ik knipper minstens tien keer met mijn ogen, maar het is nog steeds waar. Een dikke metalen ketting is door en om beide hendels gehaald. Als ik eruit wil, moet ik terug.

Ik blijf even staan en probeer te beslissen of het het waard is. Misschien moet ik het maar vergeten. Misschien moet ik Drea en Amber vertellen dat ik alles heb gecontroleerd en dat Veronica er niet was. Moet ik me omkeren en weggaan.

Maar daar is het te laat voor.

Ik loop langs de prijzenkast van Hillcrest en zie nu pas dat de deuren van alle lokalen dicht zijn.

Behalve die van het lokaal Frans.

'Veronica?' roep ik in de richting van de open deur, maar ik ben nog te ver weg om naar binnen te kunnen kijken.

Ik houd de zaklantaarn in mijn trillende handen en aarzel, beschijn alle vaantjes van de Hillcrest Hornets, verkiezings-posters voor klassenvertegenwoordigers en gevallen pen-nen.

'Stacey?' zegt een mannenstem. Chads stem. Ik weet het zeker.

'Chad?' Ik draai me om, maar de kleine lichtstraal reikt niet ver genoeg. 'Waar ben je? Ik zie je niet.'

'Ik ben hier.'

Door de echo in de lege gang kan ik niet beoordelen of zijn stem van voren of van achteren komt.

Ik wacht een paar seconden of hij nog wat zegt. Als hij dat niet doet, loop ik naar de openstaande deur en de tranen rol-len al uit mijn ogen voor ik zelfs nog maar binnen ben.

En als ik binnen ben, zie ik haar.

Veronica.

Ze ligt op de grond met allemaal schoolboeken om zich heen naast de zware plantenbak van mevrouw Lenore, nog steeds heel. Een dun stroompje vloeistof komt onder haar hoofd vandaan en eindigt in een peervormig plasje. Ik blijf mijn hoofd schudden, slik mijn gal in en maak mezelf wijs dat de vloeistof gewoon water is dat uit de plantenbak is gelopen of door het plafond is gelekt.

Maar ik weet dat het bloed is. Dat ze dood is. Haar mosgroene ogen staren me aan, wijd open en teleurgesteld, vragend waar ik nou bleef.

Ik kijk op naar het rolgordijn dat tegen het houten kozijn klappert. De kille novemberlucht komt het lokaal in en speelt met het kaneelbruine haar op haar voorhoofd, dat nu helderrood is geworden. Ik bedek mijn gezicht met mijn handen. Ik word omhuld door de duisternis in het lokaal en alles begint te draaien. Dan raakt mijn lichaam de grond.

28

Ik word wakker van een telefoon. Ik schiet overeind. Even is er een moment van verwarring waarin ik denk dat wat er gisteravond is gebeurd, een nachtmerrie was. Ik kijk naar het lege bed van Drea. Mijn eerste gedachte is dat ze in de klas zit en ik me heb verslapen en het eerste uur heb gemist. Maar dan dringt het tot me door dat het zaterdag is, vier lelies later.

De dag waarop Drea sterven zal.

'Hallo.'

'Stacey, ik ben het, Chad. Hoe is het met je?'

'Wat denk je?'

'Nou ja, hoe voel je je?'

'Zoals ik gisteren al tegen de politie zei, goed. Het was meer de schrik dan iets anders.'

Ik sluit mijn ogen en probeer de puzzelstukjes van gisteravond in mijn gedachten als een samenhangend geheel neer te leggen. Ik weet nog dat ik flauwviel, dat ik naar de politieauto ben gebracht en ik herinner me de zwaailichten. De geur van eucalyptus en citroenolie bereikt mijn neus. Stemmen die tegen me praten, vragen hoe het met me is. 'Goed,' zeg ik geruststellend.

'Wil je naar huis bellen?' vragen ze. 'Zullen we een dokter halen?'

'Nee, ik wil naar mijn kamer om te slapen.'

Ik weet nog dat ik hysterisch was. Lachen en huilen tegelijk en dan weer huilen. Hoe iemand, waarschijnlijk de schoolzuster, tegen de politie zei dat ik rust nodig had. En dat de politie zei dat ze een oogje op me zouden houden en morgen met me zouden praten. Deze morgen. Hoewel het al na elven is.

Maar ik herinner me vooral hoe Veronica dood in het lokaal lag met haar teleurgestelde groene ogen op mij gericht.

'Ze denken dat ik het heb gedaan,' zegt Chad. 'Ze denken dat ik haar heb vermoord.'

'Waar heb je het over?'

'Toen ik het lokaal in kwam, zag ik Veronica en ik zag jou en ik wist dat je was flauwgevallen. Ik heb geprobeerd jou te helpen, maar toen bedacht ik dat ik naar het raam moest gaan om te kijken of ik iemand zag, de dader te pakken kon krijgen. En toen kwam de politie en die dacht dat ik probeerde te ontsnappen. En toen zagen ze jou daar liggen. En Veronica... ze dachten meteen dat ik het had gedaan. Ik vertelde ze dat jullie Drea probeerden te helpen en dat ik jou was gevolgd de school in. Ze wezen me meteen op mijn rechten en lieten me mijn ouders bellen.'

'Wat zeiden je ouders?'

'Die zeiden dat ik moest meewerken en ze alles moest vertellen, dus dat heb ik gedaan. De politie heeft me meer dan een uur verhoord. Eerst die ene vent en toen een vrouw. En toen om en om. Mijn ouders hebben de eerste vlucht hierheen genomen. Ze zijn laaiend. Ze nemen een advocaat in de arm.'

Er klinkt iets klagelijks in zijn stem door als zijn ademhaling zijn woorden niet kan bijhouden.

'Ik moet ophangen,' zegt hij. 'Ik wilde alleen even weten of het goed met je was.'

'Chad?'

'Zeg alsjeblieft dat je niet denkt dat ik het heb gedaan, Stace. Ik heb iemand nodig die me gelooft.'

Ik kan niet meteen reageren. Ik luister naar zijn ademhaling aan de andere kant. 'Ik geloof je,' zeg ik ten slotte snel, zonder te weten of het waar is. Maar ik hoor een klikgeluid aan de andere kant. 'Chad?' Hij heeft al opgehangen en ik weet niet of hij me heeft gehoord.

Ik wil hem net terugbellen als ik Ambers teddyberenrugzak op de grond naast mijn bed zie liggen. De politie dacht zeker dat die van mij was. Ik raap hem op en rits zijn buik open. Donovans schetsboek ligt bovenop. Ik trek het eruit en stop het in de zak van mijn jasje. Ik vraag me af of Drea nog steeds in het ziekenhuis is en of ik hem daar zal zien. Dan haal ik Ambers mobiel tevoorschijn en doe de oplader in het stopcontact.

Ik pak de telefoon om Drea in het ziekenhuis te bellen, maar dan hoor ik een rinkelend geluid achter de deur. Misschien is ze daar al. Ik kruip naar de rand van het bed en zie dat het licht dat uit de gang onder de deur door komt, tegengehouden wordt alsof daar iemand staat.

Ik leg de hoorn weer op de haak, sta langzaam op en zie de schaduw onder de deur bewegen. Vanuit het midden van de kamer wacht ik tot er wordt geklopt of dat er iemand binnenkomt. Als geen van beide gebeurt, grijp ik de honkbalknuppel uit de hoek en trek met een vloeiende beweging de deur open.

Het is verdomme Amber. Ze schrijft een boodschap op het memobord dat op de deur zit.

'Wat mankeert jou?' vraag ik. 'Ik schrik me te pletter.'

'Een heel goede morgen,' zegt ze en ze komt ongevraagd naar binnen. 'Ik hoef zeker niet te vragen hoe je je voelt?' Amber doet de deur dicht. 'Ik heb het gehoord. Ik kan niet geloven dat Veronica dood is.'

'Geloof het maar, want het is waar.'

'Ik weet het,' zegt ze en ze legt haar handen op de vensterbank en kijkt naar het grasveld. 'Het is alleen... het had niet moeten gebeuren, weet je wel?'

Ik stop mijn hand in mijn laatje op zoek naar het flesje lavendel in de hoop dat de bloemengeur mijn geest tot rust zal brengen.

'Ik heb gehoord dat ze volgende week alle lessen willen laten vervallen,' zegt Amber. 'Later komt er nog een bijeenkomst, maar het weekeinde gaat iedereen weg.' Ze kijkt hoe ik een vingertopje olie achter mijn oren doe. 'Gaat het wel goed met je? Je lijkt een beetje wazig.'

'Hoe dénk je dat het met me gaat? Veronica Leeman lag een paar uur geleden dood op de grond voor mijn voeten en het lijkt jou niet meer te spijten dan een afgescheurde nagel.'

'Waarom moet het me spijten? Ik heb het niet gedaan. Ik bedoel, ik vind het wel erg en zo. Ik vond haar niet aardig, maar van mij hoefde ze heus niet dóód.'

Ik doe het flesje dicht en leg het terug in mijn la. Het heeft geen zin hier op door te gaan, want dan zou ik weleens uit mijn dak kunnen gaan en uitgerekend vandaag moet ik kalm blijven. Oplettendheid geeft kracht.

'Is Drea vannacht in het ziekenhuis gebleven?' vraag ik dan maar.

'Waar heb je het over? Is ze niet bij jou?'

'Waarom zou ze bij mij zijn?'

'Ik heb haar hier gisteravond afgezet. Toen we terugkwamen uit het ziekenhuis.'

'Hoe bedoel je afgezet?'

'Nadat ze haar ouders had gebeld en ontslagen was, heb ik PJ gebeld of hij wilde komen om ons op te halen. Dat heeft hij gedaan en we hebben haar hier afgezet.'

206

Ik kijk naar Drea's bed, dat nog keurig opgemaakt is. 'Dat kan niet. Ze is gisteravond niet thuisgekomen.'

'Ik denk dat ik het zelf toch wel het beste zal weten als we haar hier hebben afgezet.'

'Wie is we?'

'Dat zei ik toch. PJ en ik.'

'Waar is Donovan dan gebleven?'

'Die is met een taxi naar huis gegaan. PJ was stikjaloers op Donovan en hij zei dat ik maar over hem heen liep te kwijlen, maar dat was niet waar. Donovan moest dus een taxi nemen omdat PJ hem niet in de auto wilde hebben.'

'En Drea? Hoe heb je haar hier afgezet?'

'Nou, we reden terug naar de campus en ik zei dat PJ in de auto op me moest wachten terwijl ik Drea naar de hal bracht. Ik moest hem even alleen spreken om hem op zijn kop te geven. Hij moet niet denken dat hij alles over me te zeggen heeft.'

'Dus je hebt Drea niet voor de deur afgezet?'

'Nee.'

We kijken elkaar aan. Wat voor rol Amber en ik verder ook spelen in dit hele drama, we weten wat dit betekent: vandaag is de dag dat Drea zal sterven en ze is nu al zoek.

Er wordt op de deur geklopt. 'Juffrouw Brown?' zegt een vrouwenstem op de gang.

Amber en ik kijken eerst naar de deur en dan naar elkaar. 'Smerissen,' fluistert Amber. 'Ik weiger met ze te praten. Het hoeft niet, hoor. We zijn minderjarig.' Ze grist haar teddyberenrugzak van mijn bed en loopt naar het raam.

'Wácht,' sis ik. 'Wat ga je doen?'

'Ik vertrek en als je slim bent, doe je hetzelfde.' Amber doet het raam open en slaat een been over de vensterbank.

'Ben je helemaal gek geworden?' Ik grijp haar arm. 'Je kan

nu niet weglopen. Je moet ze over gisteravond vertellen. Over Drea. Weet je nog? Drea?'

Amber aarzelt even, maar rukt zich dan los 'Ik kan het niet. Ik word helemaal gek als ik met de politie moet praten, Stace. Ze geven je een schuldgevoel.'

'Niet als je onschuldig bent.'

Ze kijkt de andere kant op. 'Bel me zodra ze weg is. Maak je geen zorgen, Stace. We zoeken het tot op de bodem uit.'

Daarna gooit ze ook haar andere been over de vensterbank en rent over het grasveld in de richting van het bos.

29

Als ik de deur open doe, staat daar een klein, tenger vrouwtje dat van top tot teen is gekleed in zwart DKNY met een crèmekleurige bloes en glimmend zwarte enkellaarsjes met een vierkante neus.

'Hoi,' zegt ze met een stemmetje dat precies bij haar uiterlijk past. 'Ben jij Stacey Brown?'

Ik knik.

Ze stelt zich voor als agent Slot, maar het had net zo goed 'slet' kunnen zijn, want zo ziet ze eruit: schouderlang, geverfd rood haar met highlights en voor één oog hangt een platinablonde pluk. 'Ik heb een paar vragen over gisteravond,' zegt ze en ze houdt even een pasje omhoog. 'Mag ik binnenkomen?'

Ik knik en doe een stap opzij zodat de sletterige vrouw naar het midden van de kamer kan lopen. Ze haalt een kleine blocnote uit haar vierkante, glimmend zwarte tasje en zoekt een leeg blaadje. Maar het gaat hier niet over koetjes en kalfjes en voor ze zelfs maar kan proberen de leiding in handen te nemen, zorg ik dat ik bepaal wat er gebeurt. 'Ik heb ook een paar vragen.' Ik gooi de deur in het slot. 'Mijn kamergenootje wordt vermist en ik wil weten wat jullie daaraan gaan doen.'

Ze neemt me nauwkeurig op vanachter twee turkooizen contactlenzen en wacht tot ik mijn ogen neersla of de andere kant op kijk. Als ik dat niet doe, haalt ze een pen achter haar

oor met dubbele gaatjes vandaan en zet die op het maagde-
lijk witte blaadje.

'Hoelang wordt ze al vermist?'

'Sinds gisteravond. Ze hebben haar hier voor het gebouw
afgezet, maar ze is nooit in deze kamer aangekomen.'

'Kan het zijn dat ze bij iemand anders logeert? Hebben jullie soms ruzie gehad?'

'Nee. Ik bedoel, ja. Ik bedoel, ja, we hebben ruzie gehad.
Maar nee, ze logeert niet bij iemand anders.'

'Hoe weet je dat?'

'Hoor eens, ik heb geen tijd om hier te staan bekvechten. Ik
weet het gewoon zeker.'

'Je bent niet echt behulpzaam, Stacey.'

'Heb je me niet gehoord?' vraag ik. 'Drea zit in de problé-
men.'

'Kalmeer nu eerst maar eens.' Ze wijst op het bed en wil
dat ik ga zitten. Hoe moet ik kalmeren als Drea wordt vermist en ik de enige lijk te zijn die het wat kan schelen? Ik gris
het beschermingsflesje van het nachtkastje en klem dat tegen
mijn borst.

'Hoor eens, Stacey. We kunnen eromheen blijven draaien
en dan komen we nergens, of je kunt me je laten helpen. Dat
kan ik alleen als je tegen me praat. Begin nu eens met te vertellen wat er is gebeurd.'

'Prima,' zeg ik, al vind ik dit scenario waarbij ik alles vanaf het begin aan dit opgedirkte juffie, dat absoluut niet in
Drea is geïnteresseerd, moet gaan vertellen, heel erg ónprima.

'Goed zo.' Ze geeft me het glas water dat naast het bed
stond. 'Heb je hier al met je ouders over gesproken?'

Ik schud mijn hoofd.

'Nou, je moet even met ze praten voor ik met jou kan praten.'

'Waarom? Het kan mijn moeder helemaal niks schelen.'

'Zo is de procedure. Je moet haar de situatie uitleggen en vertellen dat jij met me gaat praten. Anders kan ik je niet ondervragen.' Ze haalt een mobiel tevoorschijn. 'Wat is het nummer van je moeder?'

Ik rol met mijn ogen en ratel het nummer op terwijl ik bedenk wat een zinloze procedure dit is. Wat een flauwekul dat mijn ik-ben-nog-net-een-jonge-meid-moeder de status van volwassene krijgt, terwijl ze mij als kind beschouwen.

'Hallo? Mevrouw Brown? U spreekt met agent Janna Slot van het Hanover politiebureau. Uw dochter, Stacey, wil u graag spreken.' Agent Slot drukt me de telefoon in handen en ik houd hem aan mijn oor.

'Stacey?' vraagt mijn moeder. 'Wat is er aan de hand?'

'Er is iets naars gebeurd, mam. Gisteravond is er een meisje op de campus vermoord en ik... ik heb het lichaam gevonden.'

'Wát?'

'Ik weet het. Ik ga er met de politie over praten, maar ik moest het eerst aan jou vertellen.'

'Wacht even, Stacey. Waarom willen ze jou ondervragen? Waarom heb je me gisteravond niet gebeld? Je hebt toch geen problemen of zo?'

'Dat weet ik niet,' zeg ik.

'Wordt Drea ook ondervraagd?'

'Nee, Drea wordt vermist.'

'Vermíst? Hoe bedoel je, vermist?' vraagt ze.

'Ik bedoel dat ik haar niet kan vinden en niet weet waar ze is.'

'O, mijn god, Stacey. Zal ik naar je toe komen?'

Het kost me een paar seconden om mijn moeder te overtuigen dat ik het heel goed alleen af kan, maar ik moet haar beloven dat ik haar zal terugbellen nadat ik met deze lellebel heb gepraat.

Ik hang op en kijk naar agent Slot, die geïnteresseerd naar mijn kristal en de verzameling kaarsen op mijn nachtkastje staat te kijken. 'Oké,' zeg ik en ik verbreek haar starende blik. 'Helemaal klaar.'

Aangezien ik geen zin heb mijn voeten in de natte modderschoenen van gisteravond te steken en ik geen twee bij elkaar passende schoenen kan vinden tussen alle rommel en kleding in onze kamer, heb ik geen andere keus dan de gele tennisgympen uit mijn kast aan te trekken, die met de houten kralen aan de veters. Die uit mijn nachtmerrie.

Ik stop het beschermingsflesje in mijn jaszak en volg haar op zo'n drie passen afstand door de hal, de deur uit. Ze heeft de wagen gelukkig aan de zijkant geparkeerd, waar weinig mensen komen. Ik ga achterin zitten, al mag ik van haar voorin komen zitten, en buk me zodat niemand me kan zien.

Als we er zijn, gaat agent Slot me voor het bureau in; het ziet er heel anders uit dan in de film. In plaats van keurige rijen tafeltjes, vloeipapier met daarop gesuikerde donuts, en plastic bekertjes en telefoons die zo hard rinkelen dat ze bijna van tafel trillen, kun je een speld horen vallen. Een stuk donker glas scheidt de receptie van de kantoren. Agent Slot knikt naar een knul achter het glas en die drukt op een zoemer zodat we erdoor kunnen.

Ik volg haar een korte gang door en maak van de gelegenheid gebruik om een blik te werpen in de ruimtes aan weerszijden en op agenten die dossiers doornemen of achter een computer zitten te werken. Ze wijst naar rechts. 'Ga daar maar zitten, ik kom zo bij je.'

Hier is het net als op tv. Een kale ruimte met witte muren,

een stoffige linoleumvloer, formica tafel en metalen klapstoelen. Ik haal het beschermingsflesje uit mijn zak en klem het in mijn handpalm om er kracht uit te putten.

Even later komt agent Slot binnen. Ze sluit de deur achter zich en zet een taperecorder tussen ons in op tafel. We gaan zitten, ze glimlacht naar me, drukt op 'record' en dan beginnen we gewoon te praten. We praten over Veronica en wat er gisteravond precies gebeurd is. Ik moet haar alles in detail vertellen, van het moment dat we in Veronica's kamer inbraken tot het moment dat ik haar lichaam vond in de klas. Al snel besef ik dat dit opgedirkte juffie veel slimmer is dan je zou denken als je naar haar kapsel kijkt. Ze draait haar vragen om en formuleert ze op een andere manier om te kijken of ik me vergis en iets anders zal zeggen. Maar ik weet wat ik zeg; ik ben vol zelfvertrouwen. En ik heb niets te verbergen. Bijna niets.

'Heb je toevallig gezien wie de e-mail had gestuurd?' Ze bestudeert mijn gezicht om te zien of daar het antwoord op te lezen staat.

Ik staar naar het flesje op mijn schoot en vraag me af waar ik mee bezig ben, waarom ik probeer hem in bescherming te nemen.

'Hij kwam van Chad,' zeg ik ten slotte en ik voel me egoïstisch omdat ik dat niet meteen heb gezegd.

Ze knikt alsof ze dat al wist. 'Denk jij, Stacey, dat Chad en Veronica goede vrienden waren?'

Ik schud mijn hoofd en begrijp heel goed waar ze met haar vragen heen wil.

'Waarom zou hij haar dan hebben willen waarschuwen voor het spieken?'

Ik haal mijn schouders op.

'Denk je dat er een kans is dat hij met haar alleen wilde zijn?'

'Nee.' Ik leg mijn handen over mijn ogen bij het idee dat Chad haar daarheen zou lokken en dan even later zelf komt opdagen. 'Waarom zou hij?'

'Zullen we even pauzeren?'

Ik schud mijn hoofd en haal diep adem. 'Ik zou niet weten waarom hij dat zou willen.'

Als agent Slot tevreden is met mijn antwoorden, is ze me even ter wille en luistert naar mijn relaas over nachtmerries en kaarten. De telefoontjes, briefjes, het vermiste wasgoed, de lelies en wat ze betekenen en dat ik de modder aan de stengel kon ruiken. Ik vertel haar dat ik die grondlucht eerder had geroken, aan Drea's roze beha en dat ik de vibraties in de wasruimte kon voelen. Ik vertel haar zelfs dat ik heb geprobeerd Drea te helpen met mijn bezweringen. Dat Amber, Drea en ik het beschermingsflesje hebben gemaakt en ingewijd. Als ik klaar ben, als ik eindelijk weer kan ademhalen, kijkt ze me aan of ik gek ben, alsof ik nodig moet worden opgenomen.

En natuurlijk vindt ze geen woord van wat ik zeg, nog geen lettergreep, belangrijk genoeg om op te schrijven. Dat alleen al maakt dat ik zin krijg dat stomme boekje uit haar gemanicuurde paraffinehandjes te trekken en in de prullenbak te smijten.

'Heb je die brieven nog die Drea heeft gekregen?' vraagt ze.

Ik schud mijn hoofd en denk er weer aan hoe Drea boven een van mijn kaarsen heeft verbrand. Maar dan weet ik het ineens. 'Er zit er nog een in het sieradenkistje van Veronica.'

'Wat stond daarop?'

'"Bemoei je met je eigen zaken."'

'Hmm, zo te horen was er iemand heel boos op Veronica.'

'Dat lijkt me duidelijk, ja,' zeg ik.

'Hoor eens, Stacey,' zegt ze met een diepe zucht en dan

leunt ze met haar ellebogen op de tafel. 'Laten we aannemen dat Drea die dingen allemaal heeft gekregen. Het is heel moeilijk om iets te doen zonder bewijs.'

'Is het lijk van Veronica Leeman geen bewijs genoeg?'

'Laten we het daar even over hebben. Amber zei dat jullie gisteravond naar de school gingen omdat er in een van de lokalen een boek was achtergebleven.'

'O ja? Wanneer heeft u haar gesproken?'

Agent Slot schraapt haar keel en negeert mijn vraag. 'Uit wat je me net hebt verteld, maak ik op dat dat niet waar is.'

Ik probeer een manier te vinden creatief met de waarheid om te gaan. Iets wat alles wat ik haar zojuist heb verteld, bevestigt en tegelijkertijd Ambers leugen in stand houdt. Ik werp een blik op de deur en vraag me af of die op slot is en waarom er geen ramen zijn in deze ruimte. Waarom het er zo snikheet is.

'Nee,' zeg ik in navolging van de waarheid.

'Weet je waarom Amber daarover gelogen kan hebben?'

Ik schud mijn hoofd. Het kan natuurlijk te maken hebben met het feit dat ze wil verdoezelen dat ze in een kamer heeft ingebroken, na de avondklok buiten was en zich op verboden terrein bevond. Maar de straf die daarop staat is minimaal als je in aanmerking neemt wat er is gebeurd. Amber heeft niet het recht te liegen. En ik ook niet.

'Ik zal je wat zeggen,' begint ze. 'Ik zal een rapport maken over de vermeende verdwijning van je kamergenootje en het persoonlijk uitzoeken. Maar eerst wil ik dat je een vraag voor me beantwoordt. Heb je weleens met iemand gesproken over die visioenen die je beweert te hebben?'

'Hoe bedoelt u, die ik bewéér te hebben?'

'Nou ja, Stacey, je moet toegeven, het is niet bepaald... gewoon.'

215

Ik sta op, zuig mijn longen vol lucht en mijn stem wordt drie octaven hoger. 'U gelooft me niet?'

'Dat heb ik niet gezegd.'

'Of u me nou gelooft of niet, er zit iemand achter Drea aan.' Ik houd het beschermingsflesje tegen mijn hoofd, waar het pijn is gaan doen. 'Begrijpt u het niet? Hij is van plan haar te vermoorden, net als hij Veronica heeft vermoord. De kaarten, de lelies, de briefjes, mijn nachtmerries... vandaag is de dag dat Drea zal sterven.'

Agent Slot staat op en haar stem is zo zacht en poederig als zand op het strand. 'Ik denk dat je meer rust nodig hebt. Je hebt gisteravond een aardige klap gehad. Daar zou iedereen een beetje... van slag van zijn.' Ze drukt op de stopknop op de recorder.

'Ik ben niet van slag!'

Ze pakt een kaartje uit de zak van haar jack en houdt het voor zich als een lolly, alsof zij een verpleegster is en ik de patiënt en we bij de kinderarts zijn.

Alsof ze niets heeft begrepen van mijn woorden.

'Ik denk dat ik je later nog wel meer wil vragen,' zegt ze. 'Maar bel me als je nog wat bedenkt.'

'Dus u gaat nu naar Drea zoeken?' vraag ik.

'Zoals ik al heb gezegd, ik zal ernaar kijken en dan hoor je nog van me. Maak je geen zorgen, ze is waarschijnlijk bij iemand anders in de kamer, zeker als jullie ruzie hebben gehad. Dat gebeurt zo vaak.' Ze gebaart nog eens naar me met haar kaartje en ik pak het aan een laat het in mijn zak glijden.

'Mooi zo.' Ze glimlacht. 'Dan zal ik je even naar de campus terugbrengen.' Ze houdt de deur wijd open zodat ik erdoor kan.

Dan weet ik het zeker. Als ik Drea wil redden, moet ik het zelf doen.

30

De wandeling van de Hillcrest-campus naar de kamers van de jongens duurt langer dan anders. De politie heeft de ingang van het O'Briangebouw afgesloten, inclusief de parkeerplaats en de binnenplaats ervoor, zodat studenten gedwongen zijn over de hoofdweg te lopen. Nieuwe teams, mensen van de administratie en nieuwsgierige toeschouwers drommen samen en zijn gespitst op elk sappig detail dat nog niet op het nieuws is geweest. Gelukkig voor mij is het nieuws nog echt vers en word ik alleen genoemd als 'het meisje dat het lichaam heeft gevonden'. Ik vraag me wel af of iemand weet dat het om mij gaat.

Ik zoek zo goed en zo kwaad als het gaat mijn weg tussen de scholieren door, ontwijk koffertjes en duik onder rugzakken door: mensen die dit weekeinde kunnen ontsnappen. Een paar oudere jongens denkt dat het een sappige horrorfilm betreft, maakt misselijkmakende grapjes en probeert meer mensen mee te trekken in de opwinding. 'Wie het laatst van de campus is, is een dooie diender,' roept een van hen.

Intussen staat een groepje eerstejaars meisjes met de armen om elkaar heen te huilen. Ik kijk een van hen recht aan, een meisje met rode spikes en sproeten. Als ze me ziet, gaat haar mond een eindje open en ik vraag me af of het wantrouwen is dat ik op haar gezicht zie. Ik kijk de andere kant op en loop door.

Als ik me iets veiliger voel, sta ik stil en kijk naar het tafereeltje. Het O'Briangebouw ziet er heel anders uit dan gisteravond: geschonden, met die gele tape van de politie en die zwerm fotografen. Mijn ogen dwalen naar individuele gezichten, huilend, hoofdschuddend en gebarend naar het open raam waardoor we naar binnen zijn gegaan.

Ik wil me net afwenden als ik Veronica zie. Ze staat net achter de gele tape, haar gezicht is op mij gericht en ze leunt op de schouder van een veel oudere man, die haar vasthoudt.

Verwonderd knipper ik een paar keer met mijn ogen, even opgewonden bij de gedachte dat het toch allemaal een raar soort vergissing is.

Maar dan zie ik dat het Veronica helemaal niet is.

De vrouw onttrekt zich aan de omhelzing, maar houdt haar arm door die van de man en snikt in zijn colbertje. Haar haren hangen op haar schouders, gekruld en bruin, de kleur van nootmuskaat. Maar de ogen treffen me het meest. Onmiskenbaar – ree-achtig en mosgroen – Veronica's moeder.

Bij die aanblik beginnen mijn knieën te trillen en mijn hart wordt samengeknepen. Ik voelde me al vreselijk. Afschuwelijk. Schuldig. Verantwoordelijk. Maar Veronica te zien als iemands gestorven dochter, maakt het allemaal nog veel erger.

Ik loop verder over de campus en probeer mijn blik niet op een persoon of ding te richten. Het eigenaardige van het hele politiegedoe is dat wanneer ik bij de jongenskamers kom, er niemand aan de balie zit. Er is alleen een stroom jongens die naar buiten komt zonder zich uit te schrijven voor het weekeinde. Ik zoek mijn weg tussen ze door en loop de trap op naar de tweede verdieping. Ik moet degene vinden die als enige het raadsel kan oplossen.

PJ.

'Ja,' zegt hij en hij tuurt door een kiertje van de deur.

'PJ?' Het is zo donker dat ik zijn gezicht nauwelijks kan zien. 'Ben jij dat?'

'Wie moet het anders zijn?' Hij doet de deur iets verder open zodat ik kan zien dat hij zijn haar weer heeft geverfd. Inktzwart deze keer.

'Waarom is het zo donker?' Ik duw hem aan de kant en stap naar binnen.

'Dan kan ik beter denken. Dat doe ik weleens.' Hij sluit de deur achter me. 'Wat een gekkenhuis daarbuiten. Een beetje te echt voor mij.'

'Onecht,' fluister ik. Ik kijk naar het raam met het gesloten rolgordijn en vraag me af waarom hij in het donker blijft zitten. 'Ik herkende je bijna niet met je nieuwe haarkleur.'

'Was je misschien in de war met de cover van het laatste nummer van de *Esquire*?' Hij voelt even met zijn vingertoppen aan de punten van zijn spikes, maar niet met zijn gewone flair. Hij glimlacht niet en loopt niet over van zelfvertrouwen. En hij kijkt me niet echt aan.

'Vast niet,' zeg ik en ik draai het lichtknopje om.

Hij knijpt met zijn ogen. 'Waaraan heb ik deze vreugde te danken?'

'We moeten praten.'

'Dat klinkt zereneus.'

'Dat is het ook. Ik wil dat je me precies vertelt wat er is gebeurd nadat je Drea en Amber bij het ziekenhuis hebt opgehaald.'

'Hoe bedoel je? Ik heb ze opgehaald en afgezet.'

'Je hebt ze allebéí afgezet?'

'*Si, señorita.*'

'Amber zei dat ze Drea naar de hal heeft gebracht en toen is teruggegaan naar de auto om met je te praten.'

'O ja, ze wilde alleen zijn met me. Wie kan het haar kwalijk nemen, die helleveeg.'

'Jullie hadden ruzie.'

'Ruzie? Integendeel. Behalve natuurlijk als je liefdesbeten als verwondingen beschouwt.'

'Nee,' werp ik tegen. 'Jullie hadden ruzie. Je was kwaad op haar. Over Donovan. En dat ze zo over hem heen kwijlt. Jou negeert.'

'We zitten langs elkaar heen te praten. Ik heb geen flauw idee waar je het over hebt. Amber mag flirten en rotzooien met wie ze wil, ook met mij als ze daar zin in heeft. Kijk maar naar gisteravond.'

Mijn hoofd begint te tollen. Ik sla mijn handen voor mijn gezicht om het te stoppen. 'Ik moet even gaan zitten.'

PJ wijst naar zijn bed, dat vol ligt met wasgoed en oude pizzadozen. Ik zoek een lege plek en plof neer. 'Wil je wat *agua*?' Hij steekt zijn hand in het koelkastje en geeft me een tweeliterfles waarvan de tuit vol met chocolade zit. Ik neem toch maar een slokje. 'Wat is er aan de hand?' vraag hij. 'Veronica?'

Ik knik. 'En of dat nog niet erg genoeg is, wordt Drea nu vermist. Ze is niet op onze kamer aangekomen nadat jij haar gisteravond hebt afgezet.'

'Dat is onmogelijk. Misschien was ze vanmorgen al weg toen jij wakker werd.'

Ik kan het niet meer verdragen naar rationele verklaringen te luisteren over waarom Drea er niet is. Ik hijs me overeind van het bed. 'Wil je nog een vraag beantwoorden?'

'Wat?'

'Hoelang was Amber met Drea in de hal voor ze terugkwam naar je auto?'

'Ik weet het niet. Vijf minuten? Niet lang genoeg om iemand te vermoorden.'

'Waarom zeg je dat nou?' snauw ik. 'Hoe kun je nou denken–?'

'Hoor eens, Stace,' begint hij, 'je gaat je steeds vreemder gedragen, zelfs voor mijn maatstaven. Je praat echt abracadabra. Ik weet zeker dat er niets met Drea aan de hand is. Die laat ergens haar nagels doen, denk ik. Waarom ga je de politieagenten niet achter hun broek zitten. Die zijn er genoeg.' Hij trekt het rolgordijn opzij om naar buiten te kijken. 'Ik heb vandaag al meer dan genoeg aan mezelf.'

'Hoezo?' vraag ik.

'Nou, ik heb bijvoorbeeld geen alibi voor gisteravond.'

'Waarom heb je een alibi nodig? Waar was je dan?'

'Hier, mijn haar aan het verven. Nou Amber helemaal weg is van Donovan, dacht ik dat ze een nieuwe, zwoele look wel zou waarderen. Lang, donker en geheimzinnig gevaarlijk.'

'Ik dacht dat het je niet kon schelen met wie ze flirtte?'

'Het kan me ook niet schelen.'

'Waarom heb je dan een alibi nodig?'

'Omdat ik een hekel had aan Veronica Leeman en een deel van me haar wel kon wurgen. Je weet hoe die dingen gaan. Iedereen weet het en dan gaan de mensen praten.'

'Welke mensen?'

'Dat doet er niet toe. Wat ertoe doet, is dat niemand me hier gisteravond heeft gezien en er niemand was om me in te schrijven.'

'Nu praat jij abracadabra.'

'Misschien,' zegt hij en hij opent de deur om me uit te laten. 'Misschien ben ik wel een tovenaar.'

31

Ik weet niet wat ik moet denken of wat ik moet doen en ga maar terug naar onze kamer. Voor ik er echter naar binnen kan, word ik tegengehouden door het harige monster in hoogsteigen persoon: LaChagrijn.

'Je was niet bij de bijeenkomst,' zegt ze.

'Ik weet het. Ik moest van de campus af.' Ik steek mijn sleutel in het sleutelgat en kijk haar niet aan in de hoop dat ze het snapt.

'Het was geen vrijwillige bijeenkomst. Je bent als absent genoteerd. Je had toestemming nodig van een ouder of voogd om het over te slaan.'

Ik draai de sleutel om. *Krik.* Gaat ze nou nog niet weg? Ik kijk naar haar op en hoop haar nieuwsgierigheid net genoeg te bevredigen zodat ze weggaat. 'Het spijt me. Ik zal bij de eerste gelegenheid mijn excuses aanbieden aan de directeur, meneer Pressman.'

Ze komt een pas dichterbij en ik kan de snacks op haar adem ruiken. Dorito's, vermengd met cola-light. Ze bestudeert mijn gezicht, de manier waarop mijn ogen bewegen en het onwillekeurige opbollen van mijn wangen. 'Toen je naam werd afgeroepen, zeiden een paar meisjes dat ze je in een politieauto weg hadden zien rijden. Klopt dat?'

Ik schud mijn hoofd, glip mijn kamer binnen en doe de deur dicht. Ik heb geen tijd om me druk te maken over de praatjes die LaChagrijn en de anderen over me rondstrooien.

Het is bijna vijf uur. Nog zeven uur tot middernacht en dan is de dag voorbij. Ik plof op mijn bed en zie dan Ambers telefoon bij mijn voeten liggen. Ik trek hem los van de lader en stop hem in mijn zak terwijl ik bedenk dat ze tegen mij over agent Slot heeft gelogen en dat ik sinds vanmorgen niets meer van haar heb gehoord.

Het slaat nergens op en ik kan niet meer nadenken. Ik haal het kaartje van agent Slot uit mijn zak en draai het nummer. Misschien heeft ze iets ontdekt over Drea.

'Hallo?' zeg ik. 'Ik wil graag agent Slot spreken. Wilt u zeggen dat het Stacey Brown is?'

Agent Slot is er echter niet en ik laat geen boodschap achter. Ik probeer mijn moeder te bellen, want een beetje moederlijke belangstelling doet me misschien wel goed, maar de telefoon blijft overgaan. Lekker dan.

Ik strek mijn hand uit naar het familieplakboek. Als ik dan tijdens mijn slaap niet met de geestenwereld kan communiceren, moet het maar als ik wakker ben. Ik ga naar de afdeling 'Het sturen van geesten' en besluit een spreuk van mijn betovergrootmoeder te proberen.

Er staat dat je letters van het alfabet moet scheuren van papier en daar dan op moet schrijven. Daar heb ik geen tijd voor. Ik pak mijn oude, stoffige scrabblespel van de bovenste plank in de kast. Dat heb ik al sinds een spellingswedstrijd in de vierde klas en ik weet dat er een paar letters ontbreken, maar dat geeft niet. Ik vertrouw erop dat het goed komt.

Ik schuif mijn bed aan de kant om ruimte te maken voor een gewijde cirkel en zet acht dikke, witte kaarsen op de grond, waarbij ik zorg dat ze naar alle windrichtingen van noord naar west wijzen en steek ze dan aan. Mijn oma benadrukte altijd het belang van een mooie cirkel, waarin onrustige geesten niet kunnen binnendringen.

Ik strooi wat zout en suiker op de omtrek van de cirkel en zet stenen en kristallen langs de rand. In het midden komt de afgewassen aardewerken pot. Daar doe ik een paar stukjes chocolade in van de reep waar Drea gisteren van heeft gegeten (de stukjes met haar tandafdruk), een pluk haar uit haar borstel en een paar afgebeten vingernagels (met de lak er nog aan) die ik in de prullenbak heb gevonden.

Ik leg de scrabbleletters voor me met de J van 'ja' aan de linkerkant en de N voor 'nee' aan de rechterkant en de V voor 'vraagteken' boven de andere letters. Alles is klaar. Ik blijf een poosje stil zitten en probeer in harmonie te komen met de energieën die door mijn lichaam en de kamer stromen. 'Het kwaad mag deze gewijde cirkel niet betreden,' fluister ik. 'Deze gewijde cirkel is veilig. En deze gewijde cirkel is alwetend. Ik stel me een cirkel van licht voor boven deze gewijde cirkel. Die omgeeft me en beschermt me als ik de krachten oproep die me in staat stellen te spreken met hen die de overgang al hebben gemaakt.'

De temperatuur in de kamer daalt en er gaat een rilling langs mijn schouders. 'Heilige moeder, ik vraag u mij te laten spreken met Anne Blake, mijn oma.' Ik leg mijn handen boven de letters en wacht een hele poos, tot de ramen gaan klepperen of de vloer gaat schudden, al die verzinsels die je bij slaapfeestjes weleens hoort over het ouijabord en seances. Het gebeurt allemaal niet. Het lijkt zelfs stiller dan anders in de kamer.

Ik sluit mijn ogen weer en concentreer me nog harder. 'Oma?' fluister ik. 'Ben je daar?' Ik draai mijn handen met de palmen naar beneden en laat ze tegen de klok in over de letters gaan. Dan voel ik dat de energie in de kamer me naar het blokje met de J leidt.

'Kun je me helpen mijn nachtmerries te begrijpen?' Ik voel dat mijn handen naar het blokje van het vraagteken worden getrokken. Ik haal diep adem en probeer de vraag die door mijn gedachten raast tot kalmte te manen en stel dan ten slotte de meest voor de hand liggende vraag. 'Weet je wie Drea's stalker is?' Mijn handen bewegen naar de J.

Ik haal weer diep adem en bereid mezelf voor op het antwoord. 'Hoe heet hij?' vraag ik.

Ik wacht een paar seconden, waarin de energie zich een weg zoekt door mijn vingers en me naar het antwoord leidt. Ik draai mijn handen over de letters en buig mijn polsen, alsof dat wat uitmaakt. Het lijkt wel of mijn oma me pas wil helpen als ik het zelf heb uitgedokterd.

'Is de stalker iemand die ik ken?' Mijn handen stoppen in het midden en gaan dan naar de J.

Ik sluit mijn ogen en concentreer me op mijn volgende vraag. 'Waarom heb ik die nachtmerries?' Ik word naar de letters getrokken en mijn vingers pakken de letters die goed aanvoelen. Ik schuif ze heen en weer tot de energie uit mijn handen weg is en er staat L A T T K M S T Z E N. Ik heb geen tijd om stil te staan bij de ontbrekende letters. Ik moet verder.

Ik leg de letters terug en houd mijn handen weer klaar. 'De stalker zei dat hij haar te pakken zou nemen. Waar heeft hij haar mee naartoe genomen?' Ik voel dat de energie mijn handen stuurt en kies een aantal blokjes uit. Dit keer staat er J E D R M E N.

Daar moet ik even over nadenken. Als mijn dromen me moeten helpen de toekomst te voorspellen, dan ligt het antwoord over de verblijfplaats van Drea in mijn dromen. Het is heel logisch, alsof ik het altijd heb geweten.

Ik zie de kaarsvlammetjes als slangetjes heen en weer schieten en overweeg of ik mijn laatste vraag wel moet stellen, of het zal helpen. 'Oma?' vraag ik. 'Waarom plas ik steeds in bed? Wat betekent dat?'

Het wordt koud in de kamer in de paar seconden die ik moet wachten. Ik houd mijn ogen gesloten en concentreer me op de vraag, vertrouwend op mijn gedachten. Na een paar tellen lijkt het of de energie mijn handen weer overneemt. Mijn vingers pakken een handvol letters en leggen die op hun plaats. Er staat S V E R T P T.

Wat moet dat nou betekenen?

Ik heb geen tijd daarover na te denken. Ik moet vertrouwen op wat ik al weet. 'Dankjewel, oma,' fluister ik. 'Ik mis je.' Ik doe de kaarsen uit met de kaarsendover om de seance te beëindigen en stap uit de gewijde cirkel. Ik ga naar de plek waar ik Drea zal vinden.

Het bos.

32

Ik ga het bos in door de met bomen omzoomde doorgang achter ons gebouw. Voor ik wegga, bel ik nog wel agent Slot om haar te vertellen waar ik heen ga. Of ze me nu wel serieus neemt, is een ander verhaal.

Ze zegt dat ze zal komen. Ik hoop vurig dat ze het doet.

Het is donker en de wirwar van takken boven mijn hoofd houdt het laatste zonlicht tegen. Binnen een uur zal ik waarschijnlijk geen hand voor ogen meer kunnen zien. Waarom heb ik ook geen zaklantaarn meegenomen?

De geur van aarde omringt me en lijkt met elke voorzichtige stap sterker te worden. Ik loop een paar minuten door en doe mijn best op een soort paadje te blijven en rechtdoor te lopen. Ik concentreer me op de geluiden om me heen, tsjilpende krekels, ritselende bladeren en knappende twijgjes onder mijn voeten. Maar dan hoor ik nog iets anders: het geluid van een lijf dat door struiken en langs takken beweegt.

Ik probeer erachter te komen uit welke richting het geluid komt, maar dan klinkt er plotseling muziek uit mijn zak. Ambers mobieltje. Ik was vergeten dat ik dat had. Ik hurk achter een boom om op te nemen. 'Hallo?'

'Stacey. Godzijdank heb je mijn mobiel.'

'Amber?' fluister ik. 'Ik kan nu niet praten.'

'Kom naar mijn kamer. Ik heb besloten dat ik met de politie zal praten.'

'Je hebt al met de politie gepraat; dat heb ik gehoord.'

'Ik heb ongeveer vijf minuten met zo'n vrouw gepraat. Maar toen raakte ik in paniek en ben ik uit mijn nek gaan kletsen en daarna ben ik hem gesmeerd. Ik heb niet echt veel gezegd. Wat moet ik zeggen? Ik ben van de ontkenningsfase via afzondering naar volkomen geschift gegaan binnen 24 uur. Dat is het effect dat een moord kennelijk op me heeft. Het is net *Heathers of The Craft*, weet je wel? Maar dan echt.'

'Ik ben eigenlijk bezig,' zeg ik.

'Nou, houd daar dan mee op, want ik ga nú met de politie praten en ik wil dat je daarbij bent.'

'Dat gáát niet.'

'Dat gaat wel en je komt gewoon. Het is voor Drea. Ik zie je zo.' Dan hangt ze op.

Ik hang ook op en ben niet van plan naar haar toe te gaan. Er is geen tijd meer te verliezen.

Ik loop door en concentreer me op het wezen van het bos in de hoop dat het me naar Drea zal leiden. Het is weer stil geworden alsof hij, wie me dan ook volgde, de andere kant op is gegaan.

Een paar minuten later kom ik bij een soort open plek. Ik kijk naar de hemel voor een aanwijzing, alsof de donkere wolken uiteen zullen drijven en dan een opvouwbare kaart laten zien. Ze pakken zich echter samen in een groot donker-grijs boeket lelies, dat me eraan herinnert dat ik moet op-schieten.

Ik neem met uitgestrekte armen reusachtige stappen en duw de struiken voor mijn gezicht weg. Ik sta stil en draai me om, er vast van overtuigd dat er iemand achter me staat. Ik doe een paar passen om afstand te creëren. De persoon die me volgt doet hetzelfde.

Ik ga harder lopen, ik ren nu, en zoek tussen de bomen en struiken naar een schuilplaats. De grond onder mijn voeten wordt steeds drassiger. Elke stap die ik doe, gaat moeizamer en het is steeds moeilijker om mijn schoenen los te trekken.

Ik neem een grote stap en zak tot aan mijn enkel in de modder. Ik trek aan mijn been, het gewicht van de modder slokt mijn gymp letterlijk op. Met een blote voet ploeter ik verder door de blubber op zoek naar een steviger ondergrond. De zool van mijn blote voet begint pijn te doen. Het gevoel breidt zich plotseling uit naar mijn enkel en been. Ik buk me om de plek te voelen. Er steekt een takje door mijn huid. Ik merk dat ik begin te hijgen en de lichtjes achter mijn ogen worden vager. Ik wil overgeven. Ik zoek in het donker naar een tak om me aan vast te houden, maar verlies mijn evenwicht en val met een klap op de koude, natte aarde.

'Stacey?' zegt een mannenstem.

Hij is anders dan de stem die ik verwacht te horen, gladder, vriendelijker. Oprecht. Evengoed pak ik een steen van de grond, voel of er een scherpe kant aan zit en houd me klaar om aan te vallen.

'Stacey?' zegt de stem nog een keer. 'Ben jij dat?'

Een lichtstraal vindt zijn weg van mijn ontblote voeten naar mijn gezicht en ik knijp mijn ogen dicht. Dan belicht hij zijn eigen gezicht.

Het is Donovan. Hij verstopt zich. Hij zit tussen twee struiken gehurkt en zijn gezicht wordt gedeeltelijk door takken aan het zicht onttrokken.

'Zijn ze weg?' vraagt hij. 'Heb je iemand gezien?' Zijn bezwete gezicht is bleek en er staat angst op te lezen.

Maar wat doet hij hier?

Ik schud mijn hoofd en grijp naar mijn blote voet om te kijken hoe diep de tak erin zit: ongeveer een centimeter.

'Wat is er gebeurd?' vraagt hij.

Ik hijg te hard om te kunnen antwoorden en het zweet druipt langs mijn slapen.

Donovan haalt een mobiel tevoorschijn. Hij toetst een nummer in en houdt het toestel tegen zijn oor. 'Shit,' zegt hij dan.

'Wat?' mompel ik.

'Het alarmnummer. Ik probeer ze te bellen, maar ik heb geen bereik.' Hij kijkt over zijn schouder, houdt wat takken uit elkaar en komt dan naar me toe. Hij richt zijn zaklantaarn op mijn voet. 'Ik zal je helpen.' Hij legt de zaklantaarn zo op de grond dat de straal op mijn voet schijnt. De tak is door mijn sok, en het gaasje dat ik nog steeds op de snee van het glas heb, heen gegaan. Donovan bekijkt de wond en pakt het uiteinde van het takje.

'Langzaam,' zeg ik instemmend.

Hij knikt en draait heel voorzichtig aan het takje tot hij het uit mijn voet heeft gehaald. Ik krimp een paar keer in elkaar als ik me voorstel hoe het mijn spier heeft doorboord.

Donovan trekt mijn sok uit. Tot mijn verbazing zit er niet veel bloed aan het takje en de wond bloedt ook niet erg. Ik wijs hem een paar vochtige bladeren van een boom. Ik veeg het vocht af op de wond in een poging die schoon te maken.

'Hoe voelt het?' vraagt Donovan.

'Wat denk je zelf?' zeg ik. 'Het komt wel goed.' Ik bind mijn sok om de wond en knoop die zo strak mogelijk vast om het bloeden tegen te gaan.

'Weet je het zeker?'

Ik knik.

'Wat doe je hier eigenlijk?' Hij kijkt weer over zijn schouder. 'Laat maar, geen tijd. We kunnen hier niet blijven. Kom mee. Kun je lopen of moet ik je dragen?'

'Nee, het gaat wel.'

'Kom op,' zegt hij. 'Ik weet niet wie er achter me aan zit, maar hier vinden ze ons zeker.'

'Wie?'

Donovan pakt mijn hand en helpt me overeind, maar hij negeert de vraag. Hij neemt me bij de arm en richt de lichtstraal tussen ons in zodat ik ook kan zien. We dringen door struiken, over stenen en tussen bomen door terwijl hij voortdurend over zijn schouder blijft kijken of we worden gevolgd. Ik hobbel zo goed en zo kwaad als het gaat achter hem aan en probeer hem, ondanks het kloppen in mijn voet, bij te houden. We komen bij een open plek en blijven staan om op adem te komen.

'Wacht, Donovan,' fluister ik dan toch. Ik houd het beschermingsflesje in mijn zak stevig omklemd. Als ik erop vertrouw, zal het me beschermen. 'Ga maar zonder mij verder, als je wilt.' Ik kan niet door blijven rennen. Als ik Drea wil redden, moet ik blijven kijken naar de toekomst die we hebben gecreëerd.

Hij kijkt me een beetje verwonderd aan. 'Ik laat je niet midden in het bos alleen achter. Je zou hier niet eens moeten zijn. Waarom ben je eigenlijk hier?'

'Waarom ben jij hier?'

'Ik moest iets controleren.'

'Wat?'

'Gewoon iets wat ik had gehoord, nou goed? Ik kom dus deze kant uit, zag iets wat ik niet had mogen zien en sindsdien ben ik op de vlucht. Einde verhaal. Ik wil hier alleen maar heel uit zien te komen.'

'Wacht. Wat heb je gezien dan?'

'Dat wil je niet weten,' zegt hij. 'Geloof me maar.'

'Nou, ik moet ook iets controleren,' zeg ik. 'En ik heb geen zin meer om weg te rennen.'

'Ik zal jou eens wat vertellen.' Hij schijnt met zijn zaklantaarn om zich heen tot hij op een rotsblok stuit. 'Ga jij nou maar achter dat rotsblok zitten, dan kijk ik of ze weg zijn. Als alles veilig is, kunnen we samen terug naar de campus.' Hij steekt een hand in zijn zak en haalt een zaklantaarn in de vorm van een pen van zijn sleutelhanger. 'Hier, houd die bij je. Ik ben zo terug. Probeer zo stil mogelijk te zijn.'

Ik pak de zaklantaarn aan, maar ga niet zitten. Ik kijk naar de inktzwarte hemel, waar de boomtoppen iets uiteen wijken zodat ik de Poolster kan zien. Ik adem in en laat het licht van de sterrenformaties op mijn gezicht schijnen en zuig hun energie op.

En dan herinner ik me het schetsboek van Donovan in mijn jaszak. Ik haal het tevoorschijn en bedenk dat hij zei dat hij gisteravond had zitten tekenen. Ik zoek de bladzijde op, de enige nachttekening. Een tekening van het laatste kwartier van de maan.

Maar vanavond is er een wassende maan, nog dagen verwijderd van het eerste kwartier. En het eerste en laatste kwartier liggen een halve maand uit elkaar. Dat kan in een nacht niet veranderen.

Ik richt de lichtstraal in de richting waar hij verdwenen is. Het kleine straaltje geeft maar een paar meter licht. Voorzichtig zoek ik mijn weg langs struikjes en over gevallen bladeren en ik doe mijn best stil te zijn. Er lijkt een soort pad tussen de bomen door te lopen. Dat neem ik, met mijn instinct als leidraad.

Zal ik nog een spreuk toepassen, een geest oproepen die al mijn vragen kan beantwoorden? Maar ergens diep vanbinnen weet ik meer dan genoeg. Oma had gelijk dat wij ze zelf betekenis geven, toverspreuken die plotseling logisch lijken, en dat de machtigste waarheid in onszelf zit.

Ik til vlak voor mijn ogen een gevorkt takje op. En dan zie ik het: het bouwsel uit mijn dromen. Het geraamte van een huis, verlicht door spots in de verte. Het doet me ineens denken aan de e-mail die Drea van Chad kreeg: 'Het huis dat Japie heeft gebouwd'.

Ik ben ervan overtuigd dat ik Drea daar vinden zal.

Het bouwsel is net zoals ik heb gedroomd. Hoog, met crèmekleurige panelen om muren te vormen. Een rechthoekige boog moet de ingang voorstellen.

Ik loop op mijn tenen naar de voorkant van het huis, bang dat ik precies weet wat ik zal aantreffen. En daar is het. Vers gegraven. Drea's naam in de aarde.

Ik ben misselijk. Ik leg een hand over mijn mond en adem diep in en uit. Dit kan niet echt zijn. Dit gebeurt niet.

Maar het gebeurt wel.

Ik voel dat ik terugdeins voor de letters en probeer mijn angst zo goed mogelijk de baas te blijven. De details uit mijn dromen nu in het echt te zien, is afschuwelijk, eigenaardig en angstaanjagend tegelijk. Maar als ik ze op de juiste manier gebruik, kan ik Drea's leven redden.

Ik ren het huis in en knal met mijn voorhoofd tegen een spot die van een kapot dak naar beneden hangt. Een regenboog van kleuren ontploft voor mijn ogen en verblindt me bijna. Als de kleuren wegtrekken, kan ik weer kijken. Het is net als in mijn droom, alsof ik er altijd al ben geweest. Ik sta in een grote open ruimte die wordt begrensd door planken. Voor me is een hal met aan weerszijden ruimtes.

Ik loop met kleine stapjes over de planken en kijk of ik een teken van Drea kan ontdekken. Door de spleten in de muurplanken zie ik een deken in een van de ruimtes liggen met een spot erboven. Ik loop ernaartoe. Er staat een picknick klaar. Midden op een rood-wit geblokt kleed staat een rieten mand waar een stokbrood en een wijnfles uit steken. In een kristallen vaas staat een grote bos lelies.

De wind waait door het skelet van het huis en leidt me af, waait mijn haren naar achteren. Mijn blik gaat naar een hoek van de kamer. Er staat een marineblauwe rugzak tegen de muur. Ik ga er voorzichtig heen, alsof er iets levends in ligt te slapen. Ik raap hem op, doe de rits open en kijk erin. Het is te donker om dingen te kunnen onderscheiden.

Ik ga met de rugzak zitten en richt de zaklantaarn op de opening. Een leeg blikje cola-light. Ik trek dat eruit en zie een mond van zalmroze lippenstift langs de rand. Het volgende voorwerp, een half opgegeten reep chocolade, het merk dat Drea altijd koopt in de hal, met een stukje plastic om de tand-afdrukken. En het natuurkundeschrift dat Chad soms van haar leent.

Er ligt nog iets op de bodem. De schaduw maakt een soort boog tegen de nylon stof. Ik stop mijn hand erin en pak het. Drea's roze beha, die uit de wasruimte gestolen is.

Ik bibber helemaal en bijt op mijn tong om het niet uit te schreeuwen.

Ambers mobiel in mijn zak gaat. Ik neem zo zacht als ik kan op. 'Hallo?' fluister ik, nog steeds trillend en nauwelijks in staat de telefoon vast te houden.

'Waar hang je verdomme uit!'

'Amber,' hijg ik en ik stik bijna.

'Je zou naar mijn kamer komen. De politie is er ook. Ik heb agent Slot gebeld. We zitten hier op je te wachten.'

'Niet. Ze komen hierheen. Ze komt hiernaartoe. Ik heb haar alles verteld.'

'Nou ja. Ik heb gezegd dat je hierheen komt. Wacht, wat is er met je? Is er iets mis?'

De vloerplanken kraken. Ik tuur in de richting van de

grootste kamer en zie dat de spot uit is. Er klinken voetstappen op de planken in de andere ruimtes. Ik klik de telefoon
uit, stop alles terug in de rugzak en prop de zaklantaarn in
mijn zak. Ik ga staan, pal in het midden van de kamer, in de
hoop dat het donker me zal verbergen.

Ik ben helemaal alleen. Niermand komt me helpen.

33

Het geluid van de naderende voetstappen weergalmt in mijn oren. Ik strek mijn armen uit en spreid mijn vingers in de hoop dat ik de doorgang zal vinden die me naar de grootste kamer zal brengen, waar ik binnen ben gekomen. Ondanks de pijn zet ik bij elke stap mijn volle gewicht op mijn blote voet om zo min mogelijk geluid te maken, maar dan knakt mijn enkel.

Ik sluit mijn ogen, bal mijn vuisten, blijf doodstil staan en probeer mijn adem in te houden. Ik wacht een paar seconden, maar er is alleen stilte. Langzaam kruip ik naar de muur en voel met mijn vingers langs de planken op zoek naar de deuropening. Als ik die heb gevonden, blijf ik staan in wat ik denk dat het midden van de ruimte is en probeer te bedenken of de ingang naar links of naar rechts is. Het wordt nog donkerder, mijn zintuigen raken bedwelmd en mijn hoofd tolt. Ik wil het uitgillen.

De voetstappen komen door het donker nog steeds op me af, maar dan staan ze stil. Ik voel dat hij maar een paar centimeter van me verwijderd is. Ik druk mijn lichaam tegen de planken en probeer mezelf door de spleet naar buiten te persen, maar het heeft geen zin. De enige uitweg is door de deuropening.

'Stacey?'

Mijn kin trilt. Moet ik iets terugzeggen? Moet ik antwoord geven? Ik grijp het beschermingsflesje zo stevig beet dat ik bang ben dat het glas zal breken.

'Stacey?' herhaalt hij. 'Ben jij dat?'

'Ja.'

Hij doet de spot boven ons hoofd aan en het duurt even voor hij meer is dan een zwart met witte vlek. En dan weet ik het plotseling. De manier waarop hij naar me kijkt, met zijn hoofd een beetje naar een kant, wenkbrauwen gebogen en lippen op elkaar. Hij is het. Het gezicht uit mijn dromen. Dat ik heb gezien, maar me niet kon herinneren.

Donovan. De tekening. De stand van de maan. Het gezicht uit mijn droom. Zijn voortdurende obsessie met Drea en al die spullen uit de rugzak. Donovan.

Hij staat in het midden van de kamer, recht onder de spot. 'Ik ben me rot geschrokken,' zegt hij. 'Ik ben teruggegaan om je te zoeken en toen was je weg. Is alles goed?'

Met opeengeklemde kaken lukt het me te knikken.

'Ik denk dat de kust veilig is als je weg wilt,' zegt hij.

Ik knik weer, maar beweeg me niet.

'Nou?' zegt hij. 'Wat is er?'

Ik trek mijn schouders naar achteren, omklem het beschermingsflesje en denk aan de kracht en de moed die ik eruit putten kan. 'Waar is Drea?'

'Drea?' Er komen allemaal rimpels tussen zijn wenkbrauwen, alsof hij er echt niets van begrijpt.

'Ik ga niet weg zonder haar.'

'Je wilt hier niet blijven, Stacey. Geloof me. Ik weet dat we nooit de beste vrienden zijn geweest of überhaupt vrienden zelfs, maar nu moet je me geloven. Het is het beste als we samen weggaan. Ik leg alles later wel uit. Maar wat ik al zei, ik laat je niet alleen achter.'

Ik bestudeer zijn gezicht of ik tekenen zie van bedrog. Maar hij knippert niet met zijn ogen. Die blijven op de mijne gericht zodat ik hem bijna geloof. Bijna.

Er ontploft een bel van energie in mijn borst. 'Vertel me waar Drea is. Nu meteen!'

'Dat zeg ik toch, ik weet niet waar je het over hebt, maar je kunt beter weggaan, voor het te laat is.'

'Zeg het nu,' zeg ik, 'anders ga ik helemaal nergens heen.'

'Nee!' roept hij. Hij werpt zich op me met zijn handen tegen mijn schouders en drukt me tegen de muur.

Ik pak het beschermingsflesje uit mijn zak, onklem het met mijn hand en geef hem een dreun in zijn kruis – hard. Donovan wankelt naar achteren en gromt even. Maar het is niet genoeg. Hij grijpt mijn nek beet en drukt mijn achterhoofd tegen de planken.

'Donovan.' Ik snak naar adem, probeer te slikken en voel elke spier in mijn hals zich verzetten.

Het beschermingsflesje glijdt uit mijn hand.

Zijn handen klemmen nog harder. Tot ik geen adem meer kan halen en mijn wereld verstilt.

Ik voel mijn lippen opengaan, mijn tong naar voren vallen en mijn oogleden trillen.

'Het is nú tijd om naar huis te gaan.' Hij laat mijn hals los en ik voel dat mijn knieën het begeven. Op de grond. Mijn handen om mijn hals. Hoesten. Hijgen. Proberen mijn longen met lucht te vullen.

Het beschermingsflesje ligt vlak voor me op de grond. Nog steeds naar adem snakkend, steek ik mijn hand uit om het te pakken en dan ga ik staan en kijk Donovan in zijn ogen. Ik voel mijn tanden knarsen. Ik omklem het flesje en mep het met alle kracht die ik in me heb tegen de zijkant van zijn hoofd.

Donovans hoofd klapt naar achteren. Hij jammert, slaat tegen de grond en laat de zaklantaarn vallen. Die grijp ik en dan ga ik ervandoor.

Ik weet dat het een kwestie van tijd is voor hij weer op de been is en achter me aankomt. Ik zoek in mijn zak naar Ambers mobiel, maar die is er niet. Alleen het kleine zaklantaarntje. Ik sta stil, voel nog eens, in mijn andere zak, trek aan de voering. Niets. Heb ik hem laten vallen? Per ongeluk in de rugzak gestopt?

Ik ren verder en veeg de smurrie uit mijn ogen, tranen vermengd met koude lucht. Het geluid van mijn hijgende ademhaling lijkt luider dan de knappende takjes onder mijn voeten onder het rennen. Het voelt aan als gebroken glas onder mijn verwonde voetzool, alsof ik straks niet verder zal kunnen. En, pal onder mijn maag, een zeurende steek.

Ik moet plassen.

Ik schijn met de zaklantaarn in het wilde weg om me heen en verlicht stukken bos in lange smalle stroken. Ik moet een plek vinden waar ik kan plassen. Met elke stap die ik doe wordt de nood hoger. Ik stop even achter een boom en kruis mijn benen.

Ik moet mijn lichaam vertrouwen. Wat probeert het me te vertellen? Ik houd een hand tussen mijn benen en vecht tegen de neiging het op te geven. Wat betekent dit? Wat vertelt het me? En dan dringt het ineens tot me door. Mijn lichaam stuurt me naar de plek waar ik Drea zal vinden. S V E R T P T. Is verstopt. Drea is daarbinnen verstopt.

Ik hobbel in de richting van de bouwplaats. Ik moet haar zien te vinden, haar eruit krijgen en weg uit dit bos voor Donovan ons allebei vermoordt.

34

Ik vind het toilet, een gifgroen fiberglas geval van tweeënhalve meter hoog achter de bouwplaats. Het is op zijn kant gevallen.

Ik zet de zaklantaarn tegen een steen op de grond, met de straal naar mij toe gericht. Dan hurk ik neer en voel de zijkanten van het hokje. De deur is zijwaarts gericht. Ik trek eraan en zie dan een zware metalen stang in een ring naast het slot in de deur. De stang houdt de deur gesloten.

'Drea?' fluister ik door een kier.

Geen reactie.

Ik trek aan de stang en probeer die uit de ring te trekken – mijn aandrang om te plassen is plotseling verdwenen. 'Drea,' fluister ik nog een keer. 'Kun je me horen?' Ik grijp de stang met beide handen beet, maar mijn vingers glijden over het metaal als ik trek.

Ik kan wel janken. Ik moet overgeven. Voor geen van beide heb ik tijd. Drea rekent op me. Ik kan alleen op mezelf rekenen.

Ik zoek de grond af. Er moet iets zijn. Een steen. Ik heb een steen nodig. Daar, in de lichtstraal van de zaklantaarn, zie ik een steen ter grootte van een tennisbal. Die raap ik met twee handen op. Kijk ernaar. Voel het gewicht, de gladde kant.

Ik hurk, hef de steen hoog boven mijn hoofd en geef een klap tegen het uiteinde van de stang. Die schuift tien centimeter op. Nog een meter te gaan.

Ik herhaal de actie, en nog eens, en nog eens, en zie de stang langzaam van de deur wegglijden. Waar zou Donovan zijn, kan hij me horen? Mijn armspieren trillen. Nog drie klappen, misschien vier. De volgende paar klappen lijkt de stang op zijn plaats te blijven. Ik sluit mijn ogen om mijn ademhaling onder controle te houden en richt mijn adem naar mijn armen om ze kracht te geven. Ik hef de steen een laatste keer op, geef een enorme mep. De stang schiet door de ring. Eindelijk, de deur is vrij.

Ik gooi de deur open. Daar is ze. In foetushouding. Ogen wijd open, als een kat. Haar haar in de war en smerig over haar gezicht. Grote stukken tape over haar mond, om haar polsen en enkels.

De gore stank uit de wc golft over me heen, mijn maag draait zich om. Ik pak haar polsen en trek haar door de opening. Ik hoor haar snikken onder de tape. Haar hoofd trilt, alsof ze tegelijkertijd bang is en het koud heeft. Ik pak een hoek van de tape en trek eraan tot haar mond vrij is en ze ongeremd kan snikken.

'Drea,' zeg ik smekend. 'Je moet stil zijn.' Ik kijk om me heen. Nog geen spoor van Donovan.

Ik hannes met de tape om haar enkels en zoek een uiteinde waar ik aan trekken kan, maar mijn vingers weigeren snel te werken. Drea blijft snikken, diepe, gulzige snikken alsof ze niet genoeg adem krijgt. Ze trekt haar knieën op en neer, alsof de tape daardoor los zal gaan. 'Drea,' zeg ik zo zacht mogelijk. 'Je moet je stilhouden.'

Ik vind het eind van de tape, geef er een ruk aan en trek laag na laag van haar enkels los. Ik kijk nog eens over mijn schouder. Nog niets, al voel ik dat hij nadert. Drea wriemelt met haar voeten als ik het einde nader. 'Stop,' zeg ik. 'Je maakt het alleen maar moeilijker.'

Ze jammert nog harder. Hij moet ons inmiddels hebben gehoord.

Ik bevrijd haar enkels van de tape, sta op en pak haar armen om haar overeind te helpen. Ze beweegt niet. Dood gewicht.

'Kom op, Drea,' zeg ik smekend.

Ze laat haar hoofd hangen, schudt van nee en blijft huilen.

'Drea, alsjeblieft. Je moet me helpen. Hij komt eraan, begrijp je dat? Hij heeft Veronica vermoord. Wij kunnen de volgende zijn.'

Ze trekt haar knieën naar haar borst en knijpt haar ogen stijf dicht om me buiten te sluiten. Ik zucht diep, hurk, leg mijn ene arm onder haar knieholte door en de andere achter haar rug langs en probeer haar dan als een baby op te tillen.

Ik worstel om overeind te komen en plaats al het gewicht in mijn benen, maar mijn voetzool voelt aan alsof hij splijt; ik heb een brandend, jeukend gevoel onder de boog van mijn voet. Ik neem een stap en val dan op mijn rug. Drea tuimelt over me heen en begint nog harder te huilen.

Ik voel in mijn zak naar het beschermingsflesje. Dat leg ik in haar hand en ik zie hoe haar vingers, vies en bloederig als ze zijn, zich eromheen sluiten.

'Denk aan kracht,' fluister ik. 'En veiligheid.'

Dat lijkt haar iets te kalmeren. De tranen rollen iets langzamer langs haar wangen en haar ogen staren nu alleen nog maar.

Recht voor ons, iets verderop, zie ik de bosjes uiteenwijken. Ik laat Drea van me af glijden en pak de zaklantaarn. Ik richt de lichtstraal, maar zie niets. Ik moet nog een ding doen.

Ik steek mijn handen onder Drea's oksels en begin haar weg te trekken. Haar hakken zetten zich in de aarde, alsof ze probeert op haar plaats te blijven.

Ik trek haar zo snel mogelijk achteruit en probeer over mijn schouder de richting te bepalen. Ik zoek de Poolster aan de hemel om zeker te weten dat ik in de richting van de campus ga, maar de boomtoppen belemmeren mijn zicht en maken het nog donkerder. Ik kom uit op een plek met allemaal grote, hoge struiken.

Drea kijkt me aan en haar mond opent zich in een gil. Hard. Waanzinnig.

Een mes tegen mijn hals dat me dwingt haar te laten vallen.

'Was je nou maar naar de campus teruggegaan, of niet?' verzucht Donovan. Hij heeft me in de houdgreep en de punt van zijn mes snijdt in mijn huid.

'Nee!' schreeuwt Drea. Haar arm schiet de lucht in alsof ze haar oren wil bedekken en alles buiten wil sluiten, maar haar vastgebonden polsen maken dat onmogelijk.

'Donovan.' De bal in mijn keel wipt op en neer onder zijn greep. 'Drea – ze heeft een dokter nodig. Hulp.'

'Jij hebt het gedaan. Het is jouw schuld.' Donovan laat de houdgreep los en duwt me op de grond. Ik land met een dreun op mijn billen. 'Handen op je rug,' schreeuwt hij.

Ik doe wat hij zegt.

Hij hurkt naast Drea maar verliest mij niet uit het oog. Hij streelt de zijkant van haar gezicht, het mes schraapt langs haar wang en hij heft haar kin zodat ze hem moet aankijken. 'Nu is het in orde. Alles komt goed.'

Drea schudt haar hoofd.

'Ik moest dit wel doen.' Hij wrijft over haar gebonden polsen. 'Dat begrijp je toch?' Hij duikt nog verder in elkaar om haar goed te bekijken; haar roodbetraande ogen, de opgedroogde stroompjes zwarte mascara op haar wangen, het vuil om haar witte mond en de manier waarop ze heen en weer wiegt, huilend en snakkend naar adem. 'Ik moest je wel zo vastbinden toen jij zei dat je weg wilde. Je moest naar me luisteren. Je moest het begrijpen.'

Er ligt een gevorkte tak net buiten mijn bereik. Met mijn ogen strak op Donovan gericht ga ik rechtop zitten, strek mijn ruggengraat en probeer mezelf stukje bij beetje naar voren te krijgen.

'Ik houd van je, Drea,' gaat Donovan verder. 'Daarom heb ik dit allemaal bedacht. Het huis, de picknick, de lelies.' Hij glimlacht, alsof ze blij is met zijn verklaring. 'Ik heb je alleen verstopt omdat ik niet wilde dat iemand je zou vinden. Je begrijpt toch wel dat alles dan bedorven zou zijn? Als je met me meegaat naar het huis, zal ik je alles laten zien wat ik heb bedacht. Ik laat je de plek zien waar ik je naam heb uitgegraven en waar ik leliebollen heb geplant zodat ze je naam zullen spellen.'

Drea's ademhaling gaat moeizamer, meer piepend, hoelanger hij tegen haar praat.

'Donovan,' zeg ik. 'Ik weet dat je het beste met haar voor hebt. Maar ze heeft het zo koud. Ze kan bijna geen adem meer krijgen. Ze heeft een dokter nodig.'

'Nee!' schreeuwt Donovan. Hij richt het mes op mijn gezicht en zijn handen trillen van woede. 'Niet voor ze het begrijpt.' Hij richt zijn aandacht weer op haar, maar houdt het mes in de lucht op mij gericht. 'Ik zorg voor haar. Ik ben de enige die weet hoe dat moet.'

Ik steek mijn been uit en probeer de tak met mijn voet te bereiken.

'Ik houd van je, Drea.' Hij tikt op de zijkant van haar gezicht. 'En ik weet dat jij ook van mij houdt. Ik weet dat je heel graag met me praatte... door de telefoon. Onze lange gesprekken.' Zijn ogen, waterig en wanhopig, wachten op haar reactie, haar bevestiging.

Drea gaat met elke ademhaling harder en krachtiger huilen. Ze duikt dieper in elkaar en blijft wiegen.

'Wat mankeert jou?' schreeuwt Donovan. 'Waarom zeg je niets? Waarom zegt ze niets?' Hij kijkt me langs het mes woedend aan.

'Je hebt Veronica vermoord,' zeg ik. 'Je hebt haar opgebeld en briefjes en lelies gestuurd, net als aan Drea.'

Donovan schudt zijn hoofd. 'Dat ging per ongeluk. Ze heeft mijn idee gestolen en het voor haar eigen doeleinden gebruikt.' Hij steekt het mes een paar keer in de aarde. 'Ze wilde je bang maken, Drea. Ze wilde net doen of ze ook werd gestalkt en dan verdwijnen zodat jij zou denken dat er iets ergs met haar was gebeurd. Ze dacht dat als ze je bang genoeg zou maken, je van de campus zou vertrekken zodat zij Chad voor zichzelf had.'

Ik zie het mes keer op keer de aarde in steken, kijk naar zijn schouders en vraag me af of ik hem kan bespringen en hem op de grond kan drukken terwijl ik de tak pak. Centimeter voor centimeter kom ik dichter bij de tak.

Zijn ogen blijven op Drea gericht en hij wil haar overtuigen. 'Echt, ik moest haar tegenhouden, Drea,' gaat hij verder. 'Ik wilde het niet doen. Je moet me geloven, zo ben ik niet. Je weet dat ik zo niet ben. Ze wilde je zo bang maken dat je van school ging. Begrijp je dat? Dat kon ik haar toch niet laten doen?'

Hij blijft op de grond inhakken en het mes komt steeds dichter bij zijn knie. Het lijkt wel of hij echt van haar houdt. Dat denkt hij in ieder geval. Misschien hebben mijn nachtmerries me dat duidelijk proberen te maken. Misschien is liefde echt grappig, vreemd grappig. Bizar zelfs. Ik werp een blik op Drea, die nog steeds met lege ogen heen en weer zit te wiegen.

Donovan haalt diep adem en steekt het mes dan in zijn

knie, doorboort de huid en begint te bloeden als een rund. Hij haalt het mes uit zijn vlees, waarbij hij heel even zijn gezicht vertrekt en steekt het dan weer in de grond, steeds opnieuw. Alsof het niets is, alsof hij het niet voelt. Hij wil antwoord van Drea, hij wil dat ze hem vertelt dat ze nog lang en gelukkig zullen leven. Ik weet niet eens of ze hem wel hoort.

Met de bal van mijn voet haal ik de tak naar me toe en buig mijn knie om die dichterbij te krijgen. Mijn sok is nu doorweekt van het bloed.

'Ze deugde niet, Drea,' zegt Donovan smekend. 'Ze noemde je een slet.'

Ik maak mijn handen achter mijn rug los. De tak is nu binnen mijn bereik. Ik grijp hem en Donovan ziet het.

'Wat doe je?' schreeuwt hij.

Ik sta op en sla met de tak tegen de hand met het mes. Maar in plaats van het mes te laten vallen, pakt hij de tak van me af.

Hij staat op, breekt de tak over zijn knieën in tweeën en gooit de stukken aan de kant.

Ik kijk om me heen of ik iets zie om me mee te beschermen. Een steen, daar rechts. Ik gooi me die kant uit, maar Donovan grijpt me, en drukt me met mijn rug tegen een boom. Hij pakt met één hand mijn polsen, houdt ze boven mijn hoofd en zet het mes tegen mijn wang. 'Je denkt dat je slimmer bent dan ik, of niet? Of niet?'

Ik schud mijn hoofd.

Hij trekt met het mes een lijn over mijn wang naar mijn kin en zet de punt dan tegen mijn hals.

'Nee!' gilt Drea.

Ik kijk over Donovans schouder. Drea is opgestaan, haar handen stevig om het beschermingsflesje gevouwen.

Donovan doet een stap naar achteren om naar haar te kijken. 'Drea?'

'Nee,' gilt ze en ze schudt haar hoofd.

Donovans greep op mijn polsen wordt losser. 'Drea?' Zijn heupen draaien in haar richting. Hij laat me los, maar het mes blijft op zijn plaats.

Ik laat langzaam mijn armen zakken, grijp de hand met het mes en bijt erin, hard, door de huid heen. Uit zijn keel ontsnapt een laag, jankend geluid en hij laat het mes vallen.

'Drea!' schreeuw ik.

Ze graait naar het mes, pakt het op en houdt het stevig met het beschermingsflesje in haar handen geklemd.

'Geef aan mij, Drea,' zeg ik.

In plaats daarvan wijst ze ermee naar hem.

Donovan strekt zijn arm uit alsof hij haar wil kalmeren en pakt het mes. 'Drea,' zegt hij, 'voorzichtig daarmee. Je weet niet wat je doet.'

'Nee,' hijgt Drea en ze houdt het mes vast. 'Zitten. Ga zitten.'

Donovan doet of hij wil gaan zitten, maar valt dan naar haar uit, grijpt haar pols en wringt het mes uit haar handen.

Zijn rug is naar mij toegekeerd, ik doe een stap naar hem toe, maak me op om hem met mijn gymp te schoppen en zet dan mijn hiel met al mijn kracht tegen de achterkant van zijn been. Hij laat het mes vallen. Hij zakt door zijn knieën. Ik pak het mes vlak voor zijn vingers zich eromheen sluiten.

'Blijf staan.' Die woorden schieten door mijn gedachten, maar ik ben niet degene die ze zegt. Ik kijk op.

Het is agent Slot. Ze komt uit een groepje bomen tegenover ons en twee agenten volgen in haar kielzog. Ze loopt recht op me af. 'Laat het mes vallen en doe een stap naar achteren,' zegt ze.

Dat doe ik, in de wetenschap dat we eindelijk veilig zijn.

Agent Slot boeit Donovans polsen met zilverkleurige handboeien en wijst hem op zijn rechten. Een andere agent trekt zijn jasje uit en slaat het om Drea's schouders. Hij wil het beschermingsflesje uit haar handen nemen, maar ze trekt haar handen weg. In plaats daarvan trekt hij de tape van haar polsen los.

Ik sta er maar een beetje bij, zie het allemaal aan en ben opgelucht dat ik niet meer hoef te vechten.

Donovan werpt een laatste blik op Drea voor hij door agent Slot wordt afgevoerd.

Het is dezelfde blik die hij altijd op haar werpt, intens en verlangend, alsof hij echt gelooft dat hij van haar houdt. Alsof hij op een dag zal bewijzen hoe veel.

Ik loop naar Drea toe en omhels haar.

'Het spijt me,' zegt ze.

'Het spijt mij ook.'

Ik doe mijn ogen dicht en druk haar tegen me aan, voel haar vingers tegen mijn rug en dan drukt ze zich tegen mij aan om mijn omhelzing te beantwoorden. Even stel ik me voor dat ik Maura in mijn armen houd.

'Dankjewel,' fluister ik in haar oor.

'Jíj bedankt,' fluistert ze terug.

Ik schud mijn hoofd, dankbaar dat Drea in veiligheid is, maar ook blij dat mijn ware nachtmerrie eindelijk voorgoed tot het verleden behoort.

35

Drie maanden later – net voor de voorjaarsvakantie en vlak na de rechtszaak. Drea is naar de campus teruggekomen om te getuigen. Na de arrestatie van Donovan was ze direct naar huis gegaan om tot zichzelf te komen en zo mogelijk te begrijpen wat onmogelijk lijkt.

Nu is ze terug en iedereen is weer een beetje gekalmeerd. Amber, Chad, PJ en ik hebben een soort feestje geregeld in De gehangene.

Het leek wel of niemand er verbaasd over was dat Donovan Drea stalkte. Iedereen weet hoe waanzinnig verliefd hij op haar was – letterlijk. Wat wel verbazing wekte, was de betrokkenheid van Veronica en dat een belachelijk plan om een jongen voor zich te winnen tot haar eigen dood heeft geleid.

Het bleek dat mijn wantrouwen over haar stalkingsverhaal terecht was. Zoals Donovan zei, werd Veronica helemaal niet gestalkt. Ze had echter gehoord dat Drea werd gestalkt en wilde haar bang maken. Het kwam erop neer dat ze twee weken van de campus weg zou zijn om met haar ouders op safari te gaan, maar dat had ze toevallig niet tegen Drea, of iemand anders, gezegd. Minder toevallig was dat ze zou vertrekken op de ochtend na de avond waarvan ze had gezegd dat de stalker haar zou komen halen. Kortom, ze wilde dat Drea doodsbenauwd zou worden of helemaal gek werd of van ellende van de campus zou vertrekken als ze dacht dat

Veronica was meegenomen. Het was de bedoeling dat Drea dit zou opvatten als haar eigen voorland.

Zo verschrikkelijk triest.

Net zo triest dat Donovan helemaal door het lint ging toen hij hoorde dat Veronica en Drea zogenaamd door dezelfde persoon werden gestalkt. Hij had het 'Bemoei-je-met-je-eigen-zaken'-briefje met een zakdoek van Drea in Veronica's postvak gedaan. Het bleek dat hij Drea's zakdoek erbij had gedaan als een soort bewijsstuk dat het echt van Drea's stalker kwam, zodat ze het serieus zou nemen en erover zou op-houden. Zo kwam er ook iets van Drea in Veronica's kamer en kon Donovan, zo beweerde de aanklager, wanneer er iets met Drea was gebeurd, haar de schuld in de schoenen schuiven.

Duivels slim, vermoed ik.

Veronica had inderdaad de schrik te pakken gekregen door het briefje en de zakdoek en daarom zei ze tegen ons dat ze niets meer met dat stalkgedoe te maken wilde hebben. Helaas gingen de geruchten door. Waardoor Donovan nog bozer werd. Via Chads e-mailprogramma stuurde hij haar, net als hij bij Drea met 'Het huis dat Japie heeft gebouwd' had gedaan, een mail waarin hij Veronica de school in lokte om haar ter verantwoording te roepen voor haar stalkings-verhalen, maar uiteindelijk vermoordde hij haar. Per onge-luk, bezwoer hij.

En de jury geloofde hem.

Ze geloofden hem ook toen hij zei dat hij Drea niet echt kwaad had willen doen. Het stalken, zo beweerden zijn ad-vocaat en hij, was een manier om bij Drea in de buurt te ko-men. En toen Drea het leuk scheen te vinden om met de ge-heimzinnige beller te praten, raakte Donovan in de war over hun verhouding en werd bezitterig, waardoor hij heel boos en jaloers werd als ze iets afsprak met Chad. Hij had die avond de hockeytrui van Chad van het raam gehaald en die met het briefje: 'BLIJF UIT HAAR BUURT. IK HOUD JE IN DE GATEN.' in diens postvak gestopt. Hij was ook degene die het wasgoed had gestolen uit onze wasruimte. Toen hij Drea's zakdoek en beha zag, hoopte hij nog meer relikwieën te vinden voor zijn verzameling.

De avond dat Drea werd meegenomen, na het ziekenhuis, toen Amber en PJ haar voor de deur van ons gebouw hadden afgezet, stond Donovan daar op haar te wachten. Hij zei dat hij ergens over wilde praten met haar en stelde voor een wandeling te maken. Hij bracht haar naar de bouwplaats, zijn idee van een romantische plek, en verklaarde haar zijn eeuwige liefde. Ze raakte overstuur en zei dat ze terug wilde naar haar kamer.

Donovan weigerde en hield haar vast, maar hij raakte de kluts kwijt en wist niet meer wat hij moest toen ze zijn plannen nog lang en gelukkig te leven, zo dwarsboomde. Vandaar dat de advocaat beweerde dat het niet met voorbedachten rade was gegaan.

De lelies had Donovan alleen maar gekozen omdat hij van lelies houdt en vond dat ze met hun charme en elegantie op Drea leken. En 'Het huis dat Japie heeft gebouwd' had hij gekozen als raadseltje en voorbode van het romantische samenzijn dat hij in gedachten had.

Hij raakte in paniek toen hij mij de volgende avond in het bos naar Drea zag zoeken en daarom verzon hij een onzinverhaal over iemand die ons volgde en zijn kapotte mobiel. Hij was bang dat ik Drea bij de bouwplaats zou zien en zei dat ik moest blijven zitten, waarbij hij de smoes gebruikte dat hij poolshoogte ging nemen. Daarna verstopte hij Drea in het toilet.

Hij werd veroordeeld voor doodslag, tijdelijk niet toerekeningsvatbaar verklaard en naar een jeugdinrichting voor psychisch gestoorde jongens gestuurd. Maar toch klopt het niet dat hij op zijn eenentwintigste, over vijf jaar, alweer vrij zal zijn. Veronica is voor altijd dood.

Na de arrestatie kreeg ik een ellenlange preek van agent Slot, dat ik me had bemoeid met dingen die me niet aangingen, dat het heel gevaarlijk was geweest om alleen het bos in te gaan en dat ik alles in gevaar had gebracht, ook het onderzoek. Maar daarna bedankte ze me en zei dat ik zo moedig was geweest en dat ze de menselijke intuïtie nooit meer zou onderschatten.

Dat zal ik ook nooit meer doen.

En nu, na de rechtszaak, mogen we van de schoolleiding De gehangene gebruiken voor ons besloten afscheid, met gratis onbeperkte consumpties.

We hebben de ruimte zo vrolijk mogelijk versierd. Chad en PJ hebben grote roze-witte slingers opgehangen en Amber en ik hebben rozen gemaakt van crêpepapier. We mogen zelfs de heliummachine van school gebruiken om ballonnen op te blazen die we aan alle stoelen vastmaken.

Het is geen surpriseparty; het is gewoon een gelegenheid om weer eens met z'n allen bij elkaar te zijn vóór Drea weer teruggaat. Ze blijft de rest van het schooljaar thuis, met privéleraren en gezinstherapie, en komt het laatste jaar weer terug.

Ik weet dat ik haar vreselijk zal missen, maar ik zit tenminste niet alleen op de kamer. LaChagrijn heeft erin toegestemd Amber te laten verhuizen. Als ik ophoud met dat vieze bedplassen, zegt Amber. Maar ik heb sinds de dood van Veronica geen nachtmerrie of ongelukje meer gehad.

'Hebben we wel een afscheidscadeau?' vraagt PJ met een raar hoog stemmetje van het helium.

'Gelukkig hebben we dat niet aan jou overgelaten,' zegt

Amber, en ze propt twee ballonnen onder haar trui en be-wondert haar boezem in het raam. 'Wat vind je ervan?' Ze wijst met de ballonnen in zijn richting en kromt haar rug voor een beter effect.

'Liever naakt dan namaak, schat,' zegt PJ en hij werpt haar een kushandje toe.

Amber lacht en haalt de ballonnen weg. Die twee hebben de laatste weken veel tijd samen doorgebracht, alsof de span-ning van de rechtszaak ze nader tot elkaar heeft gebracht en ze heeft laten zien wat echt belangrijk is in het leven. Ik denk dat het op ons allemaal dat effect heeft gehad.

We leggen hutje bij mutje voor het afscheidscadeau voor Drea en kopen een spiksplinternieuw dagboek voor haar, als een soort nieuw begin in haar leven, en een grote doos bon-bons, voor noodgevallen. Ook pak ik het beschermingsflesje, dat nog steeds heel is, voor haar in.

'Daar komt ze!' roept Chad.

Chad is tijdens de hele beproeving geweldig geweest. Hij is naar de rechtbank gegaan, heeft Drea elke avond opgebeld in het hotel en heeft zelfs extra aantekeningen gemaakt en het huiswerk voor haar bijgehouden, ook van vakken die hij zelf niet eens volgt. En wat me ook verbaast, is dat ik er hele-maal niet jaloers van werd. Het maakte me alleen maar dui-delijk wat een bijzonder mens hij is.

'Lieve help,' roept Drea als ze binnenkomt. 'Dat had toch niet gehoeven.'

'Het moest van Stacey,' zegt PJ en hij strijkt met zijn vin-gers over zijn kersenrode spikes.

De uren daarna lachen we veel en maken we grapjes over alles wat we hebben meegemaakt voor dat gedoe met Dono-van begon. Chad haalt herinneringen op aan de keer dat Drea, Amber en ik het gebouw uit slopen en 's nachts in onze pyjama naar de film gingen. En dan doet PJ van ons allemaal een imitatie: Amber, die taart jat; Chad, meestertreuzelaar, dramakoningin Drea, en ik, de paranormale vriendin, die op het punt staat een 24-uurshulplijn te openen. Natuurlijk doen wij hem dan ook na en maken zijn haar en vreselijke lunchgerechten belachelijk.

Nadat Drea de cadeautjes heeft opengemaakt en het laatste gemberkoekje verdwenen is, kussen PJ en Amber Drea gedag en sloffen ze hand in hand samen weg.

Chad wendt zich tot Drea. 'Zal ik je even wegbrengen?'

'Mag ik nog even wat onder vier ogen tegen Stacey zeggen?' vraagt Drea.

Hij knikt, pakt een stapel vuile borden van tafel en brengt die naar de keuken.

Drea richt haar aandacht op het beschermingsflesje in haar handen.

'Zo kun je je altijd veilig voelen,' zeg ik.

We omhelzen elkaar, lang en stevig, en doen ons best niet in tranen uit te barsten.

'Ik kom van de zomer bij je op bezoek,' zeg ik.

Drea knikt en kijkt in de richting van de keuken, waar Chad de afwas opstapelt. 'Hij is geweldig, hoor.'

'Ja, ik weet het.'

'Hij vindt jou ook geweldig,' zegt ze. 'Dat heeft hij me verteld. Dat zegt hij steeds. We hebben de laatste weken veel tijd samen doorgebracht, hij en ik. Het is heerlijk gewoon vrienden te zijn. Gemakkelijker. Beter. En als vriendin van jullie allebei, denk ik dat jullie het maar eens samen moesten proberen.'

'Drea!' Er borrelt een zenuwachtig lachje op in mijn keel.

'Ik ben gek op jullie allebei,' zegt ze en ze geeft me een kus op mijn wang.

Chad helpt Drea de laatste bagage in te laden in de auto van haar ouders, die buiten klaarstaat. We staan buiten, beloven te bellen, te e-mailen en op bezoek te gaan en zwaaien haar uit. En dan rijden haar ouders weg.

Chad en ik blijven samen achter.

'Zo,' zegt hij. 'Daar staan we dan met z'n tweeën.'

'Inderdaad.'

Hij steekt zijn hand uit en ik leg de mijne erin. Het is net Kerstmis in mijn hand, helemaal warm en tintelend.

We lopen langs De gehangene en negeren de puinhoop binnen, alsof schoonmaken een einde zou maken aan de dag – dat is het laatste wat we willen. We lopen ongemerkt in de richting van de boom waaronder hij me voor het eerst heeft gekust, en gaan zitten.

Ik leun tegen de stam en adem de winterlucht in – koel en verfrissend. Ik voel me er mooi in. Door de manier waarop de wind mijn haren naar achteren blaast. De geur van de schors en het tikkeltje kou in de lucht. Ik ben blij dat ik in de voorjaarsvakantie naar huis ga. Blij dat het vakantie is. Dat ik mama weer zal zien. Opnieuw kan beginnen.

'Waar denk je aan?' vraagt Chad.

'Dat ik zo gelukkig ben,' zeg ik. 'En aan een déjà vu.'

'Een déjà vu?'

'Je weet wel. Het gevoel dat je iets eerder hebt meege-maakt. Jij en ik, hier.'

'Dus voor die déjà vu zou ik je nu moeten kussen?'

Ik knik, maar dit keer kus ik hem. Vol op zijn mond, sexy en langdurig.

We blijven kussen en praten en lachen tot na zonsonder-gang, als de maan verschenen is en de helderste sterren ach-ter de wolken zijn verdwenen.

Ik voel me sterker dan ooit tevoren. Niet door Chad en omdat we weer onder onze boom zitten. Niet omdat ik Drea heb gered, of omdat Donovan achter tralies is gezet. Maar omdat ik weet dat, hoeveel nachtmerries ik in de toekomst ook zal krijgen, ik eindelijk op mezelf kan vertrouwen.